굿바이 솔로

Goodbye Solo

2

굿바이 솔로 2

초판 1쇄 인쇄 | 2011년 3월 20일
초판 1쇄 발행 | 2011년 3월 25일

지은이 | 노희경
펴낸이 | 金湞珉
펴낸곳 | 북로그컴퍼니
편집 | 김옥자 태윤미
디자인 | 박연수
마케팅 | 정주열
경영기획 | 김형곤
주소 | 서울시 마포구 합정동 413-19 제이하우트 401호
전화 | 02-738-0214
팩스 | 02-738-1030
등록 | 제300-2009-30호
이메일 | blc2009@naver.com

ISBN 978-89-94197-19-7 04810
978-89-94197-20-3 04810(세트)

† 잘못된 책은 서점에서 바꿔드립니다.

굿바이 솔로 2

노희경 대본집

북로그컴퍼니

"사람은 있는 그대로 아름답다."

이즈음 사람들은 누구나 잘나고 싶어하고, 누구나 출세하고 싶어하고, 누구나 예뻐지고 싶어한다. 그 원인은 뿌리 깊은 자기불신이다. 있는 그대로 자신을 사랑할 수 없는 것이다. 세상이 재미없다고 말하는 사람들의 속마음은 대부분 사람에 대한 실망에서 비롯한다. 그러나 사람에 대해 실망을 하는 그들조차 자신을 사랑하는 일엔 너무도 등한하다.

사람은 존재만으로도 아름답다.

자연의 일부처럼, 세상 모두가 사철 푸르른 소나무이거나 대나무일 필요가 있겠는가. 잡목이, 풀들이 같이 어우러져 있을 때 아름다운 것 아닌가?

우리는 상처받고 상처 주는 관계 속에서 성장하고, 존재만으로도 아름다울 수 있다.

사생아 민호, 결손가정의 수희, 날라리 미리, 건달 호철, 거짓말하는 영숙, 말 못하는 미영.

작가는 세상의 편견이 아닌, 세상의 삿대가 아닌, 오직 자신만의 방식으로 살아가는 주인공들을 통해 인생의 경이로운 아름다움을 드러내고, 인간에 대한 한없는 탐구심과 경의를 표하고 싶다.

작가 노희경

김민호

천정명

"버려질 때 버려지더라도,
사랑할 때까지 해볼라고…."

카페 '스카이'의 종업원. 건설회사를 운영하는 부자 아버지, 잘나가는 의사 형, 아름답고 우아한 엄마가 있는 집을 나와 3년째 혼자 옥탑방에 살고 있다. 누구나 부러워할 만한 집이지만 그에게는 집으로 돌아갈 수 없는 여러 가지 아픈 이유들이 있다.

그는 돈이며 성공을 쫓는 삶보다는 사랑하는 사람과 따뜻한 남쪽 섬에 가서 소박하게 사랑하며 사는 꿈을 꾼다. 그런데 그 꿈을 함께하고 싶은 여자, 사랑하고 싶은 단 한 명의 여자가 바로 단짝친구 지안의 여자친구인 수희다. 수희를 사랑하면서, 정말 쿨하게 살고 싶어했던 그가 뜨겁게 아픈 시절을 맞는다.

정수희

윤소이

"이해한다고 해서 돌아갈 순 없어. 미안해, 지안아."

지안의 여자친구이자 미리의 단짝친구. 설치미술을 한다. 신중하고 사려 깊지만 자신이 결정한 대로 밀어붙이는 고집이 있다. 쇠를 자르고 붙이는 고단한 작업이 이어져도 언제나 즐겁게 일하며 당차게 자신의 삶을 꾸려간다.

그녀는 나이가 들어서도 이 남자 저 남자 만나며 불안정한 삶을 사는 엄마가 싫고 못마땅하다. 그래서 더욱 지안을 배신하고 싶지 않아 괴롭고, 자꾸 민호에게 흔들리는 마음이 두렵다. 결국 용기 있게 민호를 선택하지만, 지안의 비밀을 알게 되면서 안타까움과 연민으로 힘들어한다.

최미리

김민희

"그 자존심 버려. 내가 버렸듯.
자존심 가지고 사랑을 어떻게 하니?"

민호의 고등학교 동창이자 카페 '스카이'의 월급 사장이다. 가난하지만 단란하고 화목한 가정에서 밝고 맑게 자랐다. 화끈하고 거침없는 성격에 속정도 깊다. 그런 그녀가 나이 많은 건달 호철에게 완전히 꽂혔다.

남들은 무서워하거나 무시하는 건달이지만 그녀는 호철이 이쁘고 좋고 듬직하며 안쓰럽다. 그래서 부모의 반대를 무릅쓰고 집을 나와 혼자 살며 호철을 만난다. 어려서부터 웨딩드레스 입어보는 게 소원이었지만 펄펄 뛰며 싫어하는 호철을 위해 가슴속에 묻어둔다.

강호철

이재룡

"인생 돛대야! 홀로 가는 거라구.
근데 누가 누구한테 기대?"

미리의 애인. 체구는 작지만 깡다구 하나로 뒷골목을 주름잡는 건달. 피도 눈물도 없는 깡패 같지만, 동정심 많고 따듯한 마음을 지니고 있다. 어릴 적 부모님의 불화와 동반자살로 큰 상처를 안고 자랐으며, 보육원 동생인 지수에게 마음의 빚을 진 채 그녀의 주위를 맴돌고 있다. 미리를 만난 건 순전히 재미삼아였는데 점점 미리에게 빠져들게 되었다. 그는 미리가 등에 매달려 응석을 부릴 때도 이쁘고, 성질을 내고 삐쳐서 돌아앉아 있을 때도 이뻤다. 하지만 미리를 사랑하면 할수록 그의 마음은 불안하고 두렵다.

오영숙

배종옥

"나이가 들면 지금이, 인생이,
두 번 다시 안 올 거라는 걸 알지."

미리와 같은 오피스텔에 사는 여자. 첫인상은 화려하고 거만한 듯하지만 가슴속에 꼭꼭 묻어둔 남모를 사연이 있다. 남편과 아이들이 있는 집에서 쫓겨나 홀로 살고 있으며, 남편의 지시에 따라 원치 않는 정신과 치료를 받으며 집으로 돌아갈 날을 기다리고 있다.

카페 '스카이'의 손님으로, 미영 할머니가 꾸려가는 밥집의 손님으로 민호, 미리, 수희 등과 어울리게 된다. 그러던 어느 날, 하나 둘씩 그녀의 아픈 과거가 벗겨지기 시작하는데….

미영 할머니

나문희

"울고 시픔 울어."

카페 '스카이'가 있는 곳 근처의 밥집 할머니로, 말을 하지 못한다. 목에 작은 흰색 보드판을 매고 다니며 글을 써서 사람들과 소통한다. 할머니 집에서 하숙을 하고 있는 민호와는 친할머니와 손자 이상으로 애정을 주고받는 각별한 관계다. 민호는 그녀를 애인이라고 부를 지경이다.

할머니에 대해 시장 사람들의 이런저런 추측이 난무하지만, 소문만 무성할 뿐 진실을 알 길이 없다. 그녀는 누가 무슨 말을 하든 가만 보고 넉넉하게, 혹은 수줍게 웃어줄 뿐이다.

유지안

김남길

"나를 전부 이해해줄 사람이
단 한 사람만이라도 있음 참 좋겠다."

수희의 남자친구 민호의 단짝친구로 민호 아버지의 회사에서 일하며 뛰어난 능력으로 신뢰와 지원을 받고 있다.
그에게는 말 못하는 부모님과 여동생이 있지만 연락이 거의 끊어진 상태다. 살던 집이 철거되어 길거리로 쫓겨나도 대책이 없던 가난한 생활, 가족들의 고통과 자신의 아픈 현실을 외면하고 주변 사람들을 속여가며 새로운 인생을 도모했기 때문이다. 하지만 시간이 지나고 거짓말이 반복될수록 괴로움이 깊어가고, 결국 용기를 내어 수희에게 진실을 이야기하려는데….

김주민

장용

"기다리고 기다려봐. 누가 이기나 해보는 거지 뭐."

민호 아버지. 자수성가한 건설기업가. 냉정하고 독선적이지만 아내에 대한 애정이 크다. 하지만 마음과 달리 결혼 이후 날마다 싸움이 끊이지 않고 부부 사이는 좀처럼 가까워지지 않는다. 아내와 박 기사의 관계, 그리고 그들에게서 난 작은아들 민호의 존재는 평생 그에게 가혹한 짐이 되지만 묵묵히 자기 방식대로의 사랑을 지켜 나간다.

박경혜

정애리

"어떻게 잊어, 그 사람을. 니 아버진데."

민호 엄마. 친정아버지의 뜻에 따라 마음에 없는 결혼을 한 뒤 인생의 의미를 잃고 살다가 사랑하는 사람을 만나 민호를 낳았다. 평생 한 사람만 가슴에 품은 채 오랫동안 가족들과 소통이 단절된 삶을 살아가다 결국 이혼을 결심하게 된다.

김민재

김현균

"뭐든 자기가 본 게 진실이라고 믿는 것도 병이에요."

민호의 형. 정신과 상담의. 엄마가 아버지 아닌 다른 남자를 사랑해 낳은 동생의 존재를 인정하지 못해 민호에게 한없이 냉정하고 독하게 대한다. 하지만 그의 가슴속엔 엄마에게 '사랑한다'는 말을 듣고 싶은 어린 소년이 웅크리고 있다.

임지수

엄수정

"내가 이렇게 된 거 오빠 책임 아냐.
그렇게 생각하지 마."

호철과 고아원에서 오빠 동생으로 자랐다. 착하고 순하며 공부도 잘했던 그녀는 호철을 사랑하지만 하룻밤 관계로 끝이 난 채 교통사고로 다리를 잃게 된다. 죄책감으로 자신의 주변을 서성이고 있는 호철에게 미리를 잃지 말라고, 진심 어린 조언을 준다.

안해영

김미경

"엄마처럼 사람 바꾸는 거 버릇 들면 안 돼."

수희 엄마. 수희 아버지와 사별한 뒤 여러 남자를 바꾸어 만나며 사랑을 찾아 떠도는 인생을 살고 있다. 하나뿐인 딸 수희를 너무나 사랑하고 수희가 그러한 자신의 삶을 못 견디게 싫어한다는 걸 알지만, 삶의 패턴은 어쩔 수 없이 반복된다.

이미자

윤유선

"저 표정만 보면 진짜 천사네. 가증스러."

미영 할머니의 딸. 세 번째 엄마지만 자신이 가장 믿고 따랐던 엄마인 미영에게 버림받았다고 오해해, 상처와 배신감으로 뒤틀린 성장을 했다. 진실이 밝혀진 뒤에도 엄마에게 다가갈 용기가 없다.

_용어정리

- 씬 　장면(Scene)이라는 의미. 같은 장소, 같은 시간 내에서 이루어지는 일련의 행동이나 대사가 한 씬을 구성한다.
- (OL) 　오버랩(Overlap). 현재 화면이 사라지면서 뒤 화면으로 바뀌는 기법이다. 대사에서 OL은 호흡을 주지 않고 앞사람의 말을 끊고 말을 할 때 쓰인다.
- (E) 　효과음(Effect)의 줄임말로 보통 등장인물은 보이지 않고 소리만 나는 경우에 사용된다.
- (N) 　내레이션(Narration)을 지칭하는 시나리오 용어로 장면 밖에서 들려오는 목소리를 나타낸다.
- 스톱모션 　정지 동작(Stop Motion). 움직이고 있는 영상을 필요한 순간에 필요한 시간만큼 정지시키는 기법. 움직임을 멈추게 하는 것 자체가 시각적인 자극 효과를 주기도 하며, 또 어떤 장면을 정지시키느냐에 따라 그 순간을 해명하거나 강조하는 데 이용된다.
- (F. O.) 　페이드아웃(Fade-Out)의 줄임말로 영화나 텔레비전 화면이 차차 사라지거나, 음량이 점차 줄어드는 것을 뜻한다.
- 인서트 　화면의 특정 동작이나 상황을 강조하기 위해 삽입한 화면. 인서트 화면이 없어도 장면을 이해하는 데에는 별다른 지장이 없으나 인서트를 삽입함으로써 상황이 명확해지는 한편 스토리가 강조된다. 인서트 화면으로는 대개 클로즈업을 사용한다.
- 몽타주 　따로따로 편집된 개별적 장면들을 짧게 끊어 붙여 보여주는 것.
- 플래시백 　과거의 회상을 나타내는 장면. 플래시백(Flashback)은 지금 일어나고 있는 사건의 인과를 설명할 때 쓰이기도 하고, 한 사람의 과거를 보여줌으로써 그 인물의 성격을 해명하기 위해 쓰이기도 한다.
- C. U 　피사체에 가까이 접근해 찍는 클로즈업(Close Up) 장면. 대개 피사체를 화면 가득 포착하면서 '강조'하기 때문에 장면 속으로 관객을 끌어들여 극적인 효과를 더하고 사건의 시각적 명쾌함을 증진시킨다.
- DIS 　디졸브(Dissolve). 앞의 장면이 사라지는 동안 새 장면이 페이드인 되는 것으로 기능은 오버랩과 거의 같다. 차이가 있다면 두 화면을 깊게 겹친 것이 오버랩이고 얕게 겹친 것이 디졸브이다. 디졸브는 보다 짧은 시간의 경과나 보다 가까운 장소의 이동을 나타낼 경우에 많이 쓰인다.

Contents

_ 일러두기

1 이 책의 편집은 노희경 작가의 드라마 대본 집필 형식을 최대한 따랐습니다.

2 드라마 대사는 글말이 아닌 입말임을 감안하여, 한글맞춤법과 다른 부분이라 해도 그 표현을 살렸습니다.

3 말줄임표는 두 개, 세 개, 네 개 등으로 다양하게 표현되어 있습니다. 이는 대사 시 호흡의 양을 다양하게 표현하고자 한 작가의 의도를 반영한 결과입니다.

4 드라마에서 장면을 나타내는 '씬'의 경우, 표준국어대사전에는 '신'으로 등록되어 있지만 여기서는 작가의 집필 형식에 따라 '씬'으로 사용했음을 밝힙니다.

5 쉼표, 마침표 등과 같은 구두점도 작가의 의도를 따랐습니다.

과거는 과거일 뿐이라고 생각하지

9부

G o o d b y e S o l o

씬1 달리는 지안의 차, 전경, 낮.

상 윤 (E) 미안하다, 지안아, 연락 안 하려고 했는데, 상황이 너무 급해서.

씬2 달리는 지안의 차 안.

지안, 불안하고 다급하게 운전해 가는,

상 윤 (E) 선이 애기가, 위급해, 빨리 와라.

지안, 기어를 4단까지 올리고, 급하게 액셀을 밟는.

씬3 허름한 카페 밖.

민호, 공구가방을 깔고 앉아, 수희를 기다리는, 시계를 보는, 담담한,

수 희 (E) 혹시, 이 집에 사세요?

씬 4 지안의 집 앞(8부 상황 이어지는).

지안 모 (뭐가 뭔지 모르겠는, 지안 부 보면)

지안 부 (수희를 보고 있는)

수 희 이 집에 사시는 분.

그때, 지나가는 동네사람(여자) 수희에게 말 거는.

동네사람 그 사람들 말 못해요.

수 희 (동네사람을 보는) ?

동네사람 듣지도 못하고 말도 못해. 나한테 말해요, 무슨 일인지?

수 희 (지안 부모를 어색하게 보고, 동네사람에게) 이 집이 주안리 118번지 맞나요?

동네사람 맞는데. 왜요?

수 희 그게….

그때, 집 문 열리며, 선이 나오는.

수 희 (선이 쪽 보고) 있잖아요.

동네사람 그 사람도 말 못해요.

수 희 (뭐가 뭔지 모르겠는) ?!

씬 5 동네 일각.

수희, 답답하고 혼란스런 표정으로 걸어가는.

동네사람 (E) 글쎄 아가씨한테 누가 그런 문자를 보냈을까… 그 집엔 아가씨가 본 말 못하는 두 노친네하고, 딸, 지방에 일 간 사위, 그리고 아픈 애기밖에 안 사는데….

씬6 작은 종합병원, 주차장.

지안, 급하게 차를 몰고 와서, 세우고, 서둘러 내려, 병원 쪽으로 달려가는.

씬7 작은 종합병원 내(로비).

지안, 밖에서 뛰어 들어와, 거친 숨을 몰아쉬며, 주변을 살피면,
그때, 상윤의 목소리 들리는,

상윤 지안아!
지안 (상윤을 보는)
상윤 (한쪽에 서서 맘 짠해져, 지안 안쓰레 보고 작게 웃는)
지안 (상윤 보고, 숨을 고르는, 조금은 불안한)

씬8 시내의 허름한 카페 밖.

민호, 수희를 기다리는,
그때, 수희 목소리 들리는,

수희 왔어?
민호 (돌아보고, 일어서며) 뭐야? 왜 이렇게 늦었어?
수희 미안. (하고, 키를 꺼내 카페 문을 여는) 많이 기다렸지?
민호 짜증 날 만큼.
수희 (열다가 멈춰 서서, 민호 보며, 작게 웃으며) 매력 없다. 혹시 내가 늦어서 다쳤을까봐 걱정했다, 뭐 그런 식으로 멋지게 말함 안 돼?
민호 (무심히) 그런 식으로 말하는 건 지안이지.
수희 ?! (순간 굳어서, 민호 보는)
민호 (어색한) 실수.
수희 큰 실수.
민호 (고개 끄덕이며, 인정하는) 무지, 큰 실수.
수희 (편하게, 작게 웃고, 문 여는)

민 호 참 근데 메시지에 온 주소, 어떻게 된 거야?

수 희 확실히 애들 장난. 나한테 메시질 보낼 만한 사람이 그 집엔 전혀 없드라고. 애들이 장난하며 아무 주소나 쓴 거 같애.

민 호 그러게, 내가 뭐래. 괜히 쓸데없는 데 시간 버리고…. 이제부터 제발 내 말 좀 들어라.

수 희 (작게 웃으며) 그래, 그럴게. 들어가자. (하고, 안으로 들어가는)

씬9 허름한 카페 안.

먼지와 거미집이 쳐진, 너무도 낡고 허름하다,

수희, 민호 들어서서 그 광경을 보고, 얼이 빠진,

민 호 집에 가고 싶다.

수 희 (민호 보며) 나두.

민 호 휴…. (하고, 가방 내려놓고, 커튼을 치려 하는데, 커튼 찢어지며, 민호 얼굴이나 머리에 먼지가 뽀얗게 묻는, 고개 돌려, 수희 보며) 앞이 안 보여.

수 희 (편히 웃으며, 고개 절레절레 젓는)

씬10 미영의 가게 밖, 전경.

가게 안을 들여다보면,

미영, 멍하니 앉아, 귤을 먹으며 텔레비전을 보는, 눈은 텔레비전에 가 있지만, 생각은 다른 데 가 있는.

씬11 인서트 - 회상(안개 낀, 철길(혹은 시골 도로), 새벽).

젊은 미영, 옷이 찢기고, 얼굴은 긁혀 피가 맺히고, 맨발로 정신이 다 나가, 허둥허둥 엎어지고 일어서며 길을 걸어가고 있는,

카메라, 뒤로 가면,

어린 미자, 울며 '엄마, 엄마' 하며 걸어오는,

그러나, 앞을 봐도 뒤를 봐도 안개 때문에 아무것도 보이지 않는,

카메라, 다시 허둥허둥 정신 나가 도망가는 미영을 보여주는,

여자1 (E) 야, 독하다, 독해, 어떻게 지가 안 맞을라고, 애를 두고 도망을 가냐.

여자2 (E) 그냥이나 도망갔음 누가 뭐래? 집 안에 있는 돈이란 돈은 싹 다 갖고 도망을 쳤다네, 그 여자가!

여자3 (E) 늙은 놈한테 나이 들어도 처녀가 시집 왔달 때부터 내가 알아봤지, 생긴 건 곰이래도 하는 짓이 완전 여우라니까. 미자는 물론 동네사람도 다 속았잖아.

카메라, 다시 우는 미자 잡으면,

여자2 (E) 애가 세상에 그 추운 길 위에서 하루 반나절을 목에 피가 나게 울었다네. 그래도 갔다네, 모른 척하고 갔다네, 그년이.

씬 12 미영의 가게.

미영, 텔레비전을 보는,

여자1 (E) 애한테도 일부러 그렇게 잘했다드만. 남편이 살림 돈 안 줄까봐, 어구, 무선 세상이야. 어떻게 애를 이용해서, 으이, 육실헐년.

씬 13 인서트 - 회상.

불탄 시골집(며칠 후).
미영(집 나갔을 때와 같은 모습, 신발만 신은) 불탄 집 앞에 멍하니 서 있는, 그 모습 위로,

여 자 (E) 너 여기 왜 왔냐, 이년!

미영, 돌아보면,
여자, 상복 입고 달려와 다짜고짜 미영의 머리채를 잡으며, 울며, 악을 쓰는,

동네사람들 구경하고,

여 자　내 오라버니 죽이고, 니가 여기 왜 왔냐, 이년! 이 죽여도 성에 안 찰 년, 이년, 오늘 너 죽고 나 죽자, 너 죽고, 나 죽어! 우리 오라버니도 미쳤지, 너 같은 년 나갔다고, 뭐가 속이 상한다고, 집에 불을 지르고, 지가 죽냐! 차라리 너를 죽이지, 왜 지가 죽어!

여자, 미영의 머리채를 잡아 질질 끌고, 땅에 메다꽂는, 미영, 눈물만 흘리며 맞는,

미 영　(맞으면서, 멍한 상태에서) 애기는… 애기는….

여 자　니가 미잘 왜 찾어, 니가 무슨 염치로 미잘 찾아, 이년! 이 죽여도 죽여도 성에 안 찰 년, 이년! 오라버니 성질 알면서 몇 대 맞아주고 말지, 도망을 왜 가서 사람을 죽여, 이년아! 아니다, 너 불도 니가 질렀지? 그래, 이년, 니가 질렀구나, 집 나가기 전에 불씰 방에 뒀구나, 니가, 그랬구나, 이 사람 죽인 년 이년!

여자가, 머릴 흔드는 대로 흔들리며 울며 넋 놓고 있는 미영의 얼굴 위로,

동네사람1　저거저거 돈 떨어져, 집구석 다시 온 거래며?

동네사람2　남편 죽인 년이, 염치도 좋지, 어떻게 지 발로… 에고 뻔뻔한 년.

동네사람1　애가 불쌍하지, 애가 불쌍해. 아고, 나쁜 년.

영 숙　(E) 할머닌 왜 입을 닫았어요?

씬 14　미영의 가게 안.

미영, 영숙 테이블에 앉아 있는,
영숙, 밥 먹으며 미영에게 말 걸고 있는,

미 영　(영숙을 물끄러미 보고, 작게 웃으며, 귤이나 먹는)

영 숙　무슨 충격 받을 일이 있었나? 아님, 세상이 워낙 시끄러우니까 할머니라도 조용히 살자, 그랬나?

미영 (보면)

영숙 (미영을 관찰하듯 보며) 내가 그런 경험이 있거든. 어려서 친구들이 내가 한 짓을 더욱더 부풀려서 막 떠들길래, 에라 입 닫자, 상대하지 말자, 근데 한 사흘 말 안 하니까 나는 입이 근질거려 못 살겠드라고…. 억울한 걸 밝히고도 싶고, 그래서 마구 말했어. 결관 왕따였지만.

미영 (듣는 둥 마는 둥, 텔레비전이나 보는)

영숙 진짜 대단해. 어떻게 저렇게 입을 닫고 있을까…. (밥 먹으며, 무심히) 참 할머니 나 낼 병원 간다. 전번에 검사받은 거 결과 보러.

미영 (영숙 보는, 걱정스런)

영숙 (웃으며) 걱정돼?

미영 (고개 끄덕이면)

영숙 (맘이 짠해져, 웃으며) 할머니가 나 걱정해주니까 좋다. 근데 걱정하지 마. 나는… 아프고 싶거든.

미영 ?

영숙 (어색하고, 서글프게, 웃으며, 밥 먹으며) 내 딸이랑 아들 보고 싶은데… 내가 아프지 않음 나 보러 안 올 거 같아서…. 내가 별일 없이 그냥 애들 있는데 가면, 애들이 귀찮아하거든.

미영 (안쓰런, 영숙을 보는)

영숙 할머니?

미영 (보면)

영숙 내가 만약 아프면, 문병 와요. 옛날에 내 친구가 그러드라. 환자한테 찾아오는 손님이 많아야, 간호사나 의사도 무실 안 한대. 그러니까, 와야 돼요?

미영 (고개 끄덕이는)

영숙 약속해. (하고, 새끼손가락 내밀면)

미영 (그런 영숙 보다가, 새끼손가락 거는)

영숙 (미영의 손 보며, 맘 짠해지는) 정말 손이 울 엄마 손 같으네. 커다래가지고….

미영 ….

영숙 (손가락 풀고, 짐짓 밝게) 오늘 국이 정말 맛있다. (하고, 먹는)

미영 (영숙을 짠하게 보는)

씬 15 무균실, 밖.

지안과 상윤, 소영(조카, 3살, 무균실 내에서 산소호흡기 쓰고 누워 있는)을 보고 있는,

상윤 니 조카 이쁘지….

지안 (소영의 그 모습 맘 아프게 보는)

상윤 (소영 보며) 너한테 연락할 때만 해도 난리도 아니었어. 열이 오르고, 헛소릴 하고, 아침에 출근하려는데 선이가 뛰어왔드라고 와달라고…. 신랑은 지방에 일거리 찾아가고 없다면서…. 내가 너한테 연락하면 니네 식구들 난리 날 줄 알면서도, 이번엔 해야겠드라고.

지안 (눈가 붉어져, 맘 아픈, 가라앉은) 큰 병원에 가야 되는 거 아냐?

상윤 큰 병원 갔었지, 근데 별수 없나봐. 심장 기형 중에서도,

지안 (상윤 보면)

상윤 아주 나쁜 경우래. 이식밖엔 방법이 없나봐.

지안 (상윤 안 보고) 하면 되잖아.

상윤 심장 기증받기도 힘들고, 돈도 많이 들고, 수술 이후에도 끊임없이 큰 병원 신셀 져야 한대.

지안 그래서 포기한다고?

상윤 니네 식구들한텐 그 방법밖에 없으니까.

지안 (화나, 조금 큰 소리로) 내가 있잖아! 내가!

상윤 ….

지안 (맘 아퍼, 소영을 등지고 서서, 맘 아픈)

씬 16 허름한 카페 전경, 밤.

민호 (E) 먼지 많이 먹으면 삼겹살 먹어야 한다든데.

씬 17 허름한 카페 안.

수희(자장 국물 조금 묻힌), 민호(입가에 자장 국물 많이 묻히고) 먼지를 뽀

얗게 뒤집어쓰고 자장면을 먹고 있는,

카페 안엔 한쪽에 쓰다 만 허름한 소파들이 모여 있고, 커튼이 다 뜯겨 한쪽에 있는, 청소가 된 상황이다.

수 희 (자장면 먹으며) 나중에 사줄게.

민 호 (퉁명스레) 이렇게 사람을 부려먹고, 지금은 왜 못 사주는데? 착수금 받았다며? 이 깍쟁아!

수 희 (민호 보고, 웃고, 가방에서 카메라 꺼내 주고, 자장면 먹는)

민 호 (카메라 보고 멍한, 케이스를 열어보고, 놀라, 수희 보며) 비싼 거다.

수 희 (자장면 먹으며, 담백하게) 좋은 거지.

민 호 (카메라 보고, 좋아하며, 들떠) 와씨, 이거 짱 좋은 거야. 수동 자동 다 되고, 와씨, 이거 완전 선수들 거다.

수 희 (웃음 띤) 그렇게 좋아?

민 호 어.

수 희 언젠 여자한테 선물 받는 거 쪽팔리다며?

민 호 (카메라 보며) 어떤 얼빠진 놈이 그런 소릴 해. 나는 아니야. (수희 보며) 너 진짜 맘에 든다. (하고, 카메라 놓고, 수희 얼굴 잡아서, 입 맞추려 하면)

수 희 (민호의 입을 손으로 막으며) 싫어, 그 입으로.

민 호 알았어, 빨리 먹고, 입 맞추자. (하고, 자장면을 마구 먹는)

수 희 (웃고) 천천히 먹어, 체해.

민 호 안 체해. 너두 빨리 먹어?! (하고, 빨리 먹고)

시간 경과.

민호, 수희 바닥에 누워, 졸리고 피곤한,

민 호 피곤하다 갑자기 배부르니까, 암것도 하기 싫다. 뽀뽀도 귀찮다.

수 희 나두.

민 호 십 분만 자자. (하고, 눈 감고 수희의 몸에 다리 올려놓는)

수 희 무거워.

민 호 (눈 감고, 피곤한) 못 들었어.

민호, 수희를 안고 두 사람 자는.

씬 18 무균실 앞.

지안, 그 앞 소파에 앉아 있는,
그때, 상윤, 와서 앉으며,

상윤 선이가 너 안 만난댄다.
지안 어딨어?
상윤 바깥에.
지안 (일어나 나가는)
상윤 (착잡한)

씬 19 병원 바깥.

지안, 나와서 둘레를 둘러보면,
선이, 한쪽에 눈가 붉어져 오기 어린 모습으로 서 있는,
지안, 선이 보고 맘 아픈, 울지 않으려 이를 앙다물고 선이 앞으로 가는,
선이, 느낌이 이상해 고개 들어 지안 보는,
선이의 수화는 자막으로 처리되는,

지안 (수화와 말을 같이 하는, 맘 아픈, 화나는) 이 지경이 되도록 왜 연락 안 했어?
선이 (눈가 붉어져, 화나서 수화하는) 연락하면 뭐가 달라져?
지안 선이야!
선이 (울며, 격하게, 수화하는) 오빠는 오빠만 잘 살면 끝이잖아!
지안 (눈가 그렁해, 수화하며) 니 눈엔 지금 내 모습이 잘 사는 거로 보이니?! 내 맘이 어떤지,
선이 (수화로 말꼬리 자르며) 마음이 뭐가 중요해! 애가 죽어가는데!
지안 ….
선이 (수화하며) 아버지가 오빠 대신 감방 갔을 때, 오빠가 암말 않고 가만있을 때, 오빠가 어떤 사람인지 확실히 알았어! 기대 안 해, 가!

지 안　(수화하며, 말하는, 격한) 아버지가 원했어! 엄마가 원했어! 나두 싫었어!

선 이　(수화) 그래, 아버지가 원했지, 오빤 우리 집안의 꿈이니까! 하지만, 오빠가 우리 집안 꿈이라서 오빠가 한 게 뭐 있어! 엄마랑 아버진 여전히 힘들고, 나는, 내 아인 저 지경인데! (하고, 병원으로 들어가는)

지 안　(맘 아픈, 이를 앙다물고 울음 참는)

씬 20　시외 버스정류장.

민호, 수희 벤치에 앉아 머리 기대고 조는,
그때, 버스 오고,
민호, 순간 깨서, 버스를 향해 '서요, 서!' 하며 달려가는,
수희, 그 바람에 옆으로 넘어지고, 깨서 달려가는 민호를 보는,

수 희　(졸린) 민호야!

민 호　(달려가다, 뒤돌며 보는) 너 왜 거깄어!

수 희　니가 버렸잖아, 야, 버스 섰다! (하고, 있는 힘껏 뛰어가는)

버스 꽤 먼 거리지만 서 있는,
수희, 민호를 스쳐 지나가는,

민 호　같이 가! (하고, 뛰어가는)

두 사람, 버스에 오르고, 길에 초라한 선술집 보이고, 그 안에 지안과 상윤 모습 보이는.

씬 21　선술집 안.

지안, 상윤 술을 마시는,

상 윤　(병을 뺏으며) 많이 마셨다. 그만해.

지 안　(맘 아픈, 어렵게) 내 잘못이 아니었다고 말하고 싶어.

상 윤　(안쓰레 보는)

지 안　아버지 엄마… 두 분이 날 이렇게 만든 거라고, 내 의지는 없었다고, 나도 힘들었다고 끝까지 우기고 싶어.

상 윤　(술 마시고) 나는 니 잘못이라고만 생각 안 해. 우리 식구들 다 멀쩡한데, 못사는 것만으로도 난 부끄러워했잖아. (서글프게 웃으며) 그래서 백수 아버질 경찰관으로 둔갑시키고…. 세상 사람들이 자꾸 보이는 거 갖고 뭐라 하니까, 우리도 쪽 안 팔리고 살려면 염병 거짓말이라도 해야지 어떡해…. 죽어도 기죽어선 못 살겠는데.

지 안　…….

상 윤　(답답한, 사이) 민호는 아직도 모르니?

지 안　(맘 아픈) 모르지, 내가 워낙 잘 속이니까. 민호 아버님도 어머님도…. 그 집안에서 나는 아직도, 잘나가는 캐나다 교수집 아들이다. 한 십 년 그 거짓말을 죽기 살기로 했드니, 이젠 나도 진짜 같애. 지금 이 순간이 꿈 같고….

상 윤　(안쓰런, 술 마시는) ….

지 안　(멍하니, 시선 돌려 상윤 안 보고) 완전히 외면할 용기도, 눈을 부릅뜨고 이 현실을 마주볼 용기도 나는 없어. 상윤아, 내가… 이렇다.

상 윤　(안쓰레 보며) 그래도… 아버님은 보고 가라.

지 안　…. (맘 아퍼, 외면하는)

씬 22　지안의 집 앞.

불 꺼져 있는,
지안, 상윤 서 있는,

상 윤　너 피해 도망가셨나보다.

지 안　(막막하게 있는)

상 윤　철거촌 사람들 이리로 이사 올 때 너랑 멀어졌다고 얼마나 좋아하셨는데…. 도망가고도 남지. 내가 너랑 연락된다니까 나도 안 보실라고 하신 거 알지? 참 고집 세셔들.

지 안　(주머니에서 지갑 꺼내, 돈을 꺼내려는데, 사진 한 장이 떨어지는)

상 윤　(사진 집어 보며) 누구야?

지 안 (사진 받아서, 보는)

인서트 – 캐나다 교수 내외 사진(수희에게 준 것과 포즈만 다른).
그 사진, 속으로 들어가면,

씬 23 회상(2부).

인서트–사진.
중년의 말끔한 부부가 외국의 휴양지에서 다정하게 찍은 사진이다.

수 희 니네 아버지랑 엄마는 볼수록 멋있어. (지안 보며) 두 분 싸울 때는 어때?

씬 24 지안의 집 앞.

상 윤 누구야?
지 안 (사진을 지갑에 넣으며) 이름도 모르는, 캐나다 여행 가서 만난 교포 분들.
상 윤 근데 왜 이 사진을 가지고 있어?
지 안 (돈 꺼내 주며) 선이 줘.
상 윤 안 받을 거야. 니가 다달이 나한테 보낸 돈도 전해줄 때마다 다시 돌려보냈잖아.
지 안 그래도 줘. (하고, 상윤 주머니에 돈 넣고, 돌아서서 가는)
상 윤 (따라가는)

씬 25 달리는 지안의 차 안.

대리운전자, 운전해 가고,
지안, 서글픈 표정으로 뒷좌석에 기대 캐나다 내외의 사진을 보다가, 창문 열고 날려버리는,
지안, 눈가 붉어 멍하게 가는,

수 희 (N) 과거를 되돌리고 싶어하는 남자가 있다.

씬 26 미리의 오피스텔 안, 새벽녘.

호철, 미리 자고 있는,
그때, 삐삐 소리 나는,
미리, 얼른 일어나 호철의 핸드폰 보는,
〈왜 이렇게 연락이 안 돼, 지수가 많이 아퍼, 연락 줘, 김 선생〉
미리, 제 핸드폰을 집어 들어서 김 선생의 핸드폰번호를 입력하고, 호철의 핸드폰에서 제주도를 찾아서, 다시 제 핸드폰에 입력하고, 호철에게 온 김 선생의 메시지와, 김 선생의 발신자번호는 지우고, 누워 천장 보는,

수 희 (N) 한 남자의 과거를 지우고 싶어하는 여자가 있다.

씬 27 병원, 로비, 낮.

영숙, 의자에 가만 앉아 있는,

수 희 (N) 자신의 과거를 기억에서 지워버린 사람도 있다.

씬 28 수희의 작업실 안.

수희, 통장을 보는,
〈유지안, 이백만 원〉이 찍힌 것을 보며,

수 희 (N) 왜 우린 과거는 과거일 뿐이라고 생각하지 못할까?

노크 소리 나, 창 쪽 보면,
민호, 웃고 있는,

수 희 (N) 그래서 왜 이 순간의 행복을 끝없이 방해받을까?
수 희 (민호 보고, 작게 웃으며) 들어와.
민 호 나와, 일 가야지. 밖에 있을게. (하고, 안 보이는)

수 희　(옆의 가방 들고, 나가려는데)

그때, 문자메시지가 오는,
수희, 문자메시지를 보면,
〈그곳엔 그가 버린 그의 부모가 산다〉

수 희　?

씬 29　지안의 사무실 안.

인서트 – 문자메시지.
〈그녀에게 처부터 말할 수 없었던 걸, 그는 이제 와 후회하고 있다〉

핸드폰에서 카메라, 위로 올라가면, 지안, 눈가 그렁해 메시지를 보내고, 창가를 보는.

씬 30　진료실 앞.

영숙, 진료실 앞에 두어 사람과 함께 서 있는,
영숙, 조금은 초조하게 시선을 바닥에 둔,
잠시 후, 간호사 진료실에서 나와 차트 보며,

간호사　(주변을 두리번거리며) 오영숙 씨 들어오세요.
영 숙　(간호사 안 보고, 시선을 여전히 바닥에 둔)
간호사　오영숙 씨, 안 오셨나요?
영 숙　…. (서 있다가, 가는)

씬 31　병원 벤치.

민재, 주민 앉아 있는,

주 민 … (잠시 가만있다가) 요즘 환자들은 많냐?

민 재 (건성으로 답하는) 네.

주 민 … 새애긴 잘 있고?

민 재 네.

주 민 너는 네밖에는 할 말이 없냐?

민 재 (주민 보며) ‥ 전번 날 어머니가 찾아오셨어요.

주 민 ?

민 재 두 분 헤어지신다고 그러시대요. 그래서, 전 아무래도 상관없다고 했습니다.

주 민 (보면)

민 재 (주민 안 보고, 서글프게 웃으며) 다들 차갑기가 이루 말할 수 없는 분들이 이번엔 참 자상도 하세요. 번갈아가며, 일일이, 저한테 보고를 하시고.

주 민 (민재 물끄러미 보며) 새애기한테 잘해주냐?

민 재 (보면)

주 민 의사들 일이 많다는데, 그래도 시간 내 외식도 하고 그래?

민 재 ….

주 민 (안 보고, 담담하게) 남자한테 젊어선 일이 전불 때가 있지, 근데 그릴 때도 시간 내 여편네는 챙겨라. 나처럼 늙어 오갈 데 없어지지 말고. 가봐야겠다. 근처에 일이 있어서 왔거든. (하고, 일어나 가는)

민 재 (화나는, 원망스레 주민을 보며) 충고 고맙게 받겠습니다.

주 민 (돌아보며, 서글프게 웃으며) 그래. (하고, 가는)

민 재 (화나는)

씬32 주차장.

주민, 걸어오면,
기사, 룸미러로 보고, 차 안에서 나오는,
주민, 기사에게,

주 민 집에 가. 난 좀 걸을란다. (하고, 가는)

씬33 병원 밖 + 병원 로비.

민재, 굳은 얼굴로 걸어 들어와 로비를 지나가다가, 뭔가 이상해, 한쪽을 보면,
영숙, 담담하게 의자에 앉아 있는,
민재, 영숙 보고, 그냥 가려는데,

영 숙 보고도 못 본 척하네.
민 재 (잠시 생각하다가, 앉는)
영 숙 (보는)
민 재 (짐짓 편하게) 뭐 해요, 여기서?
영 숙 정기검진 결과를 보러 왔는데, 볼까 말까 생각하는 중이에요.
민 재 왜 나쁜 결과가 나왔을까봐 겁나요?
영 숙 (서글프게 웃는) … 그 반대.
민 재 ??·· 진료 세 건이면 끝나는데, 기다릴래요? 차 한잔하게.
영 숙 (고개 끄덕이는)
민 재 (가는)
영 숙 (가는 민재 보는)

씬34 창고 안.

영웅과 무더기, 남자 하나를 패고 있는,
무더기, 남자 때리고, 남자가 나가떨어지면,
영웅, '인나, 인나' 하며 남자를 일으켜 때리는.

씬35 창고 밖.

호철, 신식 차에 기대 서 있는,

호 철 (가만있다가, 덤덤하게 신식 보며) 어머니 잘 계시냐?
신 식 여전히 그래요.

호철 중풍 그거 힘든데… 누가 돌봐?

신식 동생이 착해요.

호철 (가만 보다가, 서글프게 웃으며) 영웅이 놈이 너 안 들쑤시냐?

신식 ?

호철 전번에 내가 당하고 나서 놈이 날 보는 게 뜨아해서 하는 말이야? 안 들쑤셔?

신식 전혀 그런 거 없습니다. 걱정 마세요.

호철 (작게 웃으며) 걱정은 무슨 이 바닥 생린데. 힘 있을 땐 굽신, 힘 떨어지면 아작. 너두 별수 없을걸?

신식 (속상해, 걱정스레 보며) 저 학교 들어갔을 때 형님이 제 어머님 보살펴주신 거 저 못 잊습니다. 농담이라도 그런 말씀 마십시오.

호철 (짐짓 가볍게) 나도 내가 모시던 형님한테 꼭 너처럼 말했다.

신식 ……. (걱정스레, 호철 보는)

호철 나는 각오가 돼 있습니다. 밟으면 밟혀야지, 안 그러냐? (웃고, 시선 돌리고, 괜히 휘파람을 부는)

씬36 미리의 오피스텔 안, 주방 쪽.

미리, 전화를 하고 있는, 그러나 신호음만 가고 받지 않는,

미리, 핸드폰을 보면, 〈제주도〉라고 쓰인,

미리, 전화 끊고, 김 선생을 찾아 다시 전화하는, 잠시 후, 전화 받는,

김 선생 (E) 여보세요?

미리 (짐짓 편하게) 강호철 씨한테 연락하셨었죠? 강호철 씨가 급한 일이 있어서 저보고 대신 연락 좀 하라구 해서 연락드리는 거예요. 아는 동생이거든요. 전번에 잠깐 전화하다 끊긴 거 같은데…

김 선생 (E) 아 네, 그럼 호철이한테…

미리 (작게 혼잣말) 호철이…

김 선생 (E) 지수가 지난번 사고로 아파서 일산에 있는 오병원에 와 있다고 좀 전해주세요.

미리 병실 호수가 (사이) 네, 전해드릴게요. (하고, 전화 끊고) 일산… 오병원… 뭐야? 지수란 여자가 술집 기집애가 아닌가? 아님 술집 기집애가, 손님하고 싸

우다 다쳤나…. (하고, 일어나 주방으로 가 설거지하며, 짐짓 담담하게) 추측은 그만, 일단 오늘은 늦었으니까 낼 가보자, 가서 보고, 그때 생각해도 안 늦는다….

씬 37 카페 안.

영숙, 민재 차를 마시는,

영 숙 (차 마시고) 할 말 있어서 오자 그런 줄 알았는데, 차만 마시네.

민 재 (차 마시고, 보는)

영 숙 김민재 씨 같은 의사들은 자기 스스로 문제가 있다고 느낄 때 누구랑 상의해요?

민 재 (보면)

영 숙 너무 잘나서 자기 문제도 스스로 푸나? 아님 종교에 의지하나?

민 재 종교에 의지할 수도 있고, 믿을 만한 선배를 찾아가기도 하죠.

영 숙 문제 있어 보여요, 그쪽. 무슨 문젠지 말해봐요. 인생 선배도 선배니까, 들어줄게요.

민 재 (작게 웃는)

영 숙 날 안 믿는구나? (혼잣말처럼) 그러면서 나보곤 지를 믿으라니, 말이 돼…. (하고, 차 마시는)

민 재 (짐짓 가볍게) 사춘기 때,

영 숙 (보면)

민 재 (창가 보며, 서글픈 담담한, 담백하게 말할 것) 어머니가 우리 집 운전기사랑 입 맞추는 걸 봤어요.

영 숙 (보는)

민 재 내가 이뻐한, 아주 괜찮은, 동생 하나가 있는데…. 놈이, 어머니가 바람핀 그 남자의 아들이란 것도 그때 한꺼번에 알았죠. 조심 좀 하지, 내가 자는 줄 알고, 둘이 거실에서 다투는 소릴 들었거든요.

영 숙 (보는)

민 재 이후, 남자가 떠나고 어머닌 아무 일도 없는 것처럼 여전히 아버지랑 사셨어요. 나는 대학만 졸업하면 집을 나간다고 벼르다, 나왔구요. 안 보니까 편했는데, 이즘 두 분이 부쩍 절 찾네요. 이혼하는 데 내 동의가 필요한 것도 아니면서, 번갈아가며 통보를 하시네요. 그래서 조금 맘이 무거워요.

영 숙　(차 마시고, 민재 보면)

민 재　(웃음 띤 채) 무슨 말을 해줄까 기대했는데, 말이 없네.

영 숙　(작게 웃음 띠고) 내가 뭘 알겠어요?

민 재　(웃고)

영 숙　(웃고) 밥 먹으러 가요. (하고, 가는)

민 재　(영숙 보며, 일어나 가고)

씬38　포장마차(떡볶이 파는).

영숙, 민재 먹고 있는,

민 재　(웃음 띤) 이렇게 한 끼 떼우는 것도 괜찮네요.

영 숙　(마구 먹으며) 난 이런 데 정말 자주 오고 싶은데, 혼자선 영 이상하드라. 덕분에 같이 오니까, 좋네요. 맛있죠?

민 재　그러게요. (하고, 하나 남은 떡볶이를 포크로 집으면)

영 숙　(제 포크로 떡볶이를 찍는)

민 재　(보면)

영 숙　(보고, 웃는)

민 재　(포크 빼며, 영숙 보며) 먹어요.

영 숙　(포크로 떡볶이 집어, 민재의 입에 넣는)

민 재　(입에 국물 묻히고, 보면)

영 숙　(웃음 띤) 멀쩡해 보이는 사람이 입에 떡볶이 물고 있으니까, 코미디다. (하고, 돈 내고) 잘 먹었습니다. (하고, 민재 보며) 이제 좀 걸어요. (하고, 나가는)

민 재　(웃고, 손수건으로 입가 닦고, 나가는)

씬39　시외 카페 안, 밤.

민호, 드릴로 벽에 못을 박고 있는,

수희, 한쪽에 앉아, 자신이 만든 작품을 용접으로 마무리하고 있는,
민호, 입에 못을 물고, 못 박는 모습, 수희, 용접하는 모습 보여주는.

씬 40 정류장 부근.

민호, 녹초가 된 수희를 카메라를 들고 동영상으로 찍는,

수 희 (어이없이 웃으며, 걸어가며) 피곤하지도 않아. 그렇게 일하고 또 카페 갈 거면서, 사진까지….

민 호 (사진을 찍으며, 뒷걸음치며) 사진이 아니라, 동영상…. 야, 이 카메라, 정말 죽인다.

수 희 (웃으며) 그러다 다쳐.

민 호 안 다쳐.

수 희 힘들지도 않아? 어쩜 그렇게 일을 하고 지치지도 않니?

민 호 (동영상 찍으며) 우리 아버지 말씀, 머리 없는 놈은 힘이라도 좋아야 산다.

수 희 그만 찍어.

민 호 사랑한다고 한번 말해줘.

수 희 (멈춰 서서, 작게 웃으며) 여기서?

민 호 큰 소리로 안 하면 되잖아.

수 희 싫다면.

민 호 여기서 날 새는 거지, 뭐.

수 희 (작게 웃고, 뜸 들이다, 빠르게) … 사랑해. 됐지?

민 호 (카메라 보며) 됐지는 빼고.

수 희 휴…. (빠르게) 그래, 됐지는 빼고 사랑해.

민 호 (카메라 내리며) 죽을래?

수 희 (정류장 쪽 보며) 버스 왔다. (버스 있는 데로 가는)

민 호 같이 가. (하고, 가는데)

그때, 상윤, 버스에서 내려 민호와 스쳐 지나가는,
민호, 가다가 뭔가 이상해 가는 상윤 보고,

수 희 (버스에 오르며) 민호야!
민 호 (수희 보고) 어. (하고, 버스에 타는)

씬 41 버스 안.

수희, 민호, 자리 잡고 앉는,

수 희 아까 누굴 그렇게 봤어?
민 호 어… 아는 사람 같은데, 잘 생각이 안 나네.
수 희 ?
민 호 (카메라 가방에 넣으며) 낼모레 쉰다며, 뭐 할 거야?
수 희 ‥ 지안이 만나려고.
민 호 (보면)
수 희 (보고, 조금 어렵게) 지안이가 우리 집 집세를 보냈어. 돌려줄려고.
민 호 … 그랬구나. (하고, 창가 보는)
수 희 기분‥ 나빠하지 않았으면,
민 호 (말꼬리 자르며) 누구라도 이런 상황에선 기분 나쁠걸. 그냥 그렇구나 해. 시간 가면 괜찮아지겠지.
수 희 (민호 보다가, 앞 보는 착잡한)
민 호 (창가만 보며) 나 자신 없는 남자 딱 질색인데… 니가 지안이한테 흔들릴까봐 걱정돼…. 우습겠지만.
수 희 우습지 않아.
민 호 (보면)
수 희 (어깨에 기대서) 솔직하다고 생각했어.
민 호 (팔로 수희의 어깨를 안고, 앞 보는)

그렇게 가는 두 사람 보이고.

씬 42 지안의 방 안.

지안, 책상에 앉아, 핸드폰으로 메시지를 찍는,

메시지, 〈선이야, 연락 줘. 오빠다〉 하고 보내고,
생각하는데, 잠시 후, 메시지음 울리는, 보면,
〈연락하지 마〉
지안, 맘 아픈.

씬 43 여의도, 윤중로 같은 거리.

영숙의 차에 기대, 영숙, 솜사탕을 뜯어 먹는,

민 재 너무 맛있어서 아깝나보다. 조금씩 먹는 거 보니까.
영 숙 (솜사탕만 뜯어 먹으며, 민재 안 보고) 민재 씨 엄마가,
민 재 (보면)
영 숙 (보며) 그 일 이후로 민재 씨한테 미안하다고 했어요?
민 재 그럼요. (영숙 안 보고, 조금 서글픈) 울 어머닌 늘 그러세요. 미안하다고.
영 숙 (보면)
민 재 (안 보고) 미안하단 말이 지겹게 느껴질 만큼 하시죠. 그래서 (영숙 보며, 웃음 띤, 편하게) 내 아내는 미안하단 말을 안 하는 사람을 골랐어요.
영 숙 부인은 미안하단 말 대신 그럼 어떤 말을 잘 하는데요?
민 재 (무심히) 고맙다, 사랑한….
영 숙 (말꼬리 자르며, 담담하게) 엄마한테‥ 그 말이 듣고 싶었구나?
민 재 …. (짠해지는, 막막한, 외면하는)
영 숙 (보는)
민 재 (맘 아픈, 서글픈) …… 어머닌‥ 그 말을 늘 동생한테만‥ 했어요.
영 숙 (따뜻하게) 동생도‥ 미웠겠네. 나 같아도 미웠겠다.
민 재 (서글프게 웃으며, 영숙 보고) 나, 유치하죠? 애들같이 말 한마디에‥.
영 숙 왜 그쪽은 유치하면 안 돼요?
민 재 ….. (작게 웃는)
영 숙 가요. 버스정류장까지 데려다 줄게. (하고, 차에 타려 하면)
민 재 병원 결과 언제 볼 거예요?
영 숙 (대수롭지 않게) 안 볼래요. 결과 받으러 갔는데, 너무 건강하세요. 그 소리 들으면 쪽팔리잖아요. (하고, 차에 타는)

민 재　(영숙 보고, 차에 타는)

씬 44　갤러리 바깥.

주민, 걷다가 문득 고개 들어 보면, 갤러리 보이는,
주민, 답답한, 그때 옆을 스쳐가는 노부부 보이는,
주민, 그 노부부 부럽게 보면,
노부부, 그림 얘길 하며 즐겁게 가는.
그때, 경혜의 목소리 들리는,

경 혜　거기서 뭐 해요?
주 민　(돌아보는)
경 혜　뭐 해요? 이 근처에 일 있어요?
주 민　(조금 당황한) 어‥ 그게 거래처‥. 당신은 뭐 해?
경 혜　그림 봤죠.
주 민　무슨 그림을 본 걸 또 보고,
경 혜　?
주 민　(아차 싶은) 밥은?
경 혜　생각 없,
주 민　(말꼬리 자르며) 밥을 생각으로 먹나? 때 되면 먹어야지. 따라와. (하고, 가는)
경 혜　(답답한, 따라가는)

씬 45　한식집 안.

경혜, 주민, 밥 먹는,

경 혜　회사는 안 들어가봐도 돼요?
주 민　유 실장이 잘 알아서 해.
경 혜　(밥만 먹으며) 당신 지안일 너무 믿는 거 아니에요.
주 민　(보면)

경 혜 부모가 있다는데, 부모를 본 적도 없고, 난 개가 자꾸 미덥지가 않아요.

주 민 괜찮은 놈이야. 신경 쓰지 마.

경 혜 (주민 보고, 서운한, 밥 먹는)

주 민 (밥 먹으며, 무심한 척) 그 사람,

경 혜 (보면)

주 민 (안 보고, 밥 먹으며) 박 기사가 왜 그렇게 좋았어?

경 혜 (보다가, 밥 먹으며) 싸우기 싫어요.

주 민 당신은 내가 마냥 젊어 보이나보네.

경 혜 (보면)

주 민 싸움하는 것도 힘 넘칠 때 얘기야. 이젠 나도 늙었어. 박 기사 얘길 물은 건·· 그냥 알고 싶었어. 그가 왜 좋은가, 나는 왜 싫은가···. 밥 먹어. (하고, 밥 먹는)

경 혜 (주민 보고, 맘이 안 좋은, 밥 먹는)

주 민 (밥 먹다가, 다시 경혜를 보는, E) 데이트는 무슨,

씬 46 지안의 방 안.

주민, 책상 의자에 지안, 침대에 앉아 있는,

주 민 어거지로 밥 한술 같이 먹은 거지.

지 안 (보는)

주 민 근데 넌 왜 누워 있었어. 아퍼?

지 안 조금, 몸이 안 좋네요.

주 민 (안쓰런) 감기야?

지 안 (작게 웃으며) 네.

주 민 집 떠나 있음 몸 아프면 안 돼. 서럽잖어. 병원 가.

지 안 (고개 숙인) 네···.

주 민 (안쓰레 보는)

지 안 (짐짓 밝게, 주민 보며) 어머니한테 한 번만 아버님 진심을 말씀하심 안 돼요. 많이 좋아하셨다고.

주 민 말했다, 본전도 못 찾을 거 같아 싫다.

지 안 (자기 얘기 같은, 어렵게) 그래도 시도는 해보는 게,
주 민 너는, 왜 그럼 니 얘길 아무한테도 안 하냐?
지 안 (보는) ?
주 민 (작게 한숨 쉬고, 짐짓 다른 말을 하듯) 자라. (하고, 가는)
지 안 ….

씬 47 카페 안.

민호, 물잔을 닦으며, 생각하는,

수 희 (E) 지안이 만나려고 해.

인서트 – 회상.

민 호 (지안 보는) … 아직은 수희한테 미련이‥ 있지?
지 안 (보는) … 쉽게 잊기엔 너무‥ 괜찮은 애잖아.

민호, 답답한 물잔 닦는 모습에서 F. O.

씬 48 미리의 오피스텔, 중정, 낮.

미리, 화려하게 꾸미고 엘리베이터에서 내려, 가는데,
호철, 들어오다 보는,

호 철 야, 너 어디 가?
미 리 (담담히) 애인 만나러. (하고, 가려 하면)
호 철 (미리 잡아서, 돌려세우며) 나 배고파 밥 줘.
미 리 밥통에 밥 있거든.
호 철 어디 가는데? 카페 가?
미 리 밥 먹고 자고 있어. (하고, 가는)
호 철 미리야, 코딱지!

미 리　(가며, 혼잣말) 그 여잘 만나면 첨에 뭐라 그럴까, 다짜고짜 머릴 잡아? (고개 젓고) 신파야….

호 철　자식이… (돌아서서 가다가, 다시 미리 간 쪽 보며) 어딜 가는 거야, 진짜.

씬 49　병원, 복도.

미리, 병실 앞에서 환자 이름 적어놓은 걸 보는,
서너 사람과 함께, 임지수란 이름이 있는,
미리, 가만 보는데, 그 얼굴 위로,

간호사　(E) 임지수 씨.

미 리　(그 말에 조금 거리가 있는 창가 복도 쪽을 보면)

김 선생은 벤치에, 지수는 휠체어를 타고, 마주 본 상태로 있는 게 보이는,
미리, 웃는 지수를 보는, 미리와 지수의 모습 위로, 간호사와 지수의 대화 들리는,

간호사　컨디션 어떠세요?

지 수　좋아요.

간호사　다행이네요. 걱정했는데, 이번엔 충분히 치료받고 가세요. 전번처럼 그냥 가지 말고.

지 수　네.

간호사　(가고)

지수와 김 선생과 '애들 잘 있을까, 전화했드니 잘 있드라' 는 내용의 얘기하는데, 미리, 핸드폰에서 제주도 찾아 전화하는,
잠시 후, 지수의 핸드폰 울리고 받는,

지 수　여보세요?

미 리　(핸드폰 들고, 가만 지수를 보는)

지 수　여보세요?

미 리 (전화기 내리고, 벽에 기대, E) ·· 술집 앤 줄 알았는데, 아닌 거 같네··.

김 선생 (지수에게) 왜 그래?

지 수 (전화 끊으며) 잘못 걸린 전환가봐요.

미 리 (지수 보는, E) 꽤 지적이기까지 하네··.

김 선생 바람 쐬러 가자. (하고, 휠체어 밀고, 미리의 앞을 지나쳐 가는)

미 리 (지수의 의족을 보고, 가는 지수 보며, E) 다리가 아픈가···. 대체 이 여자 정체가 뭐야?

씬 50 민호의 옥탑.

미영, 평상에 앉아 있고,
민호, 미영의 무릎을 베고 누운,

민 호 (짐짓 편하게) 할머니, 지금 수희 뭐 하게?

미 영 (보면)

민 호 모르지? 나는 안다. 지금 수희 지안이 만난다.

미 영 ?

민 호 기분·· 안 좋아.

미 영 (머리 만지는)

민 호 (막막한)

씬 51 지안의 사무실 안.

지안, 핸드폰을 하고 있는,

수 희 (E) 회사 옆에 있는 카페에 있어. 나올 수 있어?

지 안 그래, 곧 갈게. 나도 할 얘기가 있는데, 잘 왔다. 나갈게. (하고, 전화 끊고, 사진을 보고, 가족들 사진을 액자째 휴지통에 버리는, 그리고 뭔가 작심하듯 일어나는)

씬52 카페 안.

수희, 답답한 마음에 차 마시는, 그러다 작심하고 일어나 가방 들고 나가서 카운터로 가서, 직원에게,

수 희 (계산서와 돈을 주고) 저기 부탁이 있는데요, (가방에서 봉투 꺼내 주며) 유지안이란 손님이 오시면 이것 좀 전해주세요.

직 원 (받으며) 네.

수 희 고맙습니다. (하고, 나가는, 답답한)

씬53 회사 로비.

지안, 엘리베이터에서 내려, 걸어가는, 담담한.

씬54 거리.

수희, 답답한 마음에 바쁘게 걸어가는데, 전화 울리는,
수희, 멈춰 서서, 핸드폰 보면, 〈유지안〉이라고 쓰여 있는,
수희, 잠시 생각하다 핸드폰 받는,

수 희 여보세요.

지 안 (E) 이렇게밖에 할 수가 없었니?

수 희 (맘 아픈, 짐짓 담백하게) ‥ 어.

씬55 카페 안.

지안, 테이블에 앉아 있는, 속상하고, 화난, 맘 아픈, 테이블 위에 돈 봉투 놓여진,

지 안 (속상하고 맘 아픈) 너무하다, 정수희.

씬 56 거리.

수 희 (맘 아픈) 널 보고… 내가, 할 얘기가 없었어. 미안해….

지 안 (E, 조금 큰 소리, 말꼬리 끊으며) 내가 할 얘기가 있었어!

수 희 ?

씬 57 카페 안.

지 안 (눈가 그렁해, 숨을 고르며, 애써 담담하려 하며) 내가, 너한테, 할 얘기가 있었다구…. 지금까지 너한테 말하지 못한 얘기… 꼭 해야만 했는데 못 한 얘기가 있었다고…. (사이, 가라앉은) 어디야? 내가 지금 그리 갈게… 수희야? 수희야?

씬 58 거리.

수 희 (핸드폰에 대고) 여보세요? 지안이? 지안… (하고, 핸드폰 보면, 배터리가 꺼진, 답답한, 잠시 생각하다가, 한숨 크게 쉬고, 머리 쓸어 올리며, 다시 카페로 가는)

씬 59 카페 안.

지안, 핸드폰을 하다가, 접고, 돈 봉투 보고, 주머니에 넣고, 일어나 계산하고 나가는,
잠시 후, 수희, 카페로 들어서서 주변 살피지만 아무도 없는,
수희, 막막하고 속상한 눈가 붉은.

씬 60 거리.

지안, 눈물 흘리며 걸어가는,

인서트 – 플래시백.

1, 제주도에서 놀던 수희와 지안.

지안, 걸어가는,

2, 스키 타던 두 사람.

씬 61 달리는 버스 안, 밤.

수희, 생각 많은,

인서트 – 플래시백.
3, 수희의 작업실에서 내가 잘못한 게 있으면 말해달라고 하던 지안.
4, 4부 회상 중 수희의 작업실에서 수희를 안아주던 지안.

씬 62 거리, 밤.

지안, 눈가 그렁해 걷다가 멈춰 서서 주변을 돌아보면, 거리를 걷는 여러 모습의 사람들,
지안, 막막한,

민 호 (E, 차분한) 왜 안 만났어?

씬 63 미리의 카페 안.

수희, 바에 칵테일을 놓고 칵테일 잔만 보고 앉아 있고,
민호, 그런 수희를 보는,

수 희 (칵테일 잔만 보는) ….
민 호 (수희 담담히 보는) … 만나기로 해놓고 안 보고 오면 그렇잖아.
수 희 (칵테일 잔만 보며) 지안인 나한테 할 말이 있다는데, 나는 듣기가 겁났어.
민 호 (차분히) 뭐가 겁이 나는데?

수 희 (잔만 보며) 그러게…. (어색하게 웃으며) 미안한데, 나 좀 그냥 놔둘래?
민 호 … 그래.

민호, 칵테일을 준비하려는데,
그때, 준이 와, 수희에게 핸드폰 주며,

준 이 누나, 핸드폰 충전했어요. 근데 메시지 왔나봐, 자꾸 삑삑거려.
수 희 고마워. (하고, 핸드폰 받고, 보는)
준 이 (일자리로 가고)
민 호 (수희 보는)

인서트 – 그간 왔던 모든 문자들.

수 희 (답답한)
민 호 (일하며) 뭐야?
수 희 (문자 보며, 답답한) 그간 나한테 왔던 문자들이 모두 왔어. 대체 누굴까…. 그 집엔 말 못하는 분들밖엔 안 사시던데….
민 호 ?! (수희 보는)
수 희 당분간 메시지가 못 오게 끊어야겠다. 신경 쓰여. (하고, 핸드폰 접고, 핸드폰 두고) 화장실 다녀올게. (하고, 나가는)
민 호 (멍한, 조금 굳은 얼굴로 수희의 핸드폰을 열어보는)

인서트 – 문자.
1, 첫 번째 메시지.
〈그는 거짓말을 아주 잘한다. 때론 거짓말을 하는 그조차 진실로 착각할 만큼〉

인서트 – 플래시백.
2부, 학교, 복도.
지안, 상윤에게 '내 따까리지' 하던.

인서트 – 플래시백.
9부에서 상윤과 스치던,

민호, 조금은 막막하고 맘 아프게 두 번째 메시지 보는,

인서트 – 문자.
2, 두 번째 메시지 〈그는 이제 진실을 말하려 한다〉
3, 세 번째 메시지 〈그런데 그는 왜 거짓말을 시작했을까?〉

인서트 – 플래시백(제주도, 하이킹).

지 안 나는 나 자신도 용서가 안 되는 놈이니까.

민호, 네 번째 메시지 보는,

인서트 – 문자.
4, 네 번째 문자메시지 〈그는 여기서 끝내고 싶지 않다〉
5, 다섯 번째, 여섯 번째 문자메시지 〈그는 그의 부모가 부끄러웠다, ·· 그곳엔 그가 버린 그의 부모가 산다〉

인서트 – 회상.
'빌지 마' 소리치던 지안.

인서트 – 문자.
6, 일곱 번째 문자메세지 〈그녀에게 첨부터 말할 수 없었던 걸, 그는 이제 와 후회하고 있다〉

수 희 (E) 지안인 나한테 할 말이 있다는데, 나는 듣기가 겁났어.

민호, 멍한, 핸드폰 접고, 문 쪽 보면,
수희, 들어와 민호의 앞에 앉는,

민호(민호의 시각으로), 수희를 보는,

수 희 무슨 생각을 그렇게 해.

민 호 (수희만 보며, 멍한) 나… 아무 생각도 안 해.

그런 민호의 얼굴에서, F. O.

씬 64 오피스텔 전경, 아침.

호 철 (E) 너는 말로만 알러뷰지?

씬 65 미리의 오피스텔 안, 아침.

호철, 인스턴트 밥과 김치를 먹고 있는,
미리, 자다 일어난 얼굴로 우유 한 잔 들고 그런 호철을 빤히 보고 있는,

호 철 (밥 먹으며, 구시렁대는) 그냥 빼꾸기는(손을 입에 대고, 말하는 시늉하며) 진짜 빼꾸기보다 잘 날려요. 사랑해, 좋아해, 너무 좋아, 영원히…. 말은 청산유수 사바사바, 잘하지. 그리고 고작(인스턴트 밥 들어 보이며) 이거냐? 천육백 원!

미 리 (호철만 담담히 보는) ….

호 철 (아랑곳없이, 밥 먹으며) 내가 사 먹는 밥, 그렇게 싫다고 몇 번을 말했어. 집도 대체 이게 뭐야? 지 낯짝은 하루에도 서너 번씩 닦아대면서, 일주일 내 내가 청소기 안 돌리면 지는 손 까딱을 안 하고, 뉴스에 날 일이지, 건달이 주부습진이 말이 되냐?

미 리 운명 같은 거 믿어?

호 철 운수는 믿는다, 왜?!

미 리 사랑은 믿어?

호 철 (수저 놓으며, 짜증 나는) 또, 또, 또! 또! 사람 골 아프게 하네, 얘가?! 내가 지가 하는 짓 쫌만 뭐라 그럼, 그누무 사랑이 어떻고, 운명이 어떻고! 진짜 너 사람 괴롭히는 것도 가지가지다. 밤마다 잠자리에 누워, 날 어떻게 하면 들볶

을까 개발하고 연구하냐?

미 리 (눈으로 호철만 보며, 우유 마시는)

호 철 에이고, 진짜, 진짜…. (하고, 일어나, 미리 보며) 니가 마신 우유잔은 니가 닦어?

미 리 (보면)

호 철 얘 나한테 배웠네, 눈 부라리는 거. 알았다, 내가 닦는다, 내가 닦아. 이 코딱지야, 물이나 뭐놔. (하고, 텔레비전 쪽으로 가서, 텔레비전 보는)

미 리 (그런 호철 보며, 작게 혼잣말) 내가 강호철 너한테 절대 참을 수 없는 게 대체 뭘까?

씬66 달리는 버스 안.

민호, 수희와 전화하고 있는,

수 희 (E) 같이 가지, 왜 혼자 가.

민 호 (생각 많은) 몸살 났다며, 그냥 오늘은 집에서 쉬어. 오늘 카페에 테이블 들어오는 것밖에 별일 없잖아…. 고맙긴…. 참… 수희야, (조심스런) 전번에 메시지에 온 주소… 파주 주안리 118번지 맞어? (사이) 아냐, 그냥…. 그래, 그럼 일 끝나고 전화할게. (하고, 전화 끊는, 창가 보며, 뭔가 작심한)

씬67 팬시점.

영숙, 팬시점으로 들어가는.

씬68 팬시점 안.

영숙, 팬시점으로 들어서는,
점원, 영숙 보고,

점 원 어서 오세요!

영 숙 네. (하고, 주변 보고, 점원에게) 액자 보러 왔는데, 어딨어요?

점 원 뒤쪽으로 가보세요.

영 숙 네. (하고, 뒤쪽으로 가는)

영숙, 뒤쪽으로 가다가,
8부의 매 맞던 여중생(여전히 주눅 들고, 슬픈 눈)과 스치는,
영숙, 모르고, 액자를 고르는,

영 숙 모던한 게 낫나·· 앤틱풍이 낫나···. 수희가 내 그림을 다 그렸다는데, 대체 그걸 어디에 넣어야 잘 넜다 소문이 날까···. (보던 것 놓고, 다른 액자 고르며) 이거 괜찮네·· 다른 건 뭐 없나···. (그렇게 구경하다가, 무심히 한쪽을 보는데)

여중생, 주변의 눈치를 보며, 필기구를 훔쳐 주머니에 넣는,

영 숙 (가만 여중생을 보는, 혼잣말) 쟤가···.

여중생 (영숙의 존재를 모르고, 점원의 눈치를 살피며, 이번엔 가방을 열어, 손에 잡히는 대로 물건을 넣는)

영 숙 (고개를 절레절레 젓다가, 다가가 여중생의 손목을 잡으며, 화난, 가라앉은) 너, 뭐 하는 짓이야?

여중생 (놀라고, 두렵게 영숙을 보는)

영 숙 (화나, 호흡하며, 제 맘을 가라앉히려 하며) 너 저번에 친구들 돈 훔친 애 맞지?

여중생 (두려운)

영 숙 너 진짜 안 되겠구나···. 친구들 돈에, 물건까지···. 너 그때 아줌마가 돈 주며 다신 그러지 말랬지? 야, 너 학교 어디야?

여중생 (두려운)

영 숙 이게 불쌍한 눈으로 보면 단 줄 아나? 너 학교 어디야? 너 이름이 대체 뭐야? (하고, 조끼의 이름표를 보려 여중생의 겉옷을 확 젖히면)

인서트 – 이름표에 〈오영숙〉이라고 적힌.

영 숙　(순간 멍한) 오영숙…. (하고, 다시 고개 들면, 아무도 없는)

영숙의 멍한 모습 부감으로 보이는.

씬 69　미영의 집 앞.

미영, 가게 앞을 쓸고 있는,
그러다, 이상해 한쪽 보면, 석준, 미영을 보고 서 있는,
미영, 웃으며 주머니에서 껌 하나 주는,
석준, 그것 받고 기분 좋게 먹으며 길거리에 종이 버리고 가면,
미영, 그것을 쓸어 담는,
카메라, 한쪽으로 가면, 멀찍이 미자의 트럭 안에 미자 있는.

씬 70　미자의 트럭 안.

미자와 남자친구 있는,

남 자　돈도 없어 보이는데,
미 자　(미영만 보며) 잔말 말고 장비나 준비해줘.
남 자　니 신랑이 싫어할 텐데.
미 자　(미영만 보며, 담담하게) 애가 아빠 보고 싶어, 맨 울어. 방법이 없어.

씬 71　영숙의 오피스텔 안.

잠시 후, 영숙, 힘들게 들어와, 액자를 아무 데나 놓고, 주방으로 가려다가, 뭔가 이상해 뒤돌아보면,
어린아이(7, 8부에 나온), 테이블에 앉아 과자를 먹고 있는,

영 숙　야! 너 뭐야!
어린아이　(영숙 보는) ?
영 숙　너 여기 어떻게 들어왔어?

어린아이 (눈치만 보며, 과자를 먹는, 그리고 바닥에 떨어진 과자를 주워 먹는)

영 숙 (화나고, 속상한) 애가! (하고, 과자 담긴 바구니 뺏으며) 체한단 말야! 그렇게 물도 안 먹고 먹으면.

어린아이 (손 내미는)

영 숙 (한숨 쉬고) 너 좀 씻자. 너무 드럽다. 씻음 이거 다 줄게. (하고, 바구니 놓고, 아이 안고, 목욕탕으로 들어가는)

씬72 목욕탕 안.

아이, 욕조 안에서 거품을 만지며 즐거운,
영숙, 때수건으로 아이를 박박 씻기는,

영 숙 때 좀 봐라, 때 좀. 대체 너 며칠을 안 씻은 거니?

어린아이 (웃으며, 영숙에게 장난치는)

영 숙 니네 엄마는 대체 뭐 하는 사람이길래, 애를 이렇게 드럽게 키우니, 정말정말 이해할래야 이해할 수가 없다, 내가.

어린아이 울 엄마 아퍼.

영 숙 (보면)

어린아이 (웃으며) 아파서 나 못 씻겨.

영 숙 꼴에 지 엄마 편들긴. (씻기며, 안 보고) 너 이름은 뭐니?

어린아이 오영숙.

영 숙 (아이 보는)

그러나, 아이는 없는,
영숙, 자기 손을 보면, 때수건 들린, 주변을 보면, 아무도 없는,
영숙, 멍하니 욕조에 걸터앉아, 가만있는.

씬73 민재의 진찰실 안.

민재, 영숙 앉아 있는,

민 재　(영숙을 담담히 보는)

영 숙　(눈가 붉어져, 창가 보며, 막막한)

민 재　(조심스럽고, 걱정스런) 무슨‥ 일이 있었어요?

영 숙　(보는)

민 재　‥.

영 숙　(눈가 붉어져, 맘 아픈, 드라이하게) 문득문득… 아주 꼴보기 싫은 애들이 내 눈에 보여요‥. 그런데, 걔들이 자꾸 (울컥, 떨리는) 나래.

그런 영숙에게서 엔딩.

남에게보다 늘
자신에게 더
가혹하다

10부

G o o d b y e   S o l o

씬 1 작업실 전경, 낮.

수희의 기침 소리 작게 들리는.

씬 2 수희의 작업실 안.

주방 쪽에서 수희, 몸살이 났는지, 콜록이며 몸에 모포를 두르고, 김 오르는 주전자를 보고 있는, 그러다, 수희, 불 끄고 찻잔에 물 따라서, 테이블 쪽으로 오다가 테이블에 있는 책을 건드려 떨어뜨리는, 수희, 그 책을 집어서 놓으려는데, 책에 꽂혀진 지안의 카드(7부) 보이는,

지 안 (E) 우리가 진짜 헤어졌구나 싶다. 이 작은 선물도 니가 부담되면 어쩌지 걱정이 된다. 그냥 이뻐서 샀다. 잘 지내.

수희, 서랍을 열면, 지안과 찍은 사진들과 지안의 부모 사진이 보이는, 그 사진 위로,

지 안 (E) 내가 할 애기가 있었어! 내가, 너한테, 할 애기가 있었다구…. 지금까지 너한테 말하지 못한 애기… 꼭 해야만 했는데 못 한 애기가 있었다고….

수희, 전화기를 보는.

씬3 무균실 밖.

상윤, 자는 소영을 보고 있는,

지 안 (E, 가라앉은) 그랬구나,

씬4 주차장.

지안, 한쪽에 서서 전화하고 있는,

지 안 밧데리가 없었구나…. (맘 아픈) 고맙다, 늦게라도 전화해줘서….

씬5 수희의 작업실 안.

수 희 (따뜻하게) 무슨 일 있는 건 아니지? (사이) 그럼‥ 일이 있음 걱정되지…. (어려운) 널 어떻게 벌써‥ 다 잊어.

씬6 주차장.

지 안 (눈가 붉어진, 작게 웃고) 고맙다, 그렇게 말해줘서…. (잠시 심호흡하고, 작심하고) 수희야… 나중에 나 좀 만나줄 수 있니? 지금 말고, 지금은 내가 일이 많아서, 조금 편해지면.

씬7 수희의 작업실 안.

수희, 어렵게 전화하고 있는,

수 희 … 그럼. 언제든 전화해. 보자…. (사이) 그래, 언제든. (사이) 그래, 너두 건강하고…. 어. (하고, 전화 끊고, 생각 많은)

씬8　병원 주차장.

지안의 차에 기대, 지안과 상윤 얘기하고 있는,

상 윤　소영인 계속 잠만 자네. (지안 보며) 장기 기증을 언제 받을지도 문제고, 그동안 경비도 만만찮고, 문제다, 문제.

지 안　(조금은 비장한, 앞만 보고, 상윤 안 보고) 문제일 거 없어. 내가 다 해결할 수 있어.

상 윤　돈이 너무 많이 들어. 아까 의사 말 너두 들었잖아, 수술비도 만만찮은데, 이후에 치료비는 더 든다잖아. 애 병원비에 니네 집까지 사채로 넘어갔다는 데…. 니가 아무리 잘나가도 결국 월급쟁인데, 감당이 되겠냐?

지 안　어떻게든 해야지, 가지. (하고, 돌아서는데)

상 윤　아버님.

지안, 한쪽을 보면,
지안 부, 속상해 서 있는,
지안, 눈가 그렁해 지안 부를 맘 아프게 보는.

씬9　지안의 집 마당.

민호, 마루문 열고 선 채, 담담한,
카메라, 민호의 시선을 따라가면,
마루 벽에 붙어 있는, 커다란 액자의 사진들,

인서트 – 사진.
1, 지안 부모와 지안 모, 선이 사진.

민호의 담담한 얼굴,

인서트 – 플래시백.
1, 3부, 철거 상황에서 울던 지안 부모와 선이의 모습만.

민호의 담담한 얼굴,

인서트- 사진.
2, 고등학교 시절의 지안의 독사진.

민호, 사진을 보며 담담한(이미 예상하고 있어, 그닥 놀라지 않는),
민호, 작게 한숨 쉬고, 마루에 걸터앉는,
서글프고, 어이없는 웃음 작게 지으며, 올 것이 왔구나 하는 느낌으로 생각하는, 멀멀한.

씬 10 병원 뜰.

지안, 지안 부 나란히 앉아 있는,
지안, 지안 부를 안쓰럽게 눈가 붉어서 보다가, 아버지의 손을 잡는,
아버지, 손을 빼고 속상해 말하는,
지안 부의 수화는 자막과 같이 치리,

지안 부 (수화+자막) 가.
지 안 (눈가 붉어, 수화하고, 말하며) 잘 계셨어요?
지안 부 (수화+자막) 소영이, 신경 쓰지 마라. 인명은 재천이야! 우리도 할 만큼 했어! 그런데 안 되는 거면 포기해야지 어떡해! 제발 너는 너나 잘 살어! 내가 너 떠나보낼 때 분명히 말했지, 너는 너 혼자라고 생각하고 살라고, 같이 살려다 같이 죽는다고!
지 안 (수화하며, 맘 아픈, 짐짓 편하게) 보고 싶었어요. 아버지도 저 보고 싶으셨죠?
지안 부 (맘 아프게 보다, 외면하고)
지 안 (손잡는)
지안 부 (눈가 그렁해 보면)
지 안 (수화하며, 말하는) 아버지·· 이제 자주 봐요.
지안 부 (수화+자막) 소영이, 놔둬라. 우리가 할 수 있는 데까지 해볼 테니 너는 너만 생각해. 어, 지안아?

지 안 (수화하며, 맘 아프게 말하며) 또 올게요, 아버지. 회사에 일이 많아요. (하고, 손 한번 잡아주고, 가는)

지안 부 (눈가 붉어, 가는 지안 보는)

씬 11 주차장.

지안, 이 앙다물고 걸어와 차에 타는.

씬 12 지안의 차 안.

지안, 차에 타, 울지 않으려 애쓰며 창가 보며 생각하는,

정도용 (E) 유 실장한테 여러 가지 요구 안 해, ○○건설이 참여하는 공업도시 개발시역이 구체적으로 어딘지, 그것만 알려주면 돼. 돈은 원하는 대로 줄게.

지 안 (지갑 꺼내 정도용의 명함을 보는, 작심하는 듯한) ….

씬 13 미리의 오피스텔 안.

호철, 소파에 누워 미리의 무릎에 발 올려놓고, 만화영화를 보고 있고, 미리, 담담하게 호철의 발톱을 깎고 있다,

호 철 (텔레비전 보며) 머리 좀 치워라.

미 리 (발톱만 깎으며, 차분한) 머릴 치우면 발톱을 어떻게 깎어.

호 철 (텔레비전만 보고 웃으며) 그럼 발톱을 나중에 깎든가.

미 리 (발톱 깎던 거 멈추는)

호 철 (텔레비전만 보는) 웬일로 니가 내 말을 단번에 듣냐? 별일이네.

미 리 (앞만 보며, 담담한)

인서트 – 플래시백.

지수, 김 선생과 얘기하며 웃던 모습.

현실.

미 리　(텔레비전 보며 웃는 호철을 보며, 짐짓 가볍게) 우리 결혼식은 말고,

호 철　(아무 생각 없이, 미리를 보는)

미 리　돈도 들고, 아저씨도 싫어하니까, 결혼식은 말고… 그냥 혼인신고만 하자. 어때?

호 철　(가만 보다가, 과자 한 알을 쪼개 손가락으로 튕겨서 미리를 맞추게 하며) 이거나 먹어.

미 리　(과자에 얼굴 맞고, 참담한) …?!

호 철　(낄낄대고, 웃으며) 야, 아주 제대로 맞았네. 아프냐? 아프지?

미 리　(가만 보면)

호 철　에우, 자식‥ 너 삐졌구나? 그깟걸로 왜 삐져? 지는 나한테 별짓을 다 하면서…

미 리　….

호 철　알았어, 알았어, 알았어, 그럼 너두 나한테 뭐 던져?

미 리　(보면)

호 철　웬일이냐, 복수의 여신이 복수를 안 하고.. 맘 변하면 사람이 죽을 때가 된 거라든데, 죽을까 겁나네. (하고, 티브이 보며, 낄낄거리며) 저 자식, 저거 골때리네. 어떻게 저렇게 멍청하냐, 하는 짓이‥ 주접을 싸요….

미 리　…. (호철을 물끄러미 보는)

씬 14　민재의 진찰실 안.

민재, 영숙, 마주 보고 앉은,

민 재　(영숙을 안쓰레 보며, 조심스레 말하는) 나이가 어린 아이는 몇 살쯤 됐어요?

영 숙　(물잔을 만지며, 서글픈, 민재 안 보고) 여섯 살‥ 아니 다섯 살….

민 재　그 아인 왜 그렇게‥ 더럽죠?

영 숙　(창가를 보며, 눈가 붉은) … 엄마가 안 씻어줘요…. 엄만 제 한 몸도 가누기가 힘드니까…. 애는 그것 때문에 매일 놀림을 받아요.

씬 15 인서트 - 회상.

어린 영숙, 땅에 떨어진 과자를 입에 물고 멍하니 애들을 보는,
아이들 빙 둘러서 과자를 던지며 웃으며, 놀리는,
'거지, 거지, 땅거지, 거지, 거지, 땅거지, 더러운 땅거지' 하는 소리 들리고,
어린 영숙, 그래도 과자를 줍는,

영 숙 (E) 아이는 애들이 놀리거나 말거나 과자만 줏어요.

어린 영숙, 과자를 주워서 일어나 가고,
아이들 과자를 던지며 여전히 놀리는.

씬 16 인서트 - 회상.

볕 드는 집 담벼락.
어린 영숙, 자기보다 더 어린 여자아이와 주운 과자를 먹으며 서로 냠냠 소리를 내고 웃으며 과자를 먹는,

영 숙 (E) 그리고 주워 온 과자를 동생하고 사이좋게 나눠 먹어요. 너무 기쁘게.

씬 17 민재의 진찰실 안.

민 재 (영숙을 가만 보며) 동생이·· 있었네요?
영 숙 (민재 보며, 서글픈 웃음 짓고, 고개 끄덕이는)
민 재 지금은·· 어디 있어요?
영 숙 (맘 짠한) 파리····. (민재 보며, 작게 웃고) 박사예요. 내가·· 돈 벌어서, 보내줬어요. 결혼도 했어요. 아이도 있고. 내 유일한 자랑이에요.
민 재 (보면)
영 숙 (맘 짠해, 웃으며) 시를 전공해요. 그래서, 남편한테 사기 칠 때 티 안 나게 잘 속일 수 있었어요. 보고 싶다, 우리 영희. (작게 웃는)
민 재 (애잔하게 보다가, 영숙에게) ·· 그런데 중학생 아이는, 왜 도둑질을 했을까

요?

영 숙 (민재를 보고, 생각하는)

씬 18 학교 뒷담.

여중생 영숙, 학생들에게 둘러싸여 가방에서 훔친 물건들을 꺼내 파는,

여학생1 이거 삼백 원짜린데, 정말 백 원에 줘?
여중생 영숙 (고개 끄덕이고, 웃는, 여전히 주눅은 든)
여학생2 야, 야, 야, 나는 그 파란 노트 줘.
여학생3 근데 넌 이런 거 자꾸 어디서 나?
여학생1 얘네 집 문방구 해.
여중생 영숙 (안도의 한숨 짓고, 노트를 주며) 세 권에 오백 원만 줘.
영 숙 (E) 아이는 훔친 물건을 아무런 죄책감 없이 참 열심히 팔아요.
여학생4 나두 줘, 나두.

씬 19 거리, 밤.

여중생 영숙, 거리의 먹거리 장수를 보는,

영 숙 (E) 하지만 그 돈으로는 자기가 하고 싶은 군것질도 안 해요.

여중생 가는,

민 재 (E) 왜요?
영 숙 (E) 약을 사야 하니까.

씬 20 약국 앞.

여중생, 약을 사서 나오는, 약봉지를 보며 기분이 좋은, 신나서 가방에 넣고, 뛰어가는,

영 숙 (E) 약을 산 애는 신이 난 얼굴이네요. 절대로 안 웃던 애가 그때만은 환하게 웃어요.

민 재 (E) 왜 아이는 신이 나죠?

씬 21 민재의 진찰실 안.

영 숙 (민재 안 보고, 맘 아픈, 입술 떨리는) 그 약을 먹으면 엄마가 안 아프니까….

민 재 (맘 짠한) ….

영 숙 엄만 자궁암이었어요. 그래서 늘 집에서 고약한 냄새가 났지만, 병원에도 못 갔어요. 내가 사다주는 진통제가 전부였어요.

민 재 약이 필요했겠네요…. 착한 딸이었나봐요?

영 숙 (왈칵하는, 고개 젓는)

민 재 왜·· 아니에요?

영 숙 (눈가 그렁해, 민재 보는)

민 재 엄마와 ·· 무슨 일이 있었어요?

영 숙 (민재 보는, 눈가 그렁한, 맘 아픈) 말 못 해요.

민 재 ….

영 숙 죽어도 말 못 해, 그건. (하고, 외면하는)

민 재 (영숙을 보고)

씬 22 지안의 사무실, 밤.

지안 생각하는,

이 기사 (E) 유 실장이 지난번에도 그렇고, 오늘도 그렇고 파주엘 다녀왔습니다.

씬 23 주민의 거실.

주민, 테이블에 이 기사와 앉아 있는,

주 민 (보며) 파주면, 전에 자네가 알아본 바론 본가가 있다고 하지 않았나?

이 기사 네. 유 실장은 이번에 안 듯합니다. 걱정이 됩니다. 왜 갑자기 안 하던 짓을,
주 민 부몬데 봐야지. 알았으니, 퇴근해.
이 기사 네. 참 그리고 이거, (하고는, 메모지를 주는)
주 민 ?
이 기사 전번에 알아보라고 하신 박규철 씨 주솝니다. 아직 고향에 살고 있어서 찾기가 쉬웠습니다. 회사 택시를 몰고 있었습니다.
주 민 (메모지만 보며) 누구랑·· 살어?
이 기사 어머님이 지난해까지 살아 계셨는데, 연로해 돌아가시고, 지금은 혼자,
주 민 (착잡한) 가봐.
이 기사 (인사하고 가는)

주민, 메모지 한쪽에 보던 책갈피에 꽂고, 일어나 창가로 가면,
정원에서 차를 마시며 바람 쐬고 있는 경혜를 보는,

주 민 (서글픈) 박규철도 여적 혼자라고…. 당신이나 그 사람이나 참·· 독하네…. 너무 독해,

씬 24 수희의 작업실 안.

수희, 누워서 전화를 받는,

수 희 카페에 (잔기침하고) 테이블 이쁜 거 들어왔어?

씬 25 민호의 옥탑.

민호, 핸드폰 하는,

민 호 제법…. 근데 몸이 많이 안 좋은가보다. 기침하네.
수 희 (기침하며, E) 기침만 해. 아프진 않아.
민 호 (지안 생각에, 작게 서글프게 웃으며) 내가·· 갈까?

그때, 미리(카페에 있다 온 듯한 모습) 와서 옆에 앉는,

민 호 (보면)

미 리 (작게) 신경 쓰지 말고 전화해. 바람 쐬러 온 거야. (하고, 밖을 내다보는)

민 호 미리가 왔어.

씬 26 수희의 작업실 안.

수 희 그랬구나…. (사이) 잘됐다. 둘이 놀아. 내 걱정 말고…. 아냐, 오지 마. 오늘 하루 종일 누워만 있어서 지금 내 꼴 엉망진창이거든. (기침하고, 작게 웃고) 그럼 잘 보이고 싶지? 몰랐구나. 나 너한테 이쁘게 보이고 싶어…. (작게 웃고) 어, 그래 끊자, 낼 봐. 어. (하고, 끊고, 기침하고)

씬 27 민호의 옥탑.

민호, 미리 앉아 있는,

미 리 (황당하고, 어이없는, 너무 뜨지 않게) 너 지금 한 말 제대로 다시 해봐?

민 호 (담담히, 보면)

미 리 수희한테 이상한 메시지 오는데, 그게 지안이가 보내는 거라구?

민 호 (담담한) 자기 부모님에 대한 얘길, 메시지로 보냈어. 부모님 주솔 넣드라구.

미 리 지 이름은 쏙 빼고? 개, 완전 미친놈이구나.

민 호 ….

미 리 (답답한, 어이없는) 왜 하필 지금에 와서 그 얘길 한대? 걔 정말 웃기네! 지가 수희 만날 땐 왜 말 안 하고, 너랑 수희랑 만나는 지금, 왜 그 얘길 하는 거래? 맘 약한 수희한테 동정 사서 너랑 수희 사이 깽판 놓겠다는 거야, 뭐야? 미친놈.

민 호 (안 보고, 담담한) 내가 알기론 수희랑 나랑 만나기 전부터 메시지가 왔어. 곰곰 생각해보니까, 지안이가 수희한테 프로포즈할 즈음부터였던 거 같애. 프로포즈할 생각하고, 진실을 말할 때구나 싶었겠지.

미 리 그 자식이 진실을 알기나 하고?! 그리고 말할라다가 찢어졌음 끝내야지, 무슨

심보로 계속 문자질이야! 웃긴 자식이야, 아주. 어떻게 지 집안을 속여먹어! 그것도 착하디착한 부모를 숨기는 게 그게 말이 돼! 너 내가 고딩 때 그 자식 좋아해서 뒤밟았다가, 집안 속여먹은 거 알고, 너한테 분명히 경고했지, 그런 놈 봐주면 안 된다고?! 그때 너 뭐랬어, 이미 나도 알고 있다 아무 상관 없다 그랬지, 지금도 아무 상관 없냐? 나는 진짜 너무 맘에 안 들어.

민 호　…. (앞만 보며, 담담히) 미리야.

미 리　옆에 있는데, 왜 불러.

민 호　수희가 … 지안이에 대해 알면 흔들릴까?

미 리　다리냐, 흔들리게.

민 호　지안이‥ 괜찮은 놈이야. 나는 알아.

미 리　끝까지…. 야, 나 같은 골 빈 날라리도 울 아버지 청소부 하는 거 안 속여먹어. 모르는 남이면 몰라도 친구한텐 더더욱. 괜찮은 놈? 양씨 말대로 괜찮은 놈이 지난겨울에 다 얼어 죽었네.

민 호　…· .

미 리　너 확실히 해. 지안이 그 자식이, 수희 꼬시면 너 가만두지 마, 알았어?

민 호　(미리 보며) 나‥ 수히 안 보내.

미 리　간만에 맘에 드는 짓 하네. 수희가 택배도 아니고, 보내긴 어딜 보내. 너 지금 니가 한 말 꼭 지켜! 괜히 착한 척 말고.

민 호　(다시 앞만 보는) ….

미 리　젠장… 혹 뗄려고 왔다가 혹 붙였네.

민 호　(보면)

미 리　양씨한테 여자‥ 됐어, 니 문제나 신경 써라. 내 일은 내가 알아서 할게. 기운 빠지지 말고.

민 호　가게 가 있어, 곧 갈게.

미 리　그래, 맘이 불편해도 일은 해야지. 빨리 와. (민호의 머리를 흐트러뜨리는)

민 호　(가는 미리를 보다가, 다시 바깥을 보는)

씬 28　레스토랑 안.

민재, 영숙 식사를 한,
종업원, 그릇들을 가져가고, 차를 주고 가는,

영 숙　(민재 보며, 편하게) 신경정신과 의사는 환자랑 하는 모든 대화가 진료행위라든데, 병원 밖에서 만나니까 진료빌 청구할 수도 없고, 저 때문에 손해가 많네요.

민 재　오영숙 씨, 내 환자 아니에요, 친구지. 난 환자는 밖에서 안 봐요.

영 숙　(보고, 작게 웃으며, 고마운) 내 평생 가장 잘난 친구를 가졌네. 어깨가 다 으쓱해지네.

민 재　(어색하게 웃으며) 친구란 말 진짜 오랜만에 써보네요. 난 친구가 없거든요.

영 숙　?

민 재　(창가 보며, 서글픈) 어려서 내 유일한 친구는 동생이었어요. 나이 차인 제법 나지만, 정말 잘 어울려 놀았어요.

영 숙　난 동생 태어났을 때 샘나든데, 거긴 안 그랬나봐요?

민 재　(서글프게 웃으며, 찻잔 보며) 매일 우울해만 하시던 어머니가 어느 날 동생을 낳고, 햇살이 쫙 내리쬐는 정원에 앉아서 너무나 평화롭게 웃는 모습을 봤어요.

영 숙　(민재를 보는) ….

민 재　얼마나 아름답던지‥ 가슴이 뛰었어요. 그리고, 생각했죠. 엄마가 도망가진 않겠다. 매일 화내는 아버지, 애교 없는 나라면 몰라도 저렇게 이쁜 동생이 있으면‥. 놈은 지금도 잘 웃지만, 어려서도 얼마나 잘 웃었는지 몰라요. 깔깔 소리를 내가며… . (영숙 보고, 맘 짠하게 웃으며) 정말 귀여웠어요.

영 숙　그런 동생이 아버지가 달랐다면, 힘들었겠다.

민 재　많이요.

영 숙　그 동생하고 지금은 어때요?

민 재　(맘 짠해지는) 내가 안 봐요.

영 숙　(보면) ?

민 재　사실 걘 잘못도 없는데… 지가 선택한 것도 아니고… . 그런 앨 커서 거의 매일 때렸으니‥ 나 나쁘죠?

영 숙　(민재 안쓰레 보며) 김민재 씨한테도 이유가 있었잖아요. 엄마의 불륜, 사춘기 남자애가 감당하기 힘든 일이에요. 내 생각엔 그런데.

민 재　(착잡한) 그래요‥. 그때 난 감당하기 힘들었어요. (영숙 보며) 오영숙 씨.

영 숙　‥.

민 재　오영숙 씨가 지금 나한테 한 말 잊지 말고 기억해요. 그리고 다시, 작고 더럽고, 도둑질을 한 어린애가 또 보이면, 오영숙 씨도 그 아이한테 말해요. 안 씻어 더러운 것도, 더러운 땅에 떨어진 과자를 주워 먹은 것도,

영 숙 (눈가 붉어진)

민 재 도둑질을 한 것도 모두 니 잘못만은 아니라고‥ 그땐 어쩔 수 없었지 않았느냐고.

영 숙 (눈가 그렁해지는)

민 재 당신은 참 좋은 여자예요. 우리 아내 다음, 우리 … 어머니, 아니 엄마 다음으로.

영 숙 (눈물 나는, 민재 보며) 날 이해해‥ 주는‥ 거예요?

민 재 (맘 짠해, 작게 웃으며) 누가 난 널 이해 못 해! 하고 말하면 그 사람하고 놀지 마세요.

영 숙 (왈칵하는) 모두 다 그랬어요. 남편도 티브이에서 가난한 애들을 보면, 구질스럽다 얼굴을 찡그리고…. 그럼 난 가슴이 뛰었어요. 내 과거가 들킬까봐. 친구들도… 내가 도둑질하는 걸 들켰을 때 욕만 했어요, 왜 그랬냐 아무도 물어주지 않았어.

민 재 (맘 짠해 보며)

영 숙 (눈물 흐르는, 손수건으로 코 풀고) 엄마만 안 그랬어. 늘 우리 딸이 최고로 이쁘다고‥ 내가 무슨 일을 해도 이유가 있을 거라고‥ 엄마 보고 싶어. (창가 보며) 너무 보고 싶어요, 엄마가.

민 재 (그런 영숙, 눈가 붉어져 보는)

씬 29 레스토랑 주차장.

영숙, 민재 나오는,

영숙, 차문 열고 민재 보며,

영 숙 (어렵게, 담담하게) 나, 정말…

민 재 (편하게) 괜찮아요.

영 숙 ….

민 재 문제라고 생각할 때 더 문제가 되는 거예요. 진찰받고 약 먹고 노력하면 아무 문제 없어요.

영숙 …. (맘 아픈, 차에 기대, 잠시 심호흡을 하고 민재를 보며) 나는 나한테 왜 이런 일이 일어나는 줄 알아요.

민재 (보며, 조심스레, 안쓰러운) ‥ 엄‥ 마?

영숙 … (민재 보며, 맘 짠해지는) 가세요. (하고, 차에 타려 하면)

민재 (잡으며, 차분하게) 또다시 아이가 나타나면,

영숙 갠 나쁜 애예요. 그래두 시키신 대로 해볼게요. 자신 없지만. (하고, 차 타고 가는)

민재 (가는 영숙을 안쓰레 보는)

씬 30 영숙의 차 안.

영숙, 서글프게 가는.

씬 31 인서트 - 플래시백.

좁은 방에 엄마와 어린 영숙과 동생, 공기를 하며 좋아하는, 엄마가 웃으며 공기를 하고 있고, 두 아이는 그런 엄마를 보며 잘한다고 손뼉 치며 좋아하는, 엄마 중심으로.

씬 32 영숙의 차 안.

영숙, 눈가 붉어져 웃음 짓고, 다시 정신 차려 운전해 가는.

씬 33 미영의 가게 밖, 깊은 밤, 전경.

미자, 도구로 열쇠를 따는,
남자친구, 주변을 망보며, 작게 '빨리 해, 빨리' 하고,
미자, 장갑을 끼고 문 열고, 남자친구 보고, 턱짓하고,
미자, 들어가고, 남자친구, 들어가는.

씬34 미영의 방 안.

미영, 자고 있는,
미자, 손전등을 들고 들어와 미영을 담담히 보는,
남자친구, 미자를 툭 치면, 미자, 손전등을 남자친구에게 비추고, 다시, 방 안을 비추며 살피려는데,
미영, 무심히 몸을 뒤척이는,
미자, 순간 미영의 얼굴에 손전등을 비추고, 미영, 눈 뜨면, 남자친구 미영의 입가를 수건으로 틀어막는, 미영 놀라고, 버둥대고,
미자, 그런 미영과 눈이 마주치고, 눈빛 담담한.

씬35 달리는 미자의 트럭, 새벽.

씬36 달리는 미자의 트럭 안.

남자친구, 불안한 얼굴로 조수석에 금고를 안고 있는,

남자친구 속도 좀 더 내, 어서! 불안해 죽겠어.

미자, 긴장해 빠른 속도로 기어를 변속해가며 운전해 가는, 이마에 땀이 맺힌.

씬37 주민의 회사, 전경, 낮.

전화벨 소리 들리는.

씬38 회사 로비.

지안, 출근하며 걸어가며 전화 받는,

지 안 네. 유지안입니다.
민 호 (E) 민호다.

지 안　(멈춰 서는)

씬 39　민호의 방 안.

민호, 벽에 기대 전화하는,

민 호　(담담하게, 그러나 약하지 않은) 만나자… 할 얘기가 있어.
지 안　(E) 바빠.
민 호　바빠도 시간 내.

씬 40　회사 로비.

지 안　무슨 일이야? 전화로 해.

씬 41　민호의 방 안.

민 호　전화로 못 해. 주말 어때? (사이) 약속 취소해. 내가 회사로 갈게. (하고, 전화 끊는)

씬 42　회사 로비.

지안, 전화 끊고, 뭔가 생각하는, 그러다 굳은 얼굴로 힘 있게 가는.

씬 43　민호의 방 안.

민호, 앉아서 한쪽에 놓인, 수희의 사진을 보다가 일어나 옷 갈아입는,

남자친구　(E) 황당하구만.

씬44 한적한 도로, 트럭 보이는.

남자친구 (E) 몇 년 만에 일을 했는데,

씬45 트럭 안.

미자, 멍하니, 넋 나간 사람처럼 앞을 보고 있고,
남자친구, 금고를 열어놓고, 서류를 보는, 백만 원권 두어 뭉치와 만 원권 몇 장이 전부다.

남자친구 (답답한) 쓰잘데기없는 보험증서 몇 장… 그리고 이백사십구만 원…. (미자 보며) 뭐야?

미 자 ….

남자친구 (다시, 서류들 보며) 보험도 이것저것 많이 들었는데, 수혜자가 모두 보성 양로원이네…. (하고, 다른 서류들을 보다) 이건 뭐야? 수혜자가 권미자, 너다.

미 자 (담담히, 보면)

남자친구 사망보험금인데… 오천두 안 되네…. 이것도 죽을 땔 기다려야 하니… 꽝이네…. 통장이 한 달 전에 모두 빈 것 보니까, 아무래도 니가 나타나고 나서 정리한 거 같애. 니 신랑 어쩌냐, 못 빼내겠다.

미 자 (미영이 원망스러운, 다시 앞 보며, 오기 어린, 가라앉는) ….

씬46 미영의 집 안.

서랍이며 옷이며 전부 바깥으로 나와 있는,
미영, 초췌한 모습으로 서랍 정리를 하고 있고,
금실, 그런 미영을 넋 놓고 보는,

금 실 (어이없어, 기운 빠진, 미영 보며) 너 미자가 왔음 미자가 왔다고, 나한테 왜 말 안 했냐? 개가 다 커서 못된 짓 하며 감방 들락거린단 소문 듣고 내가 너 조심하라 일르면서 뭐랬냐?

미 영 (보면)

금 실 니가 미자한테 구구절절 말 못 할 거면 나라도 해준다고 내가 그랬잖어! 고향 동네에 떠도는 소문들, 니가 지 아부지 돈 갖고 내뺐다는 거며, 니가 집 나가는 날 집에 불 질렀다는 거며, 그런 말들 전부 거짓부렁이라고 말해준댔잖어, 내가!

미 영 (일만 하는)

금 실 야, 어느 딸년이 그런 소문 듣고 널 가만두냐? 나라도 지 아버지 죽인 년 가만 안 둬!

미 영 (일만 하는)

금 실 너, 니가 나중에 미자 찾아다닌 것도 말 안 했지?

미 영 (일만 하면)

금 실 (답답하고, 옆에 있는, 옷가지 던지며, 어이없는) 그누무 주둥이엔 철통을 달았지, 염병! 나한테까지 왜 입을 닫고 지랄이여!

미 영 (금실을 물끄러미 보고, 가라고 손짓하는)

금 실 (속상한, 소리치는) 간다, 니가 가지 말래도! 나도 니 꼴 보기 싫어, 알어?! (하고, 일어서려는데)

그때, 민호 문 열고,

민 호 둘이 싸워?

미영, 금실 ?

씬 47 미영의 가게 앞.

금실 가고.

씬 48 미영의 방 안.

민호, 미영 앉아 정리하며,

민 호 집 정릴 할라면 잘 해야지, 폭탄 맞은 거처럼 해놓고….

미 영 (일만 하는)

민 호 (미영을 툭 치며, 짐짓 밝게) 금실 할머니랑 둘이 왜 싸웠어?

미 영 (작게 웃는)

민 호 웃는 거 보니까, 큰 싸움은 아닌 거 같네.

미 영 (고개 끄덕이는)

민 호 (답답해지는) 할머니, 지안이가… 수희를 아직 못 잊나봐.

미 영 (보면)

민 호 (서글프게 웃으며) 당연한 거지, 뭐. 일해요. (하고, 일하는)

미 영 (민호 보다가, 일하는)

씬 49 영숙의 오피스텔 안.

영숙, 주방 쪽에서 물잔을 가지고 와 테이블에 앉아, 약봉지의 약을 꺼내 찢다가, 전화기에 메시지가 녹음되어 있는 걸 보고,

영 숙 누가, 나한테 전활해, 할 사람이 없는데…. (하고, 누르면)

남 자 (E) 저 우유 배달하는 사람인데요, 대금이 밀려서 전화드렸습니다. 집에 찾아가도….

영 숙 오늘 은행에 넣어, 아저씨. (하며, 다음 메시지로 넘기고, 약 먹는)

여 자 (E) 오영숙 씨 여기 병원인데요, 지난번 검사결과가 나왔어요. 다른 덴 이상이 없는데, 자궁 쪽에 양성 종양이 있네요. 위험한 건 아니니까 걱정 마시고, 병원에 한번 나오세요.

영 숙 (약 먹다가, 무표정하게 멈추고, 다시 메시지를 듣는)

여 자 (E) 다른 덴 이상이 없는데, 자궁 쪽에 양성 종양이….

영 숙 (메시지 끊으며, 작게 웃으며) 양성 종양… 웬 선물…. (하고, 물을 마시는)

씬 50 미리의 오피스텔 화장실 안.

호철, 나가려고 세수하고 수건으로 얼굴 닦으며 말하는,
미리, 문턱에 쪼그려 앉아 그런 호철 보며 짐짓 편하게 있는,

호 철 결혼신골 대체 왜 해야 하는데, 이러고 살면 되지, (미리 보며) 너두 진짜 성격 이상하다? 대체 그런 게 왜 그렇게 중요한데? 심심해?

미 리 (호철만 보며, 짐짓 편하게) 어, 심심해.

호 철 어, 심심해? 그럼 집구석이나 치워, 자식아. 화장실이 이게 뭐냐? 세면대에 온통 머리카락이고…. 지 낯반대기만 하루에도 골백번 씻어대면서 집안 꼬라지하곤, 에으… 진짜 나와, 이 코딱지야. (하고, 나가는)

미 리 (잠시 생각하다, 나가는)

씬 51 미리의 거실.

호철, 나와서 티 같은 웃옷을 입는데,
미리, 와서 소파에 앉으며,

미 리 (편하게) 도장만 줘. 내가 가서 신고할게.

호 철 (대수롭지 않게, 보며) 넌 진짜 쓸데없는 소릴, 주구리장장…. 대체 그게 왜 그렇게 중요해?!

미 리 그럼 안 중요한데 왜 선뜻 못 해줘, 난 그것도 이해 안 간다?

호 철 너 혹시 나중에 나랑 헤어지면 위자료 받을라고? 그래서 그러냐?

미 리 어.

호 철 (어이없는) 얘가 이 강호철일 아주 물로 보네. 임마, 내가… 너랑 쪼잔하게 돈 문제로…. 사람 쪼잔해져 말도 하기 싫으네, 진짜. (포기하듯) 나랑 헤어짐 너 이 집 다 가져. 그럼 됐지, 이제? (하고, 겉옷 들고 나가려 하면)

미 리 혹시 나랑 결혼신고 안 하려는 거 지수란 여자 땜에 그래?

호 철 (가다, 돌아보는, 뻥한) ?!

미 리 (호철 보며, 담담하게) 그 여자 만났어.

호 철 (화나는, 미리 꼬나보며, 가라앉은) … 뭐, 뭐라구?

미 리 (호철 보며, 담담히) 제주도… 지수란 여자 만났다고요. 아저씨 핸드폰을 좀 뒤졌지. 이쁘드라. 술집 앤 아닌 거 같고… 정들게 생겼드라. 아니다, 만났다는 건 좀 그렇다. 일산병원에 와 있는 거 나만 본 거니까. 걱정 마, 별로 안 아퍼 보이니까.

호 철 (굳은, 미리 빤히 보는, 화나는, 가라앉히려 애쓰고, 소파에 앉으며) 죽을래,

너?

미리 (눈가 그렁해지는, 서글프게 작게 웃으며, 호철 보고) 말버릇 봐라. 3년 넘어 만난 애인한테 딴 여자 있는 거 들켰으면서 미안하다 소린 안 하고…. 뭐 죽을래? 그게 말이냐, 술이냐?

호철 경고다. 최미리, 너 한 번만 더 주제넘게 지수 만나라? 그땐 나 너 가만 안 둔다. 분명히 맘에 새겨라. 또 지수 만나라, 가만 안 둔다.

미리 (화나, 옆에 있는 쿠션을 던지는)

호철 (얼굴에 맞고, 미리 보면)

미리 후…. (하고, 제 머리 쓸어 올리고, 호철 보며) 걔 만나. 그리고 나랑 결혼신고만 해. 그러고 나서, 어차피 아저씨 이 여자 저 여자 ·· 찝쩍거리는 거 병이니까·· 그러고 살어. 그럼 나는 딴 여자 보는 남자랑 사는 게 또 내 팔자려니 하고 살 테니까. 계산 끝?

호철 (미리 보며, 지지 않고) 누구 맘대로 계산 끝? 나 지수랑 혼인신고했어. 갈람가. (하고, 일어나려 하면)

미리 (멍한, 호철만 보고, 그대로) 멈춰.

호철 (미리 보면)

미리 (안 보고, 짐짓 담담히) 나 지금 정신없으니까, 대답만 짧게 해. 그 여자랑·· 혼인신고를·· 했어?

호철 그래.

미리 언제?

호철 서너 달 전에.

미리 (눈가 그렁해, 원망스레 보는) ?!

호철 (꼬나보며) 질문 끝?

미리 옛날옛날도 아니고, 서너 달 전이면?… 양다리네.

호철 나, 양다리 아니라고 말한 적 없다?

미리 나랑은 죽어도 못 하는 혼인신골 그 여자랑은 하고… 이유가 뭐야?

호철 걔는… 내 전부니까. 내 마지노니까.

미리 (눈물 흐르는, 호철 보며, 어이없고 맘 아프게 보는) … 야… 쎄다…. 나 맘이 무지 아프다, 지금…. (복받치는, 안 울려 하며) … 그 여자가 마지노면, 그럼 나는 장난이냐?

호철 ….

미리 대답해.

호철 (속상하지만, 짐짓 담백하게) … 몰랐나?

미리 (울지 않으려 하지만, 눈물 나는, 짐짓 차분하게) 미치게 갖고 싶었던, 애기도 니가 싫다고 한 그 순간, 오케이 한 내가, 웨딩마치 올리고 싶어하는 것도 니가 싫다니까, 알았어 한 내가, 착한 엄마 아버지 동생한테 한꺼번에 상처 주고 너만 보고 집 나온,

호철 (말꼬리 끊으며) 일절만,

미리 (말꼬리 끊으며) 그런 내가! 끝이라고 하면 진짜 끝이야. 그러니까 지금부터라도 내 말 제대로 듣고 행동해. 함부로 되는 대로 입 놀리지 말란 얘기야, 쎄컨드는 싫어. 울 엄마 아버지 내 동생한테 그 꼴은 못 보여. 그 여자야, 나야?

호철 … 지수.

미리 (울지 않으려 하며, 짐짓 담백하게) 잘 가라. (하고, 일어나 침대 쪽으로 가 옷장으로 가서 문 열어, 가방 꺼내 마구 짐을 싸는)

호철 (답답한, 미리 보다, 속상해서 나가는)

미리 (눈물 흐르는, 오기 부리며, 제 물건들을 싸는)

씬 52 복도 + 엘리베이터 안 + 밖.

호철, 엘리베이터 쪽으로 걸어가고 있는, 그러다 문소리에 미리의 집 쪽 돌아보면(조금의 희망을 가지고), 미리, 아랑곳 않고 울며 걸어와 호철을 지나쳐 엘리베이터를 타는,
엘리베이터 밖에서, 호철 막막하게 미리 보며,

호철 고만 성질 피고 들어가라.

엘리베이터 안의 미리, 버튼 누르는,
호철, 속상해 들고 있던 겉옷 내던지며, '아우!' 하고 소리치고.

씬 53 엘리베이터 안.

미리, 벽에 기대 엉엉대고 우는.

씬 54 달리는 호철의 차 안.

호철, 속상하고 답답한 마음으로 운전하며 가는.

씬 55 고속도로, 달리는 미리의 차 안, 밤.

미리, 울며 운전하며 가는.

씬 56 병원 복도.

호철, 문틈으로 병실 안을 들여다보는,
지수, 침대에 누워 자고, 김 선생 의자에 앉아 쪼그려 자는,
호철, 그런 두 사람 보고, 한쪽 소파에 앉는, 답답한, 미리 생각하는.

씬 57 수희의 작업실 전경.

수 희 (E) 남자친구밖에 없네.

씬 58 수희의 작업실 안.

수희, 이불 덮고 소파에 앉아 있으면,
민호, 맞은편 자리에 앉아, 배를 깎고 있는,

수 희 아프다니까, 밥해줘, 생강차 끓여줘, 과일도 깎아줘. 좋다.
민 호 (기분은 가라앉았지만, 짐짓 편하게) 남자친구가 아니라, 완전 종이지, 그지?
수 희 억울해?
민 호 조금. (하고, 깎은 배를, 포크로 찍어 수희 주고, 수희 옆에 앉아, 수희의 손을 잡는)
수 희 (과일 먹으며) 니가 깎아주니까, 더 맛있다. 근데 난 사과 좋아하는데.
민 호 사관 열날 때 먹음 안 돼.
수 희 별걸 다 알어?

민호 별걸 다 몰라.

수희 근데 오늘 카페 안 가?

민호 비번.

수희 늦게 가도 되겠다.

민호 자고 갈라고.

수희 ?

씬59 파주의 병원, 복도.

선이, 걸어와 무균실로 들어가려다가, 순간 멈춰 서서 안을 들여다보는.

씬60 무균실 안.

지안, 위생복을 입고 소영과 말하는,

지안 (따뜻하게 웃으며) 내가 누군지 모르는구나? 나는 삼촌. 집에 사진 있는데, 못 봤어?

소영 봤어. 외국 간 삼촌.

지안 그래, 외국 간 삼촌. 근데 왔어. 소영이 볼라고.

소영 (웃으며) 선물도 사가지고 왔어?

지안 그럼. 인형도 사고 옷도 사고 구두도 사고, 많이많이 샀지. 근데 이 안엔 못 가져 들어와. 그래서 집에 다 뒀어. 빨리 나아서 집에 가서 옷도 갖고 인형도 갖고 구두도 신고 그래?

소영 응. (하다가, 창가 보면) 엄마.

지안 (창가 보고)

씬61 병원 복도.

선이, 지안 서 있는,

지안 (맘 짠해져 있다가, 선이를 툭 치는)

선이 (보면)

지안 (수화와 말로, 짐짓 편하게) 아직도 오빠가 미워?

선이 (지안 보며, 눈가 붉어져, 고개 끄덕이는)

지안 (맘 아픈, 수화와 말로) 미워하고 싶음 해. 괜찮아. 그리고, 소영이 큰 병원으로 옮기자. 장기가 찾아지는 데까지는 시간이 걸리겠지만, 거기서 기다려보자.

선이 (수화와 자막으로, 눈가 붉어져) 병원비가 많이 들어. 수술비도. 이후에 치료비는 또 어쩌구?

지안 (수화하는) 내가 다 책임질게.

선이 (수화+자막) 월급쟁이 월급으로 감당 못 해.

지안 내가 해. 걱정 마.

선이 (울먹이며, 수화하는) 아버지랑 엄마는 오빠한테 신세질 생각 말래. 같이 잘 살 수는 없다고 오빠라도 잘살게 하재.

지안 (눈가 붉어지는)

선이 (수화+자막) 근데, 솔직히 나는 돈이 필요해. 소영이 살리고 싶어.

지안 (안고, 등 두드려주며, 안쓰런, 울지 않으려 애쓰며) 알아. 니 맘 알아. 당연히 살려야지.

선이 (소리도 못 지르고 우는)

지안 오빠가 해줄게. 오빠가 해줄게. 울지 마. 선이야, 울지 마.

씬62 바닷가.

미리, 차를 세워두고 차에 기대 바다를 보고 있는,
막막한.

씬63 수희의 작업실 안.

스탠드 켜져 있는,
수희, 침대에 누워 있고, 민호, 침대 밑에 자리를 깔고 누워 있는,
수희, 민호를 내려다보고 있는,

수희 안 배겨?

민호 (천장 보며) 그만그만.

수희 아까부터 무슨 생각을 그렇게 해?

민호 (지안 생각에 약간은 서글픈) 너랑 보내는 첫날밤이니까⋯ 멋지게‥ 무슨 말인가를 하고 싶은데‥ 생각이 안 나서 생각해.

수희 기대되네, 그럼 생각해. 기다릴게.

민호 (작게 웃으며, 담담하게) 진짜⋯ 호철이 형‥ 싫다.

수희 (보면) 무슨 말이야?

민호 (수희 보며, 편하게 얘기하는) 내가 전에 형한테 미리를 지켜주세요, 그랬거든. 지켜준단 말 멋지잖아?

수희 근데?

민호 근데 형이 그러는 거야? 걜 뭐로부터 지킬 거냐구? 감기로부터, 차로부터, 도둑이나 강도로부터 지킬 거냐구? 그런 건 모두 지 알아서 해야지, 남이 어쩔 수 없는 거라구. 너나 잘 살라구.

수희 (작게 웃으며) 나두 영숙이 언니한테 한 방 먹은 적 있잖아. 그런 식으로. 세상 얼마 살아보지도 않은 애들이 영원히니, 니가 마지막이라느니, 그런 말들 하는 거 너무 같잖지 않냐구. 생각해보니, 맞드라구.

민호 (일어나 앉으며) 내가 널 지켜줄게, 영원히 사랑해, 니가 마지막이야‥ 그런 말들이 모두 생각 없는 거라니‥ 그럼 그냥 사랑해 그래? 심심하게?

수희 (앉아, 민호 보며) 나한테 그런 말들 해주고 싶구나?

민호 (맘 아프게 보는)

수희 왜?

민호 사랑해⋯.

수희 ⋯.

민호 (수희의 손을 잡고, 수희 안 보고, 맘 아픈, 어렵게 말 꺼내는) 니가 마지막이 아닐 수도 있겠지⋯. (수희 보며, 서글픈) 우리가 헤어질 수도 있겠지⋯. 근데⋯ 지금은 너를 사랑해.

수희 (민호 보며, 차분히) 슬퍼‥ 보여? 왜‥ 그래?

민호 (눈가 붉어지며, 애써 웃으려 하지만 안 되는)

수희 김민호.

민호 지안이랑 너랑은 2년을 만났는데, 너랑 나랑은 이제 석 달도 안 된 게 슬퍼.

수 희　…．

민 호　지안이랑 너랑은 그 시간 동안 싸우고 화해하고 위하고 그렇게 많은 추억이 있는데, 나랑은 별로 없는 게…. 사랑이 꼭 시간 문젠 아닌데, 나는 어서어서 시간이 가서, 너랑 지안이보다 더 많은 추억이 우리한테 생겼으면,

수희, 민호에게 입을 맞추는,
잠시 후, 수희, 입을 떼고 민호 보며,

수 희　(차분하게) 우리한텐 아직 시간이 많잖아.

민 호　같이‥ 자두 돼?

수 희　‥. (가만 보다가, 고개 끄덕이는)

시간 경과.
수희, 민호, 한 침대에 누운(둘 다 웃옷은 벗은),
민호, 수희 마주 보고 누운,

수 희　궁금해. 왜 니가 나랑 가고 싶은 곳이, 남쪽 섬인지?

민 호　섬이니까.

수 희　?

민 호　섬엔 배가 없으면 못 나오잖아. 싸워도 미워도… 쉽게‥ 육지에 사는 사람들처럼 떠나버릴 생각 못 할 거 같애. 떠나는 거 자체가 힘드니까. 옛날에 엄마랑 아버지랑 싸우면 아버진 지방 현장에 한 달씩, 두 달씩 떠나서 돌아올 생각을 안 하셨어. 엄마는 또 갤러리며 극장이며를 다니시느라 집엔 늘 형하고 나 둘뿐이었지. 섬에선 떠날 데가 없으니까, 우린 싸워도 얘기해야 될 거야. 이렇게 마주 보고‥.

수 희　그러겠네. 떠나면 돌아오기가 힘들 테니까. 한 번 더 생각해야겠네.

민 호　(수희의 얼굴을 만지며) 어려서, 그런 생각한 적 있어. 사람이 이렇게 사람을 만지면 지문이 묻어나면 어떨까. 그럼 누가 봐도 그 사람이 내 건 줄 알겠지.

수 희　(민호 따뜻하게 보는) 증거가‥ 필요했어?

민 호　(천장 보고 누우며) 어려서는 그랬어. 잠자리나, 지문이나, 온갖 맹세들… 필요했어, 그런 게. 근데‥ 지금은 아냐.

수 희　왜·· 지금은 아닌데?
민 호　그냥 사랑하는 사람을 믿으면 된다는 생각을 해.
수 희　(민호를 이쁘게 보는) ····.
민 호　(수희 다시 보며) 오늘 하루 종일 해가 떠도 나가지 말고 이러고 있자.
수 희　(작게 웃으며) 자신 없는데, 졸려.
민 호　그럼 자.
수 희　(눈 감고) 잘 자.
민 호　(그런 수희를 안고, 어깨를 토닥여주며, 지안 생각에 조금은 어두워지는)

씬 64　도로, 달리는 택시 전경, 낮.

씬 65　택시 안.

운전수, 이정표 〈강릉〉을 보고, 운전해 가는.
영숙, 뒷좌석에서 거울 보며 화장 고치며 가고.

씬 66　바닷가.

미리, 바다를 보고 앉아 있는,
그때, 경적 소리 나면,
미리, 소리 난 쪽 보고,
영숙, 차에서 내리며 황당하게 미리 보며,

영 숙　(미리에게로 가며) 열나리 머네··· 뭐야, 너?
미 리　미안, 지갑도 없고, 그래서 돈도 땡전 한 푼도 없고. 기름도 바닥이고···.
영 숙　(옆에 앉아, 바다 보며) 저 푸른 바다 없었음 넌 사형이야.
미 리　(작게 웃고, 바다 보는)
영 숙　(보며) 왜 집을 나왔어? 양씨랑 싸웠어?

씬 67 병원, 마당.

호철, 지수의 휠체어를 밀고 웃음 띠고 걸어가는,

호 철 바람이 좋다. 완전 훈풍이네.

지 수 어제도 왔다며 왜 아는 척 안 하고 그냥 갔어?

호 철 니가 자드라고, 그래서 그냥 갔지.

지 수 오빠 힘들겠다, 벤치 가서 좀 앉자.

호 철 그러자. (하고, 벤치로 가서 앉는)

호철과 지수 마주 본 상황,

호 철 근데 왜 갑자기 열이 나고 그런 거래?

지 수 지난번에 접질린 허리에 염증이 생겼대. 의족도 다시 해야 하고….

호 철 이젠 괜찮대?

지 수 응.

호 철 그러게, 그때 왜 가? 니가 임마 의사냐? 약은 약사에게 진료는 의사에게, 넌 그것도 모르냐? 의사도 아니면서 지 맘대로 퇴원을 하고, 아파도 싸, 자식아.

지 수 (작게 웃고) 자세히 보니까, 오빠도 나이 드네?

호 철 세월을 누가 이기냐?

지 수 요즘도 달리기 잘해?

호 철 (지수 보고, 웃으며) 기억하는구나, 나 달리기 잘하는 거?

지 수 기억하지. 옛날에 보육원 애들하고 부티 나는 남의 집, 초인종 누르고 도망치면 나랑 애들은 다 잡혀도 오빠는 어느새 보육원 마당 가서 공놀이하고 있었잖아.

호 철 (웃고) 내가 뭐든 죽기 살기로 하잖냐. 이 바닥에서 내가 몸은 작아도 버티는 게 그 성질머리 때문이다. 죽기 살기. 안 맞을라고 싸우는 놈하고 안 죽을라고 싸우는 놈하고, 붙으면, 안 죽을라고 싸우는 놈이 이기게 돼 있거든.

지 수 어릴 때 오빠가 마라톤 선수가 됐으면 좋겠다, 그랬어.

호 철 (씁쓸한) 되고 싶었지. (쓸쓸히 웃으며) 그러고 보니까 나도 한땐 꿈이 있었네.

지 수 그때 보육원 형편이 조금만 났어도… 오빠 마라톤할 수 있었을 텐데….

호 철 지난 일이야. 나 같은 놈이 무슨 마라톤…. 분명 그때 시켜줬어도 하다가 관뒀을 거야. 나 같은 놈은 건달이 딱이야.

지 수 (안쓰레 보며) 김 선생님한테, 어떤 여자가 전화를 했었대.

호 철 (보면) ?

지 수 여자… 있어?

호 철 신경 쓰지 마. 가끔 그냥 만나서 놀고 자고 했는데… 어제부로 헤어, 졌어.

지 수 나 때문이야.

호 철 (안 보고, 씁쓸한) 너 때문은 무슨 너 때문. 그냥 헤어질 때 돼서 헤어진 거야. 이쁜… 앤데,

지 수 (호철 보는)

호 철 좋은 놈 만나겠지, 뭐. 세상 어떤 놈을 만나도 나보다 낫지 않겠냐? 병실에 물 떨어졌댔지, 사 올게, 잠깐 있어. (하고, 가는)

지 수 (가는 호철 안쓰레 보다, 생각하는)

씬 68 노을 지는 바닷가.

영숙, 바닷가에서 모래로 집을 지으며, 노래 부르는, 모래성이 여러 채다.
미리, 그 옆에 앉아 생각 많은,

영 숙 두껍아, 두껍아, 헌 집 줄게, 새 집 다오, 두껍아, 두껍아, 헌 집 줄게, 새 집 다오….

미 리 (영숙 보며) 하루 종일 집만 짓네.

영 숙 (집 지으며) 그럼 니가 재밌는 애길 하든가.

미 리 언니, 내가 양씰 잊을 수 있을까?

영 숙 못 잊지, 어떻게 잊냐?

미 리 (보면)

영 숙 (모래집 지으며) 잊는다는 건, 어느 날 그 사람이 나타났을 때 (멍한 표정 지으며) 어머, 누구세요? 아니면 그 사람 이름을 듣고도 그게 누구드라… 하는 게 진짜 잊는 건데, 살 부비고 산 놈을 그렇게 잊을 수 있냐, 미치지 않고선. 사랑하는 사람을 버릴 순 있어도 잊을 순 없어. 안 그래?

미리 (바다 보며, 서글픈) 내가 양씨 없이 살 수 있을까.

영숙 (옆에 앉으며) 인간이 얼마나 독한데, 못 살어, 살지.

미리 (눈가 붉어져, 바다를 보며) 양씨 보고 있을 땐 하루 죙일 보고 있어도 안 질리던데, 바다는 금방 질린다, 지겹다.

영숙 (미리 보고, 옆에 앉으며) 앞으로 어떻게 살 거야?

미리 (영숙 보며, 짐짓 밝게) 잘 살아야지. 이 악물고, 엄마 아부지 동생한테 미안하지 않게. 괴로워도 슬퍼도 웃으면서.

영숙 니가 캔디냐? 괴로워도 슬퍼도 안 울게. 내가 장담하는데 그렇게 살면 안 돼, 병나. 캔디만화가 끝이 어떻게 됐는진 몰라도, 내 생각엔 캔디 걔 나중에 정신병동 갔을걸, 하두 참아서. 울어, 울고 싶음.

미리 (담담하게) 돈 있지?

영숙 …

미리 이 꼴로 엄마 아버지 집으론 못 들어갈 거 같애. 오피스텔 양씨한테 사게.

영숙 (가만 보다가) 그럼 그렇지, 니가 민호 수희 말고 날 여기 왜 불렀나 했다.

미리 돈 때문만은 아냐. 걔들 지금 머리 아픈 일도 있고, 언니한텐 초라해져도 될 거 같아서.

영숙 (작게 웃으며) 왜, 내가 이미 초라하니까, 너 갖고 안 놀릴 거 같디?

미리 어.

영숙 참 머리 좋아, 나쁜 년. (하고, 바다 보며) 빌려줄게. 은행이잔 줘. 그리고 조건 하나 더 있다. 나 병원에 입원하면 문병 와.

미리 ?

영숙 (편히 웃으며) 자궁에 혹 났대, 여자들 셋 중 하나 그렇잖어.

미리 신난 거 같다?

영숙 (맘 짠한) 덕분에 입원하면 핑계 삼아 애들 볼 수 있으니까.

미리 (속상한) … 외… 롭냐?

영숙 (가만 보다가, 눈가 붉어지며) … 어.

미리 (눈가 그렁해, 바다 보며) 인생 엿 같애, 진짜.

영숙 엿은 맛이나 있지, 기집애야. 가자. (하고, 가는)

미리 (울음 참고, 일어나 걸어가는)

영숙, 가는데 그 위로,

미 리　울고 가자.

영 숙　(돌아보면)

미 리　우리 울고 가자, 언니. (하고, 주저앉아, 엉엉 우는)

영 숙　(그런 미리 눈가 붉어, 보는)

그런 두 사람 한 화면에 보이고.

씬 69　수희의 작업실 안.

민호, 영숙의 그림을 보고 있는,
수희, 차를 타서 앞자리로 오는,

민 호　야, 영숙이 누나 진짜 멋지다. 잘 그렸다. 우리 애인이 정말 그림을 잘 그리는구나. (그림 놓고, 수희 보며) 나두 그려주라.

수 희　(보며, 담담하게) 그럼 파주 카페에 니 사진 걸자.

민 호　?

수 희　나 니 사진 정말 좋아, 걸자.

민 호　나 아마추어야.

수 희　피하지 말고.

민 호　사람들 웃는 모습밖에 찍은 게 없어.

수 희　따뜻해…. 걸자. 내가 만든 카페에 니 사진 걸고 싶어.

민 호　(수희 보는)

수 희　(민호 보는)

민 호　… 그래.

수 희　(작게 웃고) 이겼다. 이제 가. 읽을 책도 있고, 할 일이 많아.

민 호　결혼을 왜 안 할려고 해?

수 희　?

민 호　궁금해.

수 희　둘이 좋음 좋은 거다, 싫어. 결혼이란 형식에 기대서, 사람들 앞에서 한 맹세에 기대서, 관계를 지탱하는 거 그런 게 싫어.

민 호　나이 들면, 혼자 있기 힘들다든데?

수 희　그래서 지금부터 혼자 있는 거 즐길라고.

민 호　아이는?

수 희　별로. 냉정해 보여도 할 수 없어. 이게 나야.

민 호　그래, 그게 너야. 그리고, 그런 니가 좋은 것도 또 나고.

수 희　(작게 웃고, 보는)

민 호　갈게. (하고, 일어나, 주머니에서 봉투 꺼내 책상 위에 놓으며) 참 이거 내 그림 그려주는… 대가.

수 희　(보면) ?

민 호　(윙크하고) 전화할게. (하고, 나가는)

수 희　(봉투를 보고, 열고 읽는, 작게 웃으며 내려놓고, 책을 펴 들고 읽는)

인서트 – 메모지.

민 호　(N) 나중에는 어떨지 나도 모르니까, 그래서 내가 한 말이 모두 거짓말이 될지라도, 지금은 널 죽도록,

씬 70　달리는 버스 안.

민호, 버스에 앉아 가는,

민 호　(N) 영원히, 미치게, 목매게, 사랑해, 수희야.

씬 71　달리는 미리의 차 안.

영숙, 운전해 가는,

미 리　(창가 보며) 바보 같은 기집애…. 결국‥ 이렇게 될걸‥. 최미리… 미친‥ 년….

미 리　(N) 우린 남에게보다 늘 자신에게 더 가혹하다. 당연히 힘든 일인데 자신을 바보 같다고 미쳤다고 미워하고,

카메라, 영숙에게로 가면,

미 리 (N) 남들도 욕한 나를 내가 한 번 더 욕하고,

씬 72 지안의 집 마당.

지안, 지안 부의 리어카를 고치고 있고,
지안 부, 마루에서 술을 마시고 있고,
지안 모, 답답하게 지안과 지안 부를 번갈아 보고 있는,

미 리 (N) 그것도 모자라 누군가는 가슴에,

씬 73 호철의 집 안.

신식, 영웅, 무더기 운동을 하고 있고,
호철, 웃옷을 벗고 운동을 하는, 〈나쁜 놈〉이라고 새긴 문신 보이는,

미 리 (N) 누군가는 몸에 문신을 새기기도 한다. 그렇게 자신을 괴롭히면서 우리가 얻으려 하는 건 대체 뭘까? 사랑? 이해? 아니면 죄책감에서 벗어나는 것?

씬 74 휴게실, 주유소.

차에 기름을 넣는,
미리, 생각 많고, 영숙, 운전석에 앉아 있는,

영 숙 (미리 보고) 야, 우리 델마와 루이스 같지 않니?
미 리 (보면)
영 숙 그거 미국영화지? (사이) 아냐? 그럼 프랑스?
미 리 (작게 어이없이 웃으며) 정말 골 찢어지는 캐릭터야.
영 숙 그래, 웃어, 그렇게. 인생 생각보다 길다. (종업원에게) 고맙습니다. (하고, 가는)

미 리 (창가 보며, 서글픈) ….

씬75 거리, 낮.

민호, 걸어가며 전화하는,

민 호 지금 보자.

씬76 회사 주차장.

지안, 자기 차로 걸어가며 담담하게 전화하는,

지 안 지금은 안 돼.

씬77 수희의 작업실 앞.

수희, 집을 나와 부지런히 걸어가는,

민 호 (E) 벌써 집에서 나왔어, 회사 근처로 가는 길이야. 잠깐만이라도 시간 내.

씬78 거리.

민호, 걸어가며 전화하는,

민 호 현장이라도 괜찮아. 찾아갈게.
지 안 (E) 그럼 파주로 와.
민 호 (멈춰 서며, 이상한) 어‥ 디?‥

씬79 지안의 차 안.

지안, 안전벨트 하면서 전화하는,

지 안　파주 주안리. 명동에서 버스 타면 한 번에 올 거야.

씬80　거리.

민 호　(뭐가 뭔지 모르겠는) 파주는 왜?… 거래처 가니?

씬81　지안의 차 안.

지안, 작심한 듯한, 담백하게,

지 안　아니, 우리 부모님 사시는 곳이야. 집으로 와, 주안리 118번지야.

씬82　거리.

민 호　?

그런 민호의 모습에서 엔딩.

사랑? 이해?
죄책감에서
벗어나는 것?

11부

Goodbye Solo

씬1 도로, 달리는 지안의 차 안, 낮.

지안, 운전해 가는 모습 보이는,

민호 (뭐가 뭔지 모르겠는, E) 파주는 왜?… 거래처 가니?
지안 (E) 아니.

씬2 버스정류장.

민호, 생각하는,

지안 (E) 우리 부모님 사시는 곳이야. 집으로 와, 주안리 118번지야. 와서 전화해.

그때, 파주로 가는 버스 오고,
민호, 작심하고 버스에 올라, 좌석에 앉는,
버스, 출발하는.

씬3 미리의 오피스텔 안.

수희, 소파에 앉아 미리를 안쓰럽게 보고 있고,
미리, 호철의 짐들을 박스에 챙기고 있는, 벌써 여러 개 챙겨져 있는,

수 희 (따뜻하게) 점심은 먹었어?

미 리 (짐만 챙기며, 짐짓 가볍게, 어이없이 웃으며) 참 짐도 많다, 이래서 남자랑 함부로 살림을 차리면 안 된다니까, 그냥 만나다 헤어지면 안녕하면 그뿐인데, 살림 차리니까 돈 문제 걸려, 꾸릴 짐도 많아, 이게 뭐냐, 구질구질…. (수희 보며) 넌 민호랑 그냥 만나라. 각자 집에 살면서, 자고 싶음 니 집이나 민호 집에서 번갈아 가며 하루 자면서, 나처럼 구질스럽게 살림 차리고…. 넌 그러지 마. (하고 짐 챙기는)

수 희 (미리 안쓰레 보며, 달래듯) 미리야… 아저씨랑 한 번만 더 얘기,

미 리 (짐들 챙기며) 무슨 얘길 더 해, 그렇잖아도 너무너무 얘길 많이 해서, 머릿속이 온통 말말말인데. 지수가 마지노고, 전부다. 일절만 해라. 갈람 가라. 너는 장난이었다. (수희 보며) 더 이상 내가 무슨 얘길 더 들어야 하는데?

수 희 (미리 보다, 답답한, 머리 쓸어 올리며, 한숨 짓고)

미 리 (수희 안 보고, 담백하게) 너한테 이런 모습 보이는 거 친구지만 쪽팔려. 그런데, 지금은 너 무조건 내가 잘했다, 내가 혹시라도 잘못했드라도, 지금은 그냥 무조건 최미리가 잘했다 잘했다 그래, 안 그러면(울컥하지만, 참으며) 내가 너무 아퍼, 수희야. (하고, 울지 않으려, 이 앙다물고, 짐 챙기는)

수 희 (눈가 그렁해, 미리 안쓰레 보는)

미 리 (짐짓 편한 척, 노래 부르며, 짐 싸는)

씬4 병원, 복도, 벤치.

호철, 지수 얘기하고 있는,

호 철 (답답하고, 속상한, 버럭) 그만해라. 너는 신경 쓸 일 아니라고 했잖아!

지 수 (호철 보며, 걱정스런, 담담한) 신경이 쓰여. 나 때문에 두 사람 사이가 잘못된 거면, 나도 책임이 있으니까.

호철 (짐짓 담백하게) 그냥 좀 심심해서 갖고 논 애야.

지수 ….

호철 그래, 나는 그런 놈이야. 너 빼고, 여자 장난감이야, 나한텐.

지수 내가 이렇게 된 거 오빠 책임 아냐. 제발 그렇게 생각하지 마. 그냥 사고야.

호철 사고가 괜히 났냐? 내가 그날 순진한 널 건드리지 않고 곱게만 보냈어도, 사고가 왜 나?!

지수 내가 원해서 오빠랑 잔 거야. 오빠가 날 건드린 게 아니라. 그리고 사고에 대해 누군가 책임을 져야 한다면 부주의했던 내 탓이야.

호철 니가 원했든 말든, 난 그런 거 몰라. 그날 내가 미친개처럼 군 것밖엔. (하고, 가는)

그때, 지수, 가는 호철 보는데, 전화 오는,

지수 (전화를 받는) 네, 여보세요?

미리 (E, 담담하게) 강호철 씨 와이프 맞으시죠?

지수 ?

씬5 미리의 오피스텔 화장실 안.

미리, 작은 박스에 호철의 세면도구들(로션이며 면도기, 면도크림 등)을 넣으며 전화하는,
수희, 문에 기대 미리 보며 서 있는,

미리 (담백하게) 제가 누군진 알 거 없구요. 강호철 씨한테 전해주세요. 짐 싸놨다고 언제든 가져가라고. (하고, 전화 끊고, 다시 챙기며) 들었지? 나 호철이 와이프한테 기 안 죽고 당당하게 말하는 거.

수희 ….

미리 (짐만 챙기며) 잘했다고 해야지.

수희 잘했어.

미리 (하던 일만 하며) 이거 마저 정리하고 바람 쐬러 가자, 바람 쐬며 양씨 그 인간 털어버리게.

수 희 (걱정스레 미리 보는)

씬6 병원, 마당.

호철, 지수의 휠체어를 끌고 가며,

호 철 (씁쓸하고 서글픈 웃음 지으며) 걱정했는데, 역시·· 최미리네. 너한테 전화한 건 화나지만··· 그래도 짐 정리까지 했다니 다행이다 싶네. 이제 우리도 우리 일만 생각하자.

지 수 오빠가 살림까지 차려 살던 여자면 많이 좋아한 거 같은데··. 오빠 여자랑 살림 차린 적은 없잖아.

호 철 인간은 가끔 안 하던 짓도 해. (하고, 가는데, 막막한)

씬7 홍대앞.

미리, 물건들을 구경하고 있다, 덤덤한 표정이다, 수희, 그런 미리 옆에 서 미리만 보는,

미리, 물건들을 고르며 담담히 말하는,

미 리 (짐짓 담담하게) 공든 탑은 안 무너진다는 옛말은 틀렸어. 공든 탑도 무너져. 메가톤급으로 내려치는데 어떻게 그게 안 무너져. 진짜 인생 살아볼 일이다. 배울 게 온통 사방에 널렸다, 야.

수 희 ···.

미 리 (액세서리들을 보며) 전엔 이런 악세사리들만 보면 입이 벌어졌는데, 오늘은 전부 맘에 안 드네. (주인에게) 구경 잘 했습니다. (하고, 가는)

수 희 (미리를 안쓰레 담담히 보고, 가는)

미 리 (걸어가다, 수희 돌아보며, 뒷걸음치며, 서글픈 웃음 띠고) 강호철이 미워!

수 희 (멈춰 서서, 미리 보면)

미 리 (눈가 붉어져, 웃음 띤) 주문이야. 나는 강호철이 미워. (하고, 다시 돌아서서 앞 보고 걸어가는데, 웃음 가신)

수 희 (가는 미리 보다, 따라가는)

씬8 미영의 가게 앞.

미영, 솥단지를 열어 국을 간 보고 있는,
그 모습 위로, 클랙슨 소리 나고, 미영, 솥단지 닫고 보면,
영숙, 차문 열고 손의 쪽지를 건네며,

영 숙 할머니, 이거 받아요!
미 영 ?
영 숙 받어, 어서.
미 영 (일어나, 쪽지를 영숙에게로 가 받으면)
영 숙 (밝게) 병원 오는 길. 저 지금 입원하러 가요.
미 영 (걱정스레 보면)
영 숙 약속한 거 안 잊었죠? 문병 오는 거. 병원 와서 내 이름만 대면, 병원 사람들이 병실이 어딘지 알려줄 거예요.
미 영 (안쓰레 보는)
영 숙 그런 눈빛으로 볼 일 아니에요, 축하할 일이지. 딸이 온대요. 나 보러 그 먼 미국에서. 할머니도 꼭 와요. 갈게요. (하고, 가는)

미영, 가는 영숙의 차를 물끄러미 보는.

씬9 병원, 전경, 해질녘.

영 숙 (E) 전망이 좋았음 좋겠는데… .

씬10 병원 접수창구.

직원과 영숙 얘기하는,

직 원 오늘 입원 안 하셔도 되는데, 자궁근종은 수술 전날만 입원하면, 늦어서 업무시간도 끝나가는데… .
영 숙 내 거 처리해주고 퇴근하면 되잖아요. 환자가 하고 싶다는데, 왜 이렇게 말이

많아요. 푹 쉬고 싶어서 그래요. 병실 줘요.

직 원 (싫은, 컴퓨터를 보며) 병실이 2인실하고 특실밖엔 없는데….

영 숙 특실 줘요.

씬11 병실 안.

영숙, 가방 들고 들어서며, 주변 경치 보며,

영 숙 호텔이 따로 없네. (하고, 창가에서, 경치 보고, 테이블로 와서 전화하는, 사이, 담백하게) 안녕하세요, 이순식 씨. (웃음 띤) 잘 지내요? 왜는, 이혼하면 전화도 못 하나…. 아, 참 당신은 좀 구닥다리지. 미안. 난 가끔 사람들이 모두 나처럼 담백하다고 착각을 하거든. 용건만 간단히 할게요. 은미가 나 보려고 서울에…. (사이, 이상한) 무슨 말이에요, 은미가 왜 못 와?

시간 경과.

영숙, 환자복을 입고, 은미와 통화하는,

영 숙 (눈가 붉어, 반가운) 아, 그랬구나…. 난 니가 진짜 못 오는 줄 알았지, 한 이틀 늦어진다고, 괜찮아, 엄마 그때까지 병원 있거든. (사이) 어, 좋아… 애기 같아도 할 수 없어, 좋아.

그때, 노크 소리가 나고,

영 숙 (문 쪽 보며) 네.

민 재 (사복 차림, 들어오고)

영 숙 그래, 그럼 은미야, 전화 끊고, 와서 보자. 어. (하고, 전화 끊는)

민 재 (소파에 앉으며, 웃음 띤) 혹시나 해서 원무과에 물어봤는데, 왔다 그래서…. (의자에 앉으며) 근데 왜 벌써 입원을 했어요? 수술은 삼일 훈데. 하루 전날 입원해두,

영 숙 (말꼬리 자르며) 난 어려서부터 환자복 입는 게 소원이었어요.

민 재 (보면)

영 숙　이렇게 환자복 입으니까 연약해 보이죠? 보호해주고 싶죠?

민 재　…. (담담하게, 작게 웃으며 보면)

영 숙　좋은 소식, 나쁜 소식이 있어요. 뭐 먼저 들을래요?

민 재　좋은 소식이요.

영 숙　내 거짓말이 들통나고서 시종일관 쌩하고 찬바람이 돌던 아들이‥ 내가 병원에 입원했다니까, 날 걱정했대요.

민 재　좋은 소식이네요.

영 숙　나쁜 소식은‥ (웃으며) 없어요. 못 온다던 딸이 온대요.

민 재　축하해요.

영 숙　나랑 저녁 먹어요, 뭐 먹을래요? 제가 밥 살게요?

민 재　아내가 왔어요.

영 숙　?

민 재　저 밑에서 기다려요.

영 숙　그래요? (하고, 창가로 가서 보며) 누구예요?

민 재　(일어나, 창가에서 민재 처를 가리키며) 저기‥ 저 여자‥ 조신하게 서 있는,

인서트 – 민재 처.

민재를 기다리며 서서 지나가는 사람들을 보고, 그러다 제 발끝을 보며 서 있는, 편안한,

영 숙　맘 접어야겠다.

민 재　(보면)

영 숙　혹시라도 부인이 괜찮지 않으면, 내가‥ 어떻게 해볼까 했는데….

민 재　(영숙을 보는, 맘이 가는) ….

영 숙　(민재를 가만 보다) 농담, 가요. (하고, 테이블 쪽 의자에 앉아, 책을 펴 드는)

민 재　(영숙 보다가) 또 올게요. (하고, 가는)

영 숙　(책만 보다가, 민재 가면 고개 들고, 밖을 내다보는) 실루엣만 봐도 청순하다. (작게 서글프게 웃는) 이쁘네.

인서트– 창밖.

민재, 민재 처 만나 손잡고 가는,

영숙, 그 모습 부럽고 이쁘게 보는.

씬 12 파주의 카페 안.

민호, 앉아서 차를 마시며 지안을 기다리고 있는,

지 안 (E) 시청 근처 카페에 있어, 7시까지 갈게.
민 호 (시계를 보면 8시가 넘어가는, 작게 한숨 쉬고, 차를 마시는데)

그때, 누군가 자리에 와서 앉는,
민호, 보면,
상윤, 어색하고 미안하게 웃으며,

상 윤 오랜만이다.
민 호 (짐짓 담담히 보는, 기분이 안 좋은) ·· ?!
상 윤 지안이가 너 데리고 오래.
민 호 (가라앉은, 보기만 하는) ···.
상 윤 넌 바텐더라며·· 난 보험회사 다니는데··.
민 호 지안이, 어딨어?
상 윤 (미안한 웃음 짓고) 나가자. (하고, 나가는)
민 호 (따라 일어나 나가고)

씬 13 병원 주차장.

상윤의 차 와서 서는.

씬 14 차 안 + 차 밖.

상윤, 운전석, 민호, 조수석에 앉아 있는,

상 윤 어려서 너한테 주먹질한 거 한 번쯤은, 미안하다고 사과,

민호 (안 보고, 담담히) 입 닥쳐, 자식아. 지안이 있는 데나 말해.
상윤 (답답한) 병원 들어가서 오른쪽으로 가면 무균실 있어.
민호 (보면) ?
상윤 거기에 있어, 가봐.
민호 (안전벨트 풀고, 나가는)
상윤 (그런 민호를 보는)

씬 15 무균실 가는 복도.

민호, 굳은 얼굴로 걸어오다가, 멈춰 서는,
지안, 무균실 앞에 서서 소영을 담담하게 물끄러미 보고 있는,
그러다 지안, 느낌이 이상해 고개 돌리면 민호 서 있는,
두 사람 서로를 보는,
민호는 조금 굳어서 화난 느낌이고, 지안은 가라앉은, 담담한.

씬 16 고수부지, 공원.

미리, 수희 앉아 얘기하는,

미리 (담담하게) 영숙이 언니 팔자도 진짜 재수 없네. 하필 왜 그 병원이야. 양씨만 없었음 병원 찾아가, 뒷바라지라도 해줄 건데…. 외로운 여자가 더 외롭겠네.
수희 그러게.
미리 너라도 가, 나 괜찮아.
수희 안 괜찮아 보여.
미리 (서글프게 웃으며) 맞아, 안 괜찮아. 옆에 있어주라. 한 이틀 정도만. 그담부턴 언제 그랬냐 싶게 훌훌 털게.
수희 (따뜻하게, 작게 웃으며) 그래. 언니한텐 수술 끝나고 나 혼자라도 가볼게, 걱정 말어. 집에 가서 좀 쉴래?
미리 너 일은?
수희 소품만 배치하면 돼, 며칠 시간 있어.
미리 (보며, 서글프지만 웃으며) 재밌는 애기해주라.

수 희 (짐짓 밝게) 아는 게 없는데, 어떡하지?

미 리 (웃음 띤) 치, 양씨는 많이 알았는데. (하고, 강 보는)

수 희 (미리 이쁘게 보는)

미 리 (쿡 웃으며, 편안한, 미소 짓고) 난 왜 이렇게 주접일까? 갑자기 양씨가 나한테 잘했던 것만 생각이 나네. 내가 감기 걸려 징징대면 짜증 내면서도 옆에 있어줬던 거, 내 겉옷은 물론 팬티까지 빨아줬던 거, 늘 집 청소 도맡아 해줬던 거, 나한테 돈 쓰는 거, 인색하지 않았던 거, (눈가 붉어, 서글픈 웃음 짓고) 울 엄마 아버지, 내 동생 보기 싫다싫다 하면서도 봐줬던 거, 지 엄마 아버지 가슴 아픈 일 말해줬던 거, 생각해보니 양씨 나한테 참 잘해줬다…. 아니다, 속 썩인 것도 생각난다. 건달짓 하는 거 싫은데 늘‥ 싸워서 불안하게 하고… 또….

수 희 또?

미 리 또? ‥ (생각하다) 없‥ 어.

수 희 (미리 따뜻하게 보고, 손잡는)

미 리 (수희 보며, 안 울려 애쓰며, 웃음 띤) 나 양씨 얘기 더 해도 돼?

수 희 (고개 끄덕이며, 밝게) 그럼.

미 리 (입가에 미소 띠고) 내가 양씨를 첨 만난 건 스물세 살 가을 강남의 모 나이트클럽. 한 테이블 기본 십이만 원 하는 데.

수 희 (작게 웃고, 미리 이쁘게 보는)

미 리 내가 양씨랑 첨 입 맞춘 장손, 모범택시 안. 내가 양씨랑 첨 잔 건… 만난 지 보름 후, 신림동 싸구려 모텔.

수 희 (이쁘게 보며) 빠르다….

미 리 그지, 그렇게 장단을 맞춰. 그리고 내가 양씨랑 첨 싸운 이윤,

수 희 (짐짓 밝게, 웃음 띤) 나 알아.

미 리 ?

수 희 아저씨가 싸구려 흰 팬티 입는 거 싫어서 세련된 삼각팬티로 바꿔 입으랬드니, 쪼인다고 싫대서 싸웠다며.

미 리 (밝게) 딩동댕. (수희 보고, 눈가 붉어져 웃으며) 양씨 얘기하니까 재밌다. (하고, 강가 담담히 보는, 호철 생각하는)

수 희 (미리를 보고, 작게 웃고, 강 보는)

지 안 (E) 내 조카야.

씬 17 무균실 안.

소영, 의사들이 진료하는,
카메라, 창 쪽으로 가면,
민호, 지안 밖에서 그 모습 보고 있는,

지 안 어제 오늘 컨디션이 아주 좋았어, 그래서 내가 밖으로 데리고 나가서 옷도 사주고 책도 사주고 그랬는데, 그게 무리였나봐.

민 호 (화나고, 맘 아픈, 뭐라 말해야 할지 모르겠다, 지안 안 보고) 나가 있을게. (하고, 나가는)

지 안 (소영 보는)

씬 18 병원 벤치.

민호, 손에 봉지를 들고 와서 앉아, 봉지에서 맥주를 꺼내 한 캔 따서 마시는,
그때, 지안 와서 앉는,

민 호 (지안 보고, 맥주를 한 캔 따서 주는)

지 안 (맥주 마시고) 소영이 괜찮대.

민 호 (맥주 마시는) ….

지 안 (앞만 보며, 차분한, 담담히) 어디부터 얘길 해야 될지 모르겠다. 너랑 첨 만난 고등학교,

민 호 (앞만 보며) 집안 얘긴 할 필요 없어. 대충이지만 알고 있으니까.

지 안 (담담히 보면)

민 호 (앞만 보며, 화나고, 맘 아픈 것 삭이며) 학교 퇴학 맞고 검정고시 학원 다닐 때 학교에 널 보러 갔는데, 날 죽어라 때린 상윤이랑 엉겨 있는 널 봤어.

지 안 ….

민 호 어라, 저게 뭐지 했지….

지 안 (민호 보는, 담담한)

민 호 (화를 참으며, 짐짓 담담히) 무지무지 화났어, 널 믿었으니까. 그래서 니 뒤를 밟았어. 그리고 철거촌에서 철거원들하고 싸우는 너랑 니네 부모님을 봤어.

지안 (눈가 붉은, 차분히) 그랬구나, 근데 왜 말 안 했니? 불쌍‥ 했어?

민호 (맘 아픈, 가라앉은) 그때는 아니고, 나중에.

지안 (그랬구나 하는 느낌으로 담담히, 고개 끄덕이고, 고개 돌려 앞 보며) 지난주니 전화 받고부터 내가 수희한테 보내는 메시질 니가 알고 있구나 했어. 그리고 모른다면 어떻게 말을 해야 하지‥ 했는데, 그 고민 필요 없는 거였네. (하고, 술 한 모금만 마시고, 안 보고) 왜 날 만날려고 했어?

민호 (속상하고, 화나, 술을 마시고, 지안 보는)

지안 (안 보고, 서글픈, 담담하게 말하는) 왜 처음에 애들한테 집안을 속였냐, 묻고 싶었어? 아님 왜 널 이용했는지?

민호 필요 없어. 그건 충분히 이해가 가니까.

지안 수희한테 이제 와 왜 메시질 보냈냐? 그게 젤 궁금하겠지. (하고, 민호 보며) 수희랑 만날 땐 입 다물고 있고, 왜 수희가 너랑 만나는 지금에 와서, 그랬는지.

민호 (지안 보는, 맘 아프고, 원망스런)

지안 만날 땐 용기가 안 났어. 지금은 말할 용기가 나. 세상에 단 한 사람, 수희한텐 이해 받고 싶었어.

민호 (막막하고 화나는, 술을 마시고, 다시 지안을 보며) 그럼 수희가 너한테,

지안 (민호 보며, 맘 아픈, 그러나 짐짓 담담히) 올 거라는 계산‥ 했지. 결관 모르지만, 희망은 있어.

민호 (맘 아픈) 동정받기 싫다며‥ 결국 원하는 게 동정이야?

지안 (민호 맘 아프게 보며) 그 말은… 아프다. 이해라고 했으면 좋았을 텐데.

민호 (맘 아픈)

지안 (맘 아픈) 나한테 미안하단 말을 듣고 싶어?

민호 (맘 아프고, 화나 보면)

지안 (눈가 붉어지는, 짐짓 담백하게, 진심으로) 미안해. 많이 미안해.

민호 (울 것 같은, 속상하고, 화난, 지안을 보면) ….

지안 미안하단 말 한두 번으론 안 되겠지, 열 번 스무 번, 백 번 해야겠지‥ 근데 지금은 시간이 없다. 더 듣고 싶음 또 찾아와. 일이 밀려 회사 가봐야겠다. (하고, 가는)

민호 (가는 지안 보며, 맘 아프고, 속상해, 눈가 그렁해 보다, 맥주를 마시고, 속상해, 집어던지고, 고개 숙이는, 막막한, 씩씩 숨 고르는)

씬19 달리는 지안의 차 안.

지안, 눈가 붉어(울지 않는) 막막히 운전해 가는.

씬20 인서트.

1, 하이킹하던 민호와 지안.
2, 2부 바닷가 제주도에서 지안과 수희 즐겁게 놀던,

민 호 (E) 그럼 수희가 너한테,
지 안 (E) 올 거라는 계산·· 했지. 결관 모르지만, 희망은 있어.

씬21 미리의 카페 안.

민호, 지안 생각에 칵테일을 만들며 속상한, F. O.

씬22 민호의 옥탑, 낮.

수희, 올라오다, 평상에 앉아 있는 민호 보고,

수 희 (편안하게, 웃음 띤) 잘 잤어?
민 호 (소리 난 쪽 보면)
수 희 (민호의 자리에 와 앉으며, 편하게) 안 일어난 줄 알았는데 일어났네. 미리는 못 일어나길래, 더 자라고 하고, 난 카페에 걸 사진 보러 왔는데, (민호의 얼굴에 제 얼굴 들이밀며, 조금은 귀엽게) 너무 빠른가?
민 호 (어색한) 세수 좀 하고 나올게··. (하고, 집으로 들어가는)
수 희 ?

씬23 지안의 사무실.

지안, 서글프게 정도용의 명함을 보고 있는,

그러다, 핸드폰으로 전화를 하는, 잠시 후,

정도용 (E) 어이구, 유 실장이 나한테 웬일로 전활 주나?
지 안 ‥ 저한테 지난번에 하신 제의가‥ 아직 유효한가 알고 싶어서 전화했습니다. 원하시는 게 뭔지 구체적으로 말씀해주십시오.

씬 24 공터.

호철, 얼굴이 땀범벅이 돼서 인정사정없이 (구석에 쪼그려 맞는) 영웅을 짓밟는,
영웅, '잘못했습니다, 형님, 잘못했습니다, 형님' 하며 맞는,
한쪽 차 옆에 신식, 무더기 서 있는,

호 철 (씩씩대고, 짓밟으며) 너 이 자식이, 미쳤지, 너! 내가 너 돈 밝히는 여자 만나지 말랬지? 그런데 왜 내 말을 안 듣고 또 그 기집앨 만나서, 아픈 사람 병원비를 날려!
영 웅 (맞으며, 우는)
무더기 (무서운, 신식을 툭 치며) 어떻게 좀 해봐봐, 형. 영웅이 저러다 죽겠어.
신 식 (답답한, 호철에게로 가는)
호 철 (짓밟으며) 내가 가뜩이나, 가뜩이나, 머리 시끄러워 죽겠는데, 너 왜 내 성질 돋궈, 너 왜 내 성질을 돋궈, 자식아!

그때, 신식 호철을 등 뒤에서 안으며,

신 식 그만하십시오, 형님.
호 철 (돌아서서, 재빠르게 신식을 치며) 뭘 그만해, 자식아!
신 식 (넘어지는, 일어나 재빠르게, 무릎 꿇고) 제가 단속을 잘못했습니다. 참으십시오.
호 철 지수‥ 는 둘째 치고, 아픈 니 엄마 생활비까지…. (한숨 쉬고, 고개 숙이고 있다가) 저 자식 피나 닦아줘. (하고, 가서 차에 올라 운전해 가는)

무더기, 재빠르게 영웅에게로 가서 일으켜 세우며,

무더기 괜찮아, 영웅아, 괜찮아?
영 웅 (오기 어린) 니 눈에 내가 괜찮아 보이냐? (하고, 일어나 비틀비틀 가고)
무더기 (따라가며) 영웅아! 병원 가자, 어, 병원 가.
신 식 (답답한, 무릎 꿇은 채 있는) ….

씬 25 달리는 호철의 차 안.

호철, 속상한.

씬 26 인서트 - 플래시백.

미리, 깔깔대며 웃던 모습.

씬 27 달리는 호철의 차 안.

호철, 차창 문 여는.

씬 28 인서트 - 플래시백.

2부에서 밥 받아먹던 미리.

씬 29 달리는 호철의 차 안.

호철, 화나 클랙슨을 쾅 치며,

호 철 (소리치듯) 젠장!

씬 30 미영의 가게 안.

미리, 젓가락 들고 전화를 받는,
미영, 손님들의 밥상을 차려주는,

미 리 (화난, 참으며, 짐짓 담담하게) 그쪽이 왜 날 만나재? 만나서 뭐 하게요. 왜? 만나서 내 머리라도 뜯게?

씬 31 지수의 병실.

지수, 전화하는,

지 수 그런·· 거 아니에요. 그냥·· 만나고 싶어요.

씬 32 미영의 가게 안.

미리, 속상하고 화나는, 전화기 다른 손으로 바꾸며 숨 고르고,

미 리 그냥 조용히 끝내지. 당신하고 나하고 만나서 한 남자 사이에 두고·· 줄다리기 쪽팔리잖아. 내가 줄게, 가져. 그럼 된 거 아냐?

씬 33 지수의 병실.

지 수 (담담한, 이내 차분하게) 내가·· 다리가 아파요. 그래서 거기 있는 델 찾아갈 수가 없어요. 기다릴게요. 언제든 병원으로 오세요. (하고, 전화 내리고)

씬 34 미영의 가게 안.

미 리 (핸드폰 하며) 여보세요, 여보··.

그때, 미영 물 가져와 앉아 미리 주는,

미 리　(끊긴 전화기 보며, 어이없는) 이게 머리에 뭐가 좀 든 것처럼 보이더니 완전 위장이네. 아주 지 멋대로네, 이게.

미 영　(물 주는)

미 리　(물 마시고, 속상하고, 화나는) 나 결심했어, 할머니, 얘랑 붙을래, 말리지 마. (하고, 나가는)

미 영　(가는 미리 보다가, 무심히, 다시 앞을 보다, 다시 뒤돌아보면)

씬 35　미영의 가게 안 + 밖, 미자의 트럭 안.

미자, 미영을 꼬나보는,

미 영　…

미 자　(운전해 가는)

씬 36　미리의 오피스텔 안.

미리, 옷장에서 옷을 이것저것 고르며 화난,

미 리　이게 아주 사람을 물로 보고 있어, 내가 웃으며 보내준 것도 아니고 맘 아픈 거 참고 참다 보내줬음 감사하게 받지, 어디서 와라 가라야, (하고, 웃옷 벗고 갈아입고, 빠르게 루즈 바르고) 너 오늘 끝났어, 이 기집애. (하고, 나가는)

씬 37　병원, 로비.

호철, 답답한 마음으로 걸어가 에스컬레이터를 타고, 지수의 병실 복도 쪽으로 가는데,
그때, 영숙의 목소리 들리는,

영 숙　헤이!

호 철　(못 듣고, 가는)

영 숙　헤이!

호 철 (가다가, 이상해 뒤돌아보는)

영 숙 (환자복 입고, 걸어와 호철 앞에 서며)

호 철 (싫은, 왜 여깄나 싶은) ….

영 숙 (웃음 띤) 미리가 너 땜에 내가 아파도 여기로 병문안을 못 온댄다.

호 철 나 지금 그쪽이랑 말 섞을 기분 아니거든. 그리고 나한테 말 까지 마라, 어? (하고, 가려 하면)

영 숙 너 몸에 나쁜 놈이라고 문신 새겼다며?

호 철 (꼬나보는, 보면)

영 숙 그 문신·· 여자들 꼬실라고 한 거지? 그럼 여자들이 미리처럼 아, 이 남자 솔직하고 불쌍하네 하며 잘 넘어오지?

호 철 (눈 크게 뜨고, 화나 보면)

영 숙 (어이없이 웃으며) 눈 부라리면 내가 겁나냐? 그게 어리숙한 미리한테나 통하지, 나한테도 통할 줄 아니? (하고, 가는)

호 철 (답답하고 황당한, 가는 영숙 보는) 별게 다 성질을 건드리네, 진짜. (하고, 가는)

영숙, 가다가 뒤돌아 호철 가는 모습 보고,

영 숙 사람이 환자복을 입고 있음 어디가 아프냐, 물어는 봐줘야지, 참 싸가지 바가지네, 그 자식. (하고, 가는)

씬 38 지수의 병실.

지수의 침대 비어 있는,
호철, 텅 빈 침대 보다가, 한쪽에 앉으며,

호 철 (혼잣말) 어딜 갔어…·.

씬 39 카페 밖, 밤.

미리, 차를 주차시키고, 카페 안으로 들어가는, 조금은 화난,

그때, 김 선생 나오다가 미리와 스치고, 김 선생, 미리 보며, 착잡한, 갈 길 가는.

씬 40 카페 안.

미리, 지수 차를 마시는,
미리, 차를 내려놓고,

미 리 (찻잔 내려놓고, 기분 안 좋은) 스탑,
지 수 (담담히 보면)
미 리 저 구구절절한 거 딱 질색이거든요.
지 수 ….
미 리 제주도 보육원에서 둘이 만나 그쪽이 좋아해 자구 다치고 어쩌구저쩌구… 혼인신고… 됐구요. 용건만 간단히 해요.
지 수 (보며) 혼인신고는‥ 취소 청구할 거예요. 호철이 오빠‥ 만나세요.
미 리 (어이없어, 작게 피식 웃으며, 지수 보는)
지 수 오빤, 저에 대한 죄책감이 커요. 혼인신곤 오빠가 저에 대한 배려로 오빠가 일방적으로 한 거예요. 제가 제주도 살아서 만난 적도 드물고, 사랑 없어요. 오빠는 물론, 이젠 저도. 오빤 제가 오빠에 대한 사랑이 남아 있다고 생각하지만… 아니에요.
미 리 (어이없이 웃으며) 이봐요? 댁이 강호철 가져라 만나라 그럼 내가 만나고 만나지 마라 그럼 내가 안 만나고 그러는 건가? 인생 그렇게 간단한가?
지 수 …. (담담히 보는)
미 리 내가 강호철하고 끝낸 건 당신 때문이 아냐. 나는 누구누구 때문에, 내 인생 좌지우지 안 해. 그 사람이 내가 싫대, 나 싫다는 사람 나도… 별로고. 이제 알아들었,
지 수 (말꼬리 자르며) 오빤 당신 좋다고 안 할 거예요. 간다고 해도 잡지도 매달리지도 않을 거구요.
미 리 (맘 아프고, 어이없게 보는)
지 수 늘 그랬어요. 오빠는 그 누구한테도 아쉬운 소리 안 해요. 어려서도 보육원에서 밥이 모자라 배가 고파도 식당 선생님한테 밥 한술 더 달라는 말조차, 오빠

는 안 했어요. 사춘기 때 도둑질하다 들켜서 원장님한테 크게 맞아도 미안하다, 봐달라는 소리 한번 안 했구요.

미 리 ….

지 수 그래서 한번은 왜 그러느냐구, 말 한마디면 될걸, 대체 왜 그렇게 미련하게 구냐구, 물었더랬어요.

미 리 ….

지 수 (맘 아픈, 안 보고, 담담한) 그때 오빠가 그러대요. 엄마를 때리는 아버지한테 그러지 말라고 일곱 살 난 어린아이가 손이 발이 되게 빌고 빌었는데… 안 들어주드라고.

미 리 (지수 빤히 보는, 눈가 그렁해지는, 울지 말 것)

지 수 (눈가 붉어지며, 울지 말 것) 그렇게 다신 누구에게도 초라하게 매달리기 싫다구.

미 리 (맘 아픈, 눈가 그렁해, 빤히 보는)

지 수 (눈가 그렁해지는, 미리 보고 따뜻하게 웃으며) .. 많이 아픈 사람이에요, 말은 걸어도 맘이 약해요. 잘 알겠지만...

미 리 (눈가 그렁한, 맘 아픈)

지 수 여자랑 살림 차린 적은 그쪽이 처음이에요. 살림 차릴 정도면 오빠가 얼마나 마음을 낸 건지, 나는 알아요, 부탁해요, 오빠 버리지 말아주(세요)

미 리 (왈칵하는, 눈물 닦고, 참으며, 말꼬리 자르는) 거기까지. (하고, 일어나 나가는)

지 수 (가는 미리 눈가 붉어져 보다, 창가 보는)

씬 41 도로 + 달리는 미리의 차 안.

미리, 속상하고, 맘 아퍼 눈가 그렁해 가는.

씬 42 지수의 병실.

호철, 간이침대에 쭈그려 자는,
그때, 김 선생, 지수의 휠체어를 끌고 들어오다, 그 모습 보고,
김 선생, 이불을 가져다 호철을 덮어주는,

지수, 호철만 보고.

씬 43 도로.

미리의 차 달려와 서고, 미리, 운전대 놓고, 멍한.

씬 44 인서트 - 회상.

1, 4부, 꿈결에 가위눌려 신음하던 호철.
2, 4부 씬 40.

미 리 (조심스레, 짐짓 아무렇지 않은 듯) … 아저씨 엄마랑‥ 아빠는 왜 농약을 마셨어?

호 철 (담담하게) 아버지가 엄마를 많이 때렸어‥. 그래서 엄마가 아버지 밥에 약 넣고, 자기도 마셨어.

미 리 (눈가 붉어지는) 몇 살 때.

호 철 내가 일곱 살 때.

미 리 ‥ 돌아가신 모습‥ 봤어?

호 철 어.

미 리 무서웠겠다.

호 철 많이.

미 리 (호철의 등에 누워, 호철을 안는)

호 철 (눈 감고, 담담히) 코딱지, 나 동정하면 죽는다.

미 리 (눈 감은 채, 눈물 흐르는, 깔끔하게) 어. 안 할게.

씬 45 미리의 차 안.

미리, 눈물 흐르는, 손수건 꺼내 코 풀고, 후 하고 한숨 쉬고, 천장 보는, 호철에 대해 생각하는(울지 말 것),

미 리 (호철에 대한 안쓰러움만, 담담히) 아… 강호철….

씬 46 민호의 방 안.

수희, 컴퓨터 앞 의자에 앉아(지안의 사진은 없다) 사진들을 고르고 있는, 민호, 씻은 얼굴로 들어와 웃옷 갈아입는,

수 희 사진이 너무 좋아.

민 호 그래, 잘됐네.

수 희 그게 전부야?

민 호 나 카페서 잘게, 여기서 자. (하고, 나가는)

수 희 민호야….

민 호 (이미 나간)

수 희 (서운한, 의자에 기대 생각하는)

그런 수희의 얼굴에서 F. O.

씬 47 호철의 아파트 앞 + 차 안, 낮.

호철, 지수한테 가기 위해 집에서 나오는데, 핸드폰 문자 오는, 호철, 핸드폰 열어 문자 보고,

미 리 (E) 짐 싸놨어, 가져가.

호철, 잠시 생각하고, 전화하는.

씬 48 미리의 오피스텔 안.

미리, 박스에 기대 전화기 보다가, 전화 받는,

미 리 (짐짓 담담하게) 헬로… 오랜.. 만이야.

씬49 호철의 아파트 앞.

호 철 인사는 관두고, 니 집에 있는 내 짐은… 버려. (하고, 전화 끊고, 차에 타는)

씬50 미리의 오피스텔 안.

미리, 전화 내리며 서글픈 웃음 짓고, 처지지 않게,

미 리 … 강호철답네.

씬51 민호의 옥탑, 낮.

수희, A4 정도의 사진들을(지안을 뺀, 민호, 수희, 미리, 미영, 영숙과 많은 사람들의 모습들) 보고 있는,
민호, 차를 가져와 옆에 앉아 그런 수희 보는,

수 희 (기분 좋은) 사진 정말 좋다. 봐도봐도 좋아. 생동감 있고. 우리 애인이 사진을 정말 잘 찍는다.

민 호 (앞만 보고 있는)

수 희 (사진(미영 가게 안에서 텔레비전 보는 모습을 바깥에서 찍은, 미영이 코를 후비는 사진이다) 하나 보이며, 웃는) 특히 미영 할머니 이 사진은 진짜 압권이야. 이것두. (민호에게 사진 보이는)

민 호 (보는)

인서트 – 영숙, 카페에서 오락하다 누가 불러 돌아보는 멍한 모습.

수 희 민호야, 이 사진은 봐도봐도 웃기지? 특히 이 영숙이 언니 죽이지 않니?

민 호 (안 웃는) 웃겨.

수 희 (웃음 가시며, 사진 내려놓으며, 조금 머뭇대다가, 담담히) … 화나.

민 호 ?

수 희 (서운한, 차분한) 왜 그래? 내가 뭐 잘못했어? 혹시라도 내가 니 맘에 안 드는

짓 했어?

민 호 (보는)

수 희 (심호흡하고, 잠시 담담하게, 그러나 어려운) 나랑 자고 나서… 며칠 연락두 안 하고, 어제 오늘 봐도 웃지도 않고… 니가 이러고 있음… 오해가 돼.

민 호 … (보며) 무슨 오해?

수 희 (민호 못 보고, 어렵게 말하는) 내가 너랑 잔 거… 혹시라도 내가 쉬운 애구나… 그런 생각 드나 싶어서… 그래서 싫어지나….

민 호 (수희 보는, 수희가 참 이쁘다는 생각이 드는, 따뜻하게 보는)

수 희 남잔 몰라도 여잔 그런 생각 들어. (보고) 확실히 말해. 지금도 말하면서 계속 화나니까.

민 호 (피식 하고 웃고, 편하게) 정수희도 별거 아니네.

수 희 (안 웃고 보며) 지금은 웃을 때 아닌 거 같은데… 나 지금 화나고 있다고?

민 호 화내지 마. 그딴 쓸데없는 생각도 하는구나 해서 하는 말이니까. (하고, 수희 손잡는, 앞 보며, 짐짓 편하게) 그냥 살면서 이런 날도 있는 거겠거니 해. 왜 그런 날 있잖아. (보며) 아침에 눈떴는데 갑자기 그냥 기분이 막 가라앉을 때.

수 희 (가만 보다) 그럴 때도 이윤 있어.

민 호 … 없어, 그냥 안 좋아.

수 희 찾아봐. 그 어떤 것도 이유가 없는 건 없어.

민 호 미리도 영숙이 누나도 기다리겠다, 가. 그리고 누나한테 난 다음에 시간 날 때 간다고 해. 카페 일 바쁘다고.

수 희 (시계 보고) 그래, 가야겠다. 그리고 넌 오늘 왜 그런지 이유 찾아서,

민 호 (서글프게 웃으며, 지안 생각 때문에 그닥 밝지만은 않다) 레포트 써?

수 희 (민호의 머리에 꿀밤 먹이며) 그래. 레포트 써. (하고, 일어나 가는)

민 호 잘 가.

수 희 (보고, 웃으며) 어.

민 호 (가는 수희 보며, 작게 웃다가, 막막해지는)

씬52 병원 로비.

미리, 수희 걸어 들어가며 얘기하는,

수 희　아저씨 만나는 그 여자 이 병원에 있다며, 어떻게 올 생각을 했어? 부딪히면 어쩔려구?

미 리　(보며, 편하게) 우리 다시 만날 거야.

수 희　?

미 리　(작게 웃고) 자세한 건 나중에 말해줄게. 영숙 언니, 병실이나 찾어.

수 희　(보면)

미 리　일방적으로 아저씨한테 안 당해. 나 똘똘한 최미리야. (하고, 가는)

수 희　(가는 미리 보며, 작게 웃고, 따라가는)

카메라, 다른 쪽으로 가면,
호철, 한쪽에서 자판기 커피를 빼서 마시는, 답답한.

씬 53　영숙의 병실.

영숙, 텔레비전을 틀어놓고 화투를 가지고 혼자 운수 패를 떼며,

영 숙　이런이런‥ 벌써 몇 번짼데… 암것도 안 뜨고 허탕이야. 짱나. (자신을 달래듯) 다시 하자. 오영숙 짜증 내지 말고, 다시 하자. 이거 안 하면 니가 뭐 하고 놀겠니. 짜증 내면 너만 손해지. (패 섞고, 패 치며) 자, 자 이번에는 손님도 나오고, 행운도 나오고, 돈도 나오고, 기쁨도,

그때, 미리 영숙을 놀리려 '악!' 하며 들어서고, 영숙, 그 바람에 '악!' 하고 화투를 놓치며 놀라는,
미리, 수희 들어서며 웃고,

미 리　(웃으며) 아주 혼자 쌩쇼를 해요.

영 숙　이 기집애들이 사람 놀라 자빠지게, 간 떨어지는 줄 알았잖아, 기집애들아!

수 희　(웃으며 영숙에게 화투 주워주며) 언니 간 여깄다.

영 숙　(수희 때리며) 이게.

수 희　(웃고) 아퍼.

미 리　(침대맡에 앉으며) 야, 환자복 입으니까 진짜 환자 같다.

영숙 그럼 내가 진짜 환자지, 나이롱환잔 줄 알았냐?

미리 우리 오니까 좋지?

영숙 (웃음 감추며, 화투 챙기며) 별로.

미리 남자한테 그렇게 튕기면 사랑이나 받지, 우리한테 뭐 하러 튕겨? 언니가 고무줄이냐?

수희 (웃음 띤) 언니, 미리는 다 나쁜데 특히 따지는 거, 그게 더 나쁘지, 그지, 언니?

영숙 이것들이 짜고 고스톱이네. 근데 니들 왜 빈손이야? 병문안 오는데 복숭아통조림은 기본 아니냐?

수희 어머, 어떡해 .. 주스 사 온다는 걸 깜박 잊고, 고작 이걸 가져왔네. (하며, 가방에서 영숙의 그림 꺼내 펴 보이는)

영숙 (보고, 멍한) 야… 이게.. 정말… 나야.

미리 언니 같지 않고, 나 같지? 너무 이뻐서,

영숙 맞을래?

수희 (웃음 띤, 보고)

미리 나두 줄 거 있다. (하고, 주머니에서 장미 한 송이 꺼내며) 이거.

영숙 (받으며, 감격한) 야…. 기집애.. (장난스레) 기껏 한 송이네.

미리 뭐야? 으이! (하고, 영숙 때리고)

수희 (웃고)

영숙 (장미꽃 냄새 맡고, 기분 바꿔서) 냄새 좋다. 야, 기분이다, 니들 오늘 언니가 한판 걸지게 쏜다, 나가자. (일어나는)

미리, 수희 어딜?

영숙 (옷장에서 옷 꺼내며) 옷이 뭐가 좋은가… 이게 낫네.

씬54 미영의 가게 안.

미영, 손님들에게 밥을 가져다주고,
미자, 한쪽에 앉아, 미영을 보고 있는,
미영, 미자 앞에 가서 메모판 보여주는,

인서트 – 메모판.

〈뭐주까?〉

미 자　(보다가, 피곤한지 눈 감는)

미 영　(그런 미자 보다가, 한쪽에 있는 자기 스웨터를 미자에게 덮어주는)

씬 55　노래방 안.

영숙, 미리, 테이블에 올라가 빠른 템포의 신나는 노래를 부르는, 수희 웃고,
수희, 테이블에 앉아 두 사람을 마주 보고 노래 부르면,
영숙, 미리 '언니, 언니' 하며 소리치며 신나고,
신나게 노는 세 사람의 모습.
영숙, 술 마시려 하면 수희, 미리 말리는, 그러고 또 놀고,
세 사람 모습, 스톱모션 되는.

씬 56　미영의 가게 밖, 밤.

씬 57　미영의 가게 안.

미자, 테이블에 엎드려 자고 있고,
미영, 실내를 청소하는데,
석준, 들어오는,
미영, 보면,

석 준　(테이블에 앉으며, 미영에게) 밥 줘.

미 영　(걱정스레, 고개 젓는)

석 준　밥 줘.

미 영　(보다, 글 써서 보여주는)

인서트 – 메모판.
〈느져써, 가〉

석준　배고파, 밥 줘.

미영　(걱정스런, 고개 젓고, 석준을 밖으로 끌어내려 팔을 잡는데)

석준　앙…. (하고 우는)

미영　(걱정스레, 석준을 보는)

씬58 부촌.

석준 모(얼굴에 멍든), 집에서 나와 '석준아, 석준아··' 하며 이리저리 애를 찾아다니는.

씬59 미영의 가게 안.

석준, 밥을 맛있게 먹는,
미영, 석준을 걱정스레 보고,
미자, 다른 테이블에 앉아 벽에 등을 기대고 그런 미영을 가소롭고 서글프게 보는,

미자　(기운 없는) 그런 눈빛 아무한테나 주지 말지, 순진한 애 속으면 어쩔려고.

미영　(멀멀하게, 석준만 보는)

미자　(보며, 담담히) 금고 속에·· 돈이 없드라.

미영　….

미자　내가 올 줄 알고 통장 돈도 다 뺀 거 같고…. 나한테 그럼 안 되지 않아?

미영　…. (석준만 보는)

미자　친엄마도 아닌 두 번째, 아니 세 번째 새엄마지만 내가 당신을 얼마나 좋아했는데.

미영　….

미자　아버지가 아무리 당신을 때리고 그래도 나는 당신이 안 떠날 줄 알았어. (눈가 붉어지며, 담담히) 내가 아버지하고 단둘이 있는 걸 세상에서 젤 무서워하는 걸 당신은 아니까. 왜 못 지킬 약속을 해, 그것도 어린애한테··.

미영　(눈은 석준을 보지만, 마음은 아픈, 눈가 그렁한)

미자　안 간다고 했잖아…. 매일 잠자리에서 나랑 손가락 걸고 맹세했잖아, 나 두고

어디 안 간다고…. 친엄마도 버리고 첫 번째, 두 번째 새엄마도 버리고, 인간 다 그렇다고 생각한 나한테 당신이 말했잖아. 나는 아니라고 믿으라고 미자 두고 안 간다고.

미 영　(눈물 닦고, 멀멀하게 석준만 보는)

미 자　(맘 아픈, 눈가 그렁해, 담담히) 안 믿을라고 안 믿을라고 애쓰는 애를 매일 감동 줘가며… 믿게 했잖아, 당신이. 그러고, 떠나면 안 되지. 어린애가 목에 피가 나게 가지 말라고 매달렸는데, 그래도 가면 안 되지, 않아?

미 영　(고개 끄덕이는, 맘 아픈)

미 자　당신이 떠나고, 그밤 아버지가 불타 돌아가시고…. 내가 어떻게 살았는지 알아? ‥ 모를 거야. 안다고 해도 그건 아는 척이지, 아는 게 아니야. 나‥ 정말 힘들었어. 아무도 안 믿게 됐으니까, 인생 뭣 같다고만 생각이 드니까. 연애도 안 하고 술에 담배에‥ 나 전과 5범이야. 당신이 이렇게 만들었어, 나를. 내 말이 억울해?

미 영　…. (고개 젓는)

미 자　그래도 인생이 거기서 끝은 아니더라. 정말 괜찮은 남잘 만났거든, 그래서 그 남자랑 애도 낳고, 근데‥ 그 남자가 지금 뺑소니로 몰려 유치장에 있어. 빼내고 싶어. 세상 살 만하구나, 희망을 준 사람이거든. 보고 싶기도 하고. 그래서 돈이 필요해.

미 영　….

미 자　좀 해주라.

미 영　(눈물 닦는)

미 자　(담담히) 믿는다, 해줄 거지?

석 준　배불러.

미 자　(미영 보다가, 석준에게) 너‥ 집이 어디야?

석 준　멀어.

미 자　바래다줄게. 나가 있어.

석 준　(나가고)

미 자　(미영 보며) 다신 볼 일 없게. 통장에 너. (하고, 쪽지 주며) 잘 사슈. (하고, 나가고)

미 영　(맘 아픈)

씬60 부촌+트럭 안.

미자의 트럭 와서 서고, 미자, 석준을 내려주는,

미 자 (담담하게) 집 어디야?

석 준 (손가락으로 가리키며) 저기…

미 자 (편하게) 부자 동네에 사네. 가. (하고, 차에 타서, 시동 거는데)

밖에서 소리 나는,

석준 모 석준아!

석준, 보면,
석준 모, 석준 때리며, '어딜 쏘다니냐, 너 나간 거 알면, 아버지한테 엄마 혼나는 줄 알면서' 하고 석준 엉덩이 때리며 집으로 끌고 가는,

미 자 (운전해 가며 백미러로 그 모습 심란하게 보고)

씬61 해장국집, 푸르스름한 새벽.

미리, 수희 나오고, 영숙, 뒤늦게 이쑤시개로 이를 쑤시며 나오는,

영 숙 (트림하는)

미 리 야, 폼 죽인다. 옷차림은 빠순이, 얼굴은 새벽까지 놀아서 달덩이, 거기에 이쑤시개 물고 트림까지… 진짜 혼자 보기 아깝다.

영 숙 그래서 수희랑 같이 보네.

미 리 (어이없고, 수희에게) 내가 나중에 나이 들어 저렇게 되면 나 아는 척 안 해도 원망 안 할게.

수 희 (웃고, 영숙 보며) 언니 병원 가는 길 알지?

영 숙 혼자 갈래. 어차피 가면 혼잔데… 여기서 찢어져. 걸어서 십 분 거린데 뭐, 그리고 나중에 또 올 거잖아.

미 리　못 올 수도 있어. 카페 일도 해야지.

수 희　나두 카페 인테리어가 마무리라, 좀 그래 언니.

영 숙　(서운하지만, 짐짓 밝게) 그렇구나…. (밝게, 담백하게) 괜찮아. 우리 애 온댔으니까. 가라. (하고, 가는)

미 리　혼자 잘난 척하지 말고 의사 말 잘 들어!

수 희　조심해, 언니.

영 숙　(돌아보고, 춤추며 장난치고, 윙크하고, 가는)

미리, 수희, 그런 영숙 귀엽고 재미나게 보는,

미 리　애가 진짜 올까 싶네, 저렇게 들떠 있는데, 걱정된다. (하고, 가고)

수 희　(가는 미리 보다가, 다시 가는 영숙 보고)

영숙, 뒷모습 보이는.

씬 62　달리는 미리의 차, 전경.

미 리　(E) 가만있어봐라, 여기서 어디로 가야 빠르냐.

씬 63　미리의 차 안.

미 리　내부순환을 탈까, 그게 낫나.

수 희　미안하지만, 나 집에 좀 데려다 줄래?

미 리　파주 카페 간다며? 민호랑 같이 안 가?

수 희　지안이 만나고 갈려고.

미 리　(굳어지는, 수희 보다가, 앞 보고, 잠시 생각하다) 너 민호한테 암말 안 들었어?

수 희　무슨 말?

미 리　(답답한, 작게 한숨 쉬고) 일단 우리 집에 가자.

수 희　무슨 말인데? 나 옷 갈아입어야 돼.

미 리　내 옷 입음 되잖아, 내 말 듣고 잠자코 가.

수희 ?

씬64 민호의 방 안.

민호, 벽에 기대 생각 많은.

씬65 주민의 집, 정원.

지안, 정원에 물을 주고 있는,
그때, 경혜 주스를 들고 나오며,

경혜 지안아, 주스 마시고 해.

지안 네. (하고, 테이블에 와서 앉는)

경혜 (앉으며) 어제두 새벽까지 일하고 들어오고 요즘은 주말도 안 쉬고, 오늘도 늦게 퇴근한다며 왜 새벽부터 일어나서 집안일을 해. 너 너무 무리하는 거 아냐?

지안 (작게 웃으며) 괜찮아요. (하고, 주스 마시고) 아버님은?

경혜 (주스 마시며, 지안 안 보고) 서재에서 일해. 일중독이잖아.

지안 일밖엔·· 할 일이 없으시잖아요.

경혜 (보면) ?

지안 (주스 잔만 보며) 아버님 뵈면·· 그런 생각이 들어요. 참 사는 게 재미없으시겠다.

경혜 (주변 보며) 누구는 살면서 그렇게 재미가 있을까·· 다, 이러고 사는 거지, 뭐.

지안 (경혜 보다가, 조심스레) 오늘은 왜 갤러리 안 가세요?

경혜 갈 거야. 너랑 주스 마시고…. (하고, 주스 마시는)

지안 (보다가, 조심스레) … 어머니.

경혜 ?

지안 오늘 갤러리에·· 좀 늦게 가시면 안 돼요?

경혜 … 왜?

지안 한 여덟 시쯤에… 가세요. 오늘만.

경혜 ?
지안 회사 가봐야겠어요. 먼저 일어날게요. (하고, 일어나 집으로 들어가는)
경혜 (가는 지안 보는, 왜 그럴까 싶은) ?

씬 66 주민의 서재.

주민, 스크랩북을 보다가, 한쪽에 둔 박규철의 주소를 보는,
그때, 노크 소리 나고,

주민 (스크랩북을 덮으며) 들어와.
경혜 (문 열고 들여다보며) 지안이 출근 준비했대요. 같이 간다며, 나오세요. (나가려 하면)
주민 여보.
경혜 (보면)
주민 (뭔가 말하려다가) … 회사 지분 문제가 끝났어.
경혜 (보면) 그럼‥ 이제 이혼서류 준비해도 되겠네요. (하고, 나가는)
주민 (착잡한) 그 말을 할라고 한 게 아닌데‥ 젠장….

씬 67 달리는 지안의 차, 전경.

주민 (E) 왜 말을 안 해.

씬 68 지안의 차 안.

주민, 뒷좌석에 앉아 창가 보며 답답한,
지안, 운전해 가며 백미러로 주민을 보는,

주민 (보며, 덤덤하게) 왜, 민호가 저 사는 데 말하지 말래?
지안 아닙니다.
주민 (창가 보며) 그럼 말해줘, 한번 찾아가보게.
지안 (앞 보며, 착잡하게) 제가‥ 모시고, 갈게요.

주 민 ·· 그럼 ··지금 가자.

지 안 ?

주 민 내 맘이 전번처럼 또 변할지 모르니까, 가자, 맘먹은 김에….

지 안 ·· 네. (하고 룸미러로 다시 주민 보고)

미 리 (E) 나는 지안이 얘기,

씬 69 미리의 오피스텔 안.

미리, 수희 앉아 있는,

수 희 (눈가 붉어져, 어이없고, 화나, 미리 보는)

미 리 (착잡한, 어려운) 이미 민호가 너한테 말했는 줄 알았어. 니가 편해 보이길래, 별일 아니라고 상큼하게 정리했는 줄 알았고.

수 희 (눈가 붉은 채 미리만 보는, 서운한) ….

미 리 (어려운, 걱정스런) 지안이에 대해 너한테 예전에 예전에 말할라 그랬는데, 다행히 니가 지안이랑 헤어져서… 말할 필요 못 느꼈어.

수 희 (머리 쓸어 올리며, 속상한, 뭐가 뭔지 모르겠는)

미 리 수희야, 나는 지금 니 기분이 어떤지, 잘 모르겠어. 근데, 지안이 신경 안 쓰면 안 되니? 걔가 널 속였든 말았든, 이제 와 진실이네 뭐네 하든 말든, 솔직한 말로 남녀 사이 헤어지면 남 아니냐? 부탁인데, 쌩까.

수 희 (맘 아픈, 미리 안 보며) 나 지금 너무 혼란스러, 갈래. (하고, 나가는)

미 리 (수희 보다, 후·· 하고 한숨 쉬고, 머리 쓸어 올리고)

씬 70 오피스텔 앞.

민호, 복잡한 얼굴로 걸어가는,
민호, 지나가고 나면, 수희, 나와 민호와 다른 길로 걸어가는,
수희, 눈가 그렁해 화나고 속상하고 복잡한 얼굴로 빠른 걸음으로 걸어가는.

씬71 카페 앞.

민호, 오다가 이상해 고개 들면 지안, 서 있는,

지 안 (어색한) 아버님 모시고 왔어, 들어가, 안에 계시니까.

민 호 (지안 보다가, 들어가는)

지 안 (민호 보다가, 가려는데, 전화 오는, 받는) 수희… 구나.

씬72 카페 안.

주민, 민호 앉아 있는,

민 호 (답답한, 고개 숙이고 있는)

주 민 (그런 민호 안쓰레 보며)

민 호 (주민 안 보고, 짐짓 담담히) 하실 말씀 있음 빨리 하고 가세요. 아버지랑 있는 거 불편해요.

주 민 (착잡한, 물 마시고) 니 아버질 찾았다.

민 호 (보는) ?

씬73 카페 앞, 지안의 차 안.

지 안 (차분히) 수희야… 왜 전화해놓고 말을 안 해.

씬74 정류장.

수희, 한쪽에 서서 전화하는,

수 희 (화나고, 속상한) ….

지 안 (E) 수희야, 수희야.

수 희 (눈가 붉어져, 속상하고, 맘 아픈) … 너 뭐야?

씬 75 카페 앞, 지안의 차 안.

지 안 (맘 아픈)

씬 76 정류장.

수 희 너 대체 뭐니, 유지안?

그런 수희의 모습에서 엔딩.

자존심 가지고 사랑을 어떻게 하니?

12부

Goodbye Solo

씬1 카페 앞, 지안의 차 안.

지 안 (맘 아픈, 차분한) 만나자. 수희야, 우리 만나서 얘기하자.

씬2 정류장.

수 희 (속상하고, 맘 아픈) 미안하지만… 난 널 만나서 더는 들을 얘기가 없어. 미리가 전해준 것만으로 충분해. 전화 끊어. (하고, 전화 내리고)

그때, 버스 와서 조금 앞쪽에 서고, 수희, 버스로 가는.

씬3 카페 앞, 지안의 차 안.

지 안 (전화기 만지작거리다, 운전해 가는, 맘 아프지만, 나약한 모습은 아닌, 담담한)

영 숙 (E) 콧노래 소리.

씬4 영숙의 병실 안.

영숙, 콧노래 부르며 세수한 얼굴로 기분 좋게 나오는데,
간호사, 들어와 침대에 금식표를 다는,

영 숙 (밝게) 야, 드디어 금식이네.

간호사 오전부터 하실 필욘 없구요, 오후 세 시부터 하세요. 낼 아침 일찍 수술 들어갈 거니까.

영 숙 (테이블에 앉아, 화장하며, 간호사 안 보고) 지금부터 안 먹어두 되죠?

간호사 지금부터 굳이 그럴 필요 없어요, 몸이 좋아야 회복도 빨리 되니까, 오전 식사는 챙겨서 드세요.

영 숙 (화장하며) 난 빨리 건강해질 필요가 없는 사람이에요.

간호사 ? (이상한, 나가고)

영 숙 (아랑곳 않고, 콧노래 부르며, 화장하는)

씬5 카페 안.

민호, 주민 앉아 있는,

민 호 (가만있는, 창가 보며, 가라앉은, 속상한) ….

주 민 (못 보고, 맘 아픈, 짐짓 담담한) 내가 니 친아버지 아닌 거, 니가 집 나갈 때 알고 있겠거니, 했다. 민재가 아니까, 너두 알겠지 했어.

민 호 ….

주 민 (차 마시고, 그런 민호를 안쓰레 보다, 짐짓 담담하게) 너는… 사는 건 어때?

민 호 (주민 맘에 안 들게, 속상해 보며, 가라앉은) 왜요? 또 무슨 말씀을 하셔서 제 속을 뒤집어놓으실려고 그런 걸 물으세요?

주 민 (가만 보는)

민 호 밥은 먹고 살아요. 아버지 맘엔 안 들겠지만, 전 하루 세끼 밥 먹고 살면 그거로 만족해요.

주 민 (보며) 소박하네.

민 호 (원망스런) ?!

주 민 있는 그대로 들어, 꽈배기 꼬듯 배배 꼬아서 듣지 말고…. 이 나이 살아보니, 그래… 열심히 몸 움직여 세끼 밥 먹고 즐겁게 살면 된다는 니 말도 틀린 말 아냐. 내가 살아보니, 죽어라 돈 모아 … 죽어 가져갈 것도 아니고 할 일이 없드라…. 그래서 그래. 남 피해 안 주고 지 알아서 살면 되지, 뭐.

민 호 (맘 아픈 것 참으며, 담담히) 하실 말씀 다 하셨어요?

주 민 (지갑에서 주소 쓴 쪽지 테이블에 놓으며) 니 친아버지 주소다.

민 호 (원망스레 보는)

주 민 니 아버지 찾았단 얘긴 니 엄마한테 안 했다. 뭐라 말을 꺼내야 할지 몰라서…. 니가 찾아가봐.

민 호 (맘 아픈, 주민 보며) 또.. 하실 말씀은요?

주 민 (맘 아픈) 니 엄마랑 헤어지기로 했다.

민 호 (화나는, 눈가 붉어져, 이 앙다물고, 짐짓 차분히) 또.. 또.. 하실 말씀은요?

주 민 (보다가, 답답한) .. 없다.

민 호 (눈가 붉어, 맘 아픈, 참고, 비아냥 섞인 웃음 짓고) 없군요. 하긴 저한테 무슨 하실 말씀이 그리 많으시겠어요. 그럼 이제 아버지랑 저, 안 봐도 되는 건가요? 아니 볼 필요.. 없는 건가요?

주 민 (가만 보다가, 일어나 나가는)

민 호 (울컥하는, 맘 아픈 것 참으며, 안 보고) 잠깐만요.

주 민 (맘 아프게 돌아보면)

민 호 (울 것 같은, 간신히 참고 일어나, 쪽지 들어, 주민의 옷에 넣어주는)

주 민 (보는) ?

민 호 한 분은 얼굴도 모르는 아버지, 한 분은 저한테 이십 년 넘게 화만 내신 아버지…. 그래도, 얼굴 알고 화낸 아버지가 전.. 편하네요. 가세요. (하고, 가는, 눈가 그렁한)

주 민 (눈가 붉어져, 가는 민호 보는, 맘 아픈)

씬6 길거리.

민호, 눈가 붉어, 속상해 이를 앙다물고 성큼성큼 걸어가는.

씬7 수희의 작업실 안.

수희, 테이블에 놓인 것들을 이것저것 정리하는, 그 모습 위로,

수 희 (E) 지안이가 대체 뭘 속였다는 거야?
미 리 (E, 차분히) 다, 부모, 집안, 모두.

수희, 하던 일 멈추고, 소파에 앉는, 지안 생각하는.

씬8 인서트 - 몽타주.

1, 4부 씬 60.
스키장 가기 전에 시장 구경하던 수희와 지안의 모습, 지안의 밝은 얼굴 중심으로.

2, 2부 씬 59.
제주도, 펜션.

인서트–사진.
중년의 말끔한 부부가 외국의 휴양지에서 다정하게 찍은 사진이다.

수 희 니네 아버지랑 엄마는 볼수록 멋있어. (지안 보며) 두 분 싸울 때는 어때?
지 안 말씀을 안 해. 각자 방에 들어가서.

3, 8부 엔딩 씬.

지안 부, 과일 리어카(거의 비어 있는)를 끌고 오고, 지안 모, 뒤에서 리어카를 밀고 오는,

지 안 (E) 내가, 너한테, 할 애기가 있었다구…. 지금까지 너한테 말하지 못한 애기… 꼭 해야만 했는데 못한 애기가 있었다고….

4, 6부 씬 50.

지 안 … 우리 오래 만났지…. 근데 수희야, 나는 너랑 이제 시작이었어.

씬9 수희의 작업실 안.

수 희 (눈가 그렁해, 착잡한, 무릎에 얼굴을 묻는)

씬10 미리의 카페 복도, 밤.

미리(업무복), 민호(바텐더복) 서 있는,

민 호 (미리 보는) ?!

미 리 (미안한, 조금 눈치 보며) 내가 잘못·· 한 거야? 수희한테 괜히 말한 거냐구?

민 호 ….

미 리 언젠간 알아야 할 거 같아서 한 거야··. 내 딴에는 니가 말하기 뭐할 거 같아서, 대신,

민 호 (고개 돌려, 미리 외면하고, 미리 다시 보며, 화나는) 너 왜 그렇게 잘났어?

미 리 (차분한) ….

민 호 (버럭, 소리치며) 염병, 다들 왜 그렇게 잘났어?! 아버진 평생을 꿋꿋하고, 지안인 지금 이 순간까지 왜 그렇게 당당하고, 수희는 날 사랑한다며 뭐가 그렇게 혼란스러운 건데?! 그리고 너는 왜 남 일에 껴들어, 이러쿵저러쿵이야, 왜?! (하고, 가다, 돌아보며) 내가 우습고 만만해 보여?!

미 리 (답답하고, 미안하고, 복잡하다)

민 호 (속상한, 맘 아픈, 소리치는) 나는 아무 감정도 없는 것처럼 보여?! 날 가지고 왜 다들 그렇게 찧고 까불어! 왜?!

미 리 (안쓰럽게 민호 보며, 담담하게) 니가 소리 지르니까, 내 속이 다 시원하다, 소리 더 질러.

민 호 (눈가 붉어, 맘 아픈, 큰 소리) 잘난 척 그만해, 이 입 싼 기집애야! (하고, 앞치마 집어던지고, 큰길로 가는)

미 리 (가는 민호 보는)

그때, 준이 나오며,

준 이　누나, 손님 계산.

미 리　어. (하고, 들어가려 하면)

준 이　(눈치 보며) 누나, 근데 우리 카페 계속 해?

미 리　?

준 이　강호철 씨랑… 누나랑 헤어졌다고…. 그럼 카페 못 하는 거 아닌가 해서.

미 리　(보면)

준 이　누나가 강호철 만나는 거, 카페식구들도 대충 눈치 깠지.

미 리　(답답한) 일이나 하셔. (하고, 들어가고)

준 이　(떨떠름하게 들어가는)

씬 11　미영의 가게 앞.

미영, 국 간을 보다가, 뭔가 이상해 한쪽 보면,
민호, 자전거 끌고 와서 서고, 미영 보고, 수화하며,

민 호　타. 손님이고 뭐고 다 냅두고, 할머니라도 암말 말고, 내 말 들어. 자전거 타.

미 영　(보다가, 국자 아무렇게나 놓고, 자전거 타는)

그때, 손님 나오며,

손 님　할머니, 돈 안 받고 어디 가요?

민호, 미영 자전거 타고 그냥 가는.

씬 12　도로.

민호, 미영을 태우고, 가는,
민호, 서글프고, 미영, 멍하다.

씬 13 박물관(혹은 갤러리) 주차장.

경혜, 차를 세우고, 나와 시계를 보면,

인서트–시계.
8시 반이 넘어가고 있는,

지 안 (E) 어머니, 오늘 갤러리에·· 좀 늦게 가시면 안 돼요? 한 여덟 시쯤에··· 가세요. 오늘만.

경혜, 박물관(혹은 갤러리) 안으로 들어가는.

씬 14 박물관(혹은 갤러리) 안.

경혜, 로비에 들어서서 주변을 휘 둘러보지만, 모두 다 모르는 사람들뿐이다.
경혜, 아무 일 아닌가보다 싶고, 그래서 발길을 옮기려 하다가, 뭔가 이상해 한쪽을 보면,
주민, 혼자서 작품을 멀뚱멀뚱하게 보고 있는,
경혜, 이상한,
그때, 주민, 다른 작품을 보러 발길 옮기려다가, 경혜를 보는,

주 민 ?
경 혜 여기서··· 뭐 해요?
주 민 (조금 당황하는) 어, 그게··· 지나가다··· 밥은?
경 혜 (보는)
주 민 그림이 맨날 똑같애, 별다른 게 없··· (하다가, 아차 싶은) 구경해, 난 갈게. (하고, 나가는)
경 혜 (가는 주민을 보는)

경혜, 뭐가 뭔지 모르겠는, 주민의 가는 모습 보는 경혜의 모습에서 F. O.

씬 15 병원 전경, 낮.

씬 16 병원, 복도.

민재, 걸어가다가 멈춰 서는,
카메라, 앞을 보면, 간호사들 이동침대를 밀고 오는, 영숙, 이동침대에 누워 있는, 민재의 옆을 스쳐가려 하는,

영 숙 (서글픈 웃음 띤) 안녕.
민 재 (간호사들에게) 잠시만요.

간호사들, 이동침대를 멈추는,

민 재 (영숙 보며) 왜 혼자예요? 딸 온다며요?
영 숙 오늘이나 낼 밤에 올 거예요.
민 재 수술하고 나면 도와줄 사람이 필요한데, 아는 사람 또 없어요?
영 숙 (서글픈 웃음 짓는) 내가.. 좋아하는 할머니가 계신데, 오신다고 하고선 연락이 없네요…. 국밥집 하는데 바쁜가봐요.
민 재 (답답한) 간병인이라도 불러요.
영 숙 싫어요.
민 재 내가 불러줄까요?
영 숙 애 오면 내가 많이 아파 보여야 하니까, 관둬요. 근데 막상 수술하려니까, 좀 무섭네요.
민 재 (가만 보다가, 영숙의 손잡아주며) 괜찮아요. 잠잔다 생각해요.
영 숙 ... 누가 보면 오해하겠네...
민 재 …. (담담히 보다, 손 거두고, 주머니에 손 넣고, 간호사들에게) 가세요.
영 숙 (민재 귀엽다는 듯 보고 작게 웃으며, 손들어 인사하고, 이내 담담해지는)

간호사들, 이동침대 밀고 가고,
민재, 가는 침대를 보는.

씬 17 수술실.

영숙, 멀멀한 표정으로 수술대에 누워 있는,
의사, 마취를 지시하고, 마취사, 마취를 하려 마스크 씌우며,

마취사 심호흡하세요.
영 숙 (숨을 들이키며, 고개를 옆으로 돌리는데)

인서트 – 여중생 영숙.
수술실 한쪽 의자에 앉아 주눅 든 채 손톱을 물어뜯고 있는,

마취사 (E) 오영숙 씨, 좀 더 깊게 심호흡하세요.

현실.

영 숙 (가물가물한) 네.

영숙, 마취되어 눈 감는,
심전도기, 수술대에 켜지는 불빛들,
영숙, 누워 있는 모습.

씬 18 수술실 밖, 벤치.

민호, 미영 앉아 있는,

민 호 작은 수술이든, 큰 수술이든 혼자 수술실 들어가면 외로웠을 건데·· 일찍 올걸.
미 영 (작게 서글프게 웃는)
민 호 사람이 참 이기적이야. 친누나가 있음 영숙이 누나 같았음 좋겠다 생각했으면서, 막상 누나가 필요할 때, 난 내 문제로 정신없고···. (미영의 손잡으며, 보며) 할머니.

미 영 (보는)

민 호 약속할게, 할머니가 힘들 때 내가 옆에 있을게. 내가 힘들 때 언제나 할머니가 그랬던 거처럼, 나두 그럴게.

미 영 (민호 물끄러미 보고 작게 웃고, 메모지에 뭔가 써서 보여주는)

민 호 (메모지 보는)

인서트- 메모지.
〈수히 만나러 가〉

민 호 (서글프게 웃으며) 됐어. 걔도 지금은 혼자 있는 게 날 거야. 나도 그렇고. (하고, 벽에 기대서 생각하는)

미 영 (그런 민호 보다가, 수술실 보는)

씬 19 수희의 작업실 앞.

수희(짐을 챙겨, 가방을 멘) 나와서, 열쇠로 문을 잠그고 길 쪽으로 나가려 하는데,

지 안 수희야.

수 희 (보는)

지 안 (맘 아픈) 어디 가서 얘기 좀 하자.

수 희 (화나지만, 담담히) 지금은 너 보는 것도 힘든데 무슨 얘기?

지 안 (어렵게, 애써 담담히) 미안해…

수 희 미안하면 니가 지금껏 속여왔던 많은 일들… 끝까지 니 선에서 마무리졌어야 돼.

지 안 (맘 아픈, 눈가 붉어져, 담담히) 널… 잡고 싶었어. 이해 받고 싶었어.

수 희 (맘 아픈, 가라앉은) 이해는 내가 하는 거야. 니가 하라 그래서 해줄 수 있는 게 아냐, 지안아.

지 안 (눈가 붉어져(울지 마세요), 보다가, 담담히) 여기에 널 보러 오기, 힘들었어. 니가 민호를 만나야겠다고 말했을 때보다 더 많이 힘들,

수 희 (맘 아픈, 말꼬리 자르며) 너는 나한테,

지 안 ….

수 희 지금보다 훨씬 전에 이렇게 솔직해야 됐어. 내가 이 남자 저 남자 바꾸는 우리 엄마가 부끄럽다고 했을 때, 그냥 이해해라 하지 말고 너도 부모를 부끄러워한 적이 있었다고,

지 안 …. (맘 아프게 보는)

수 희 내가 가난이 지긋지긋하다고 너한테 소리칠 때, 너 자신도 그렇다고 하면서 말했어야 됐어. 지난 2년 동안 니가 나한테 솔직할 수 있었던 시간이나 기회는 너무나 많았어. 아니야?

지 안 (말꼬리 자르며, 맘 아픈, 짐짓 담담히) 지금껏 내가 봐왔던 그 어떤 모습보다 정수희 넌, 지금이 젤 멋있다.

수 희 …. (맘 아픈)

지 안 민호도 내 앞에서 너처럼 멋있드라.

수 희 ….

지 안 나는 이해 받으려 굽신대고, 너희들은 이해해줄까 말까를 고민하는 이 시간이…. (맘 아픈) 내가 예상했던 것보다 너무 힘들다, 수희야. (하고, 차로 가서, 운전해 가는)

수 희 (맘 아픈, 눈가 그렁해 가는 지안을 보는(울지 말 것), 머리 쓸어 올리며 깊게 한숨 쉬는, 어쩔 줄을 모르겠다) ….

씬 20 달리는 호철의 차 안.

호철, 지수 타고 있는,

호 철 (이어폰으로 전화하며) 너랑 나랑 아직도 용건이 남았냐? (사이) 지수 치료 끝나서, 놀러 간다, 왜? (사이) 빨리 얘기해 뜸 들이지 말고, 운전 중이야. (사이) 뭐, 우리 아파트 앞?

지 수 (옆자리에 앉아, 호철을 담담히 보는)

씬 21 호철의 아파트 앞.

미 리 올 때까지 기다릴게. 와서 얘기해.

호 철 (E) 짐 때문이면, 버리라고 했지, 내가.

미 리 멀쩡한 짐을 왜 버려? 벌 받을라고. 가뜩이나 지은 죄 많아서 지옥 갈까봐 잘 때마다 무섭구만. 운전한다며 끊어. 기다릴게. (하고, 전화 끊고, 좌석 뒤로 하고, 눈 감는)

씬 22 달리는 호철의 차 안.

지 수 (걱정스런) 미리 씨야?

호 철 (앞만 보며) 날 좋다, 친구 보육원이 춘천 쪽이랬지, 팔팔 타야겠다…….

지 수 (호철을 걱정스레 보다, 창가로 시선 트는데, 걱정스런)

호 철 ….

영 웅 (E) 나 호철이 칠 거다.

씬 23 호철의 아파트 안.

영웅, 무더기 밥을 먹고 있는,

무더기 (놀라, 캑캑대며) 뭐? 호철이 형님을 친다고?

영 웅 (지난번 일로 얼굴에 멍든, 무더기 보며) 상용이랑 전번에 호철이 쳤던 애들이랑 이미 손잡았다. 너도 생각 잘 해, 나한테 붙을 건지, 말 건지. 사업이라고 고작 카페 두 개에 깔아논 사채도 몇 푼 안 되지, 지는 이 여자 저 여자 다 만나면서, 우리더런 중처럼 살라 그러고… 그게 말이 되냐?

무더기 그래도 형이 의린 있잖어.

영 웅 의리 좋아하시네. 의리 있는 게 (제 얼굴 가리키며) 날 이따위로 만드냐?

무더기 (달래듯) 영웅아.

영 웅 너 니 시골집에 소 사준다며? 증조할머니까지 모시고 사는 니 엄마 호강시킨다며? 그럼 나한테 붙어, 자식아. 니가 내 고향친구만 아님 나도 이런 말 안 해. (하고, 밥 먹는)

무더기 (울상) 신식이 형은 어쩔 건데? 호철이 형은 한물갔어도 신식이 형이 칼 잡으면,

영 웅 (제 입가에 손가락 대는)

무더기 (놀라, 제 손으로 입을 닫고, 고개 들어 뒤 보면)
신 식 (세수한 모습, 나타나 두 사람을 꼬나보고 있는)

무더기, 영웅, 모르는 척 밥 먹고,
신식, 걱정스레 두 사람을 보는, 뭔가 싫은.

씬 24 파주의 카페 안.

수희, 액자를 걸던 중에 민호와 전화하고 있는,

수 희 오지 마, 혼자 있고 싶어.
민 호 (E) 피하는 거야?
수 희 (속상한) 너 왜 지안이 문제 지금껏 알면서 얘기하지 않았어?

씬 25 병원 일각.

벽에 기대서서 전화하는,

민 호 (맘 아픈, 짐짓 담담하게) 뭐라고 얘기해? 어떻게 얘기해? 지안이가 거짓말 했다, 아님 그 자식 나쁜 놈이다, 그렇게 얘기해? 그럼 너는 지안이 걔 어쩜 그러냐, 그렇게 안 봤는데, 그러면서 편해졌을까? (한숨 쉬고) ·· 지안이 땜에 많이 힘들어?

씬 26 파주의 카페 안.

수 희 (맘 아픈, 답답한, 작게 한숨 쉬는, 뭐가 뭔지 모르겠는, 복잡한) ··· 지안이 때문인지, 너 때문인지, 나 때문인지·· 모르겠어, 다 헷갈려.

씬 27 병원 일각.

민 호 (맘 아픈) 일해라, 그리고 거기서 잘 거면 카페 아직은 추우니까, 이불 잘 덮

고. 낼 보자. (하고, 전화기 끄고, 막막한)

그때, 미영 와서 민호를 물끄러미 보는,

씬 28 파주의 카페 안.

수희, 전화기 내려놓고, 맘 아픈, 맘 다잡고, 애써 일에 집중을 하는,

민호 (E, 맘 아픈, 서글픈 웃음 짓고) 수희가… 힘든가봐.

씬 29 병원 일각.

미영 (보는)
민호 말이래도 민호야, 괜찮아, 너만 있음… 그래주지. 하긴 그런 거짓말을 할 정수희가 아니겠지. (짐짓 편하게) 영숙이 누난 아직 자?
미영 (고개 끄덕이는)
민호 가보자, 눈 떴는데 아무도 없음 그렇잖아. (하고, 가는)
미영 (민호 따라가는)

씬 30 보육원, 마당, 밤.

아이들 농구를 하고 있고,
호철, 지수 한쪽에 있는,

호철 애들이 지칠 줄을 모르네, 낮부터 밤까지 잘들 뛴다.
지수 (호철 보며) 나 이번 주 퇴원해서 제주도 내려가.
호철 (보는)
지수 이제, 오빠랑 내 관계 여기서 끝내요.
호철 너도 정말 질기다. 같은 얘길 대체 몇 번씩,
지수 (맘 아프지만, 말꼬리 끊으며, 단호한) 혼인 취소 청구할 거야.
호철 (담담한) 맘대로 해. (앞을 보며) 그래도 난 니 옆에 있을 거니까.

지수 (보는)

호철 (담담히 앞만 보며) 니가 날 얼마나 의지하는지 알아. 너는 아니래도… 나는 알아.

지수 ….

호철 니가 사고 나고 나서 니 짐 챙겨 병원 가는데, 김 선생님이 오래된 니 일기장을 챙겨주드라. 난 그때까지 몰랐어. 니가 날 그렇게까지 생각하는 줄…. 하긴 안다고 해서 뭐가 달라졌겠냐만. 여자 좋아하는 내가 그걸 계기로 여잘 끊었을 것도 아니고…. 모르겠다. 나는 대체 왜 이렇게 생겨 먹은 건지.

지수 미리 씨 잡어.

호철 너 책임져줄게.

지수 (편안하게) 오빠나 잘 살아.

호철 (보는) ?

지수 (짐짓 담백하고, 편안하게) 나 다리 아프지만, 대학도 나오고, 대학원도 나왔어. 확실한 직장도 있고, 오빠… 내 상대로 아니야.

호철 (어이없고, 서글프게 지수 보면, 지수의 맘 알겠는)

지수 (작게 웃으며, 편안하게) 속물이지? 근데 어쩔 수가 없네. 내 수준이 이 정도라. 오빠, 착각하지 마. 다리 아프니까 대충 아무나 만족할 거란 착각… 기분 나빠, 버려.

호철 (서글프게 웃으며, 지수의 맘 알겠는) … 얘가 웃으면서 칼 주네.

지수 그리고, 오빠는 어떤 여자든 미련 두지 않는다는 착각도 버려.

호철 ?!

지수 미리 씨한테 미련 있잖아. 미리 씨, 만났어. 좋은 여자드라. 잡아.

호철 (맘 아픈, 농구장 보는) 애들이 참 잘 뛴다.

지수 오빠가 전부일 때가 있었어. 근데, 한때… 정말 한때 그랬어.

호철 …․.

지수 오빠랑 잔 거 내 순결을 줬다 생각 안 해. 그냥 잔 거야. 여자도 남자처럼 잠자리가 마냥 중요하지만은 않아. 그리고 지금은… 애들이 좋아. 꼭 남자가 있어야 행복하다, 난 그런 생각 재미없어.

호철 (농구장만 보는, 서글픈)

지수 일주일 내 오빠가 혼인 취소 안 하면 내가 청구할 거야.

호철 (농구장만 보며) 그래 갈람 가라. 난 누구도 안 잡는다. 너도 미리도….

지수　(보며, 담백하게) … 그건 오빠 문제고, 나는 혼인 취소 청구해.
호철　(보면)
지수　가. 난 오늘 여기 있을래. (하고, 휠체어 끌고 가는)
호철　(가는 지수를 맘 아프게 보며) 임지수, 너 후회할 짓 하는 거야, 알어, 임마!
지수　(돌아보며, 편안하게) 나중에 후회됨, 후회하지 뭐. (하고, 다시 가는)
호철　(눈가 그렁해 보는, 맘 아픈)

씬31　달리는 호철의 차, 전경 + 차 안.

호철, 맘 아프게 운전해 가는.

씬32　보육원 안

지수 차 마시는,

지수　난 지금 그 어떤 것보다 애들하고 있는 게 좋아요. 살면서 하나만 자기 뜻대로 돼도, 감사한 거 같아요…. 모두 다 내 뜻대로… 너무 욕심 사납잖아. (하고, 차 마시는)

씬33　회복실.

영숙, 산소호흡기 쓰고 자고 있고,
미영, 그런 영숙 안쓰레 보며 손을 잡고 있는,
민호, 의사와 한쪽에서 뭔가 얘기하고 있다가, 의사와 인사하고 헤어지고,
민호, 영숙을 보고, 핸드폰으로 영숙, 미영, 영숙과 미영을 사진 찍고, 미영의 옆자리에 앉는,
미영 보면,

민호　수술시간이 많이 걸리긴 했어도 아주 잘 됐대. 걱정하지 말래.
미영　(고개 끄덕이고)
민호　그러고 있으니까 꼭 엄마하고 딸 같네.

미 영 (서글프게 작게 웃는, 영숙만 보는) ….

민 호 영숙이 누나 이러고 있으니까 너무 순하다…. 이렇게 순한 사람이, 왜 곁에 아무도 없을까….

영 숙 (자는) ….

씬 34 호철의 아파트 앞.

호철, 차를 몰고 와 주차시키고, 나와서 아파트 쪽으로 가려 하는데, 뭔가 이상해, 한쪽 돌아보면, 미리 차에 기대 서 있는.

미 리 (서글프게 웃으며) 알로하.

호 철 (괜히 화가 나, 꼬나보는)

미 리 안 반가운가보다. (하고, 차 뒷트렁크 열어, 호철의 짐들을 다 꺼내놓는데)

호 철 뭐 하는 짓이야?

미 리 (짐 내려놓고, 호철 보며) 아저씨 짐하고 그 안에 오피스텔 전세금도 넣어.

호 철 (꼬나보고, 속상한)

미 리 (하던 일 멈추고, 차에 기대, 제 발끝을 보고, 작게 한숨 짓고(뭐라 말을 꺼내야 할지 모르겠는, 다시 호철 보며, 짐짓 담담하게) 카페 일은 그냥 할라고 해. 먹고는 살아야겠거든. 애인 사인 끝내고 사장님과 얼굴마담, 이제 그렇게 보자.

호 철 가겟세 일 할 더 올릴 거야.

미 리 (눈가 붉어지는, 어려운) 난, 솔직한 게 병이야. 그래서 말하는 거야.

호 철 ….

미 리 (짐짓 담백하게) 아저씨 니가 아직도 좋아. 이제 헤어지고 나면 평생은 모르겠지만, 한 이삼 년쯤… 아마 다른 남자 못 만날 거야. 이후론 자신 없지만.

호 철 (보는) ….

미 리 다시 만나고 싶어. 그런데 (눈가 붉어져, 참으며, 애써 웃음 짓고) 전 같은 관곈 싫어, 나는 일방적으로 아저씨만 보고, 아저씬 마지못해 날 보는 것처럼, 거드름 피우고, 막 대하고, 밉다 소리치고, 가라 소리치고, 그럼 내가 다시 잡고… 그건 싫어.

호 철 (맘 아프지만, 짐짓 담담하게 보는)

미 리 한 번도 아저씨한테 거짓말한 적 없어. 근데 딱 한 가지 거짓말을 했드라, 무조건 사랑한다고 했던 거.

호 철 …. (맘 아픈, 비아냥) 괜찮아.

미 리 무조건은 내 수준이 안 되드라. 나두 조건부드라. (사이, 눈가 그렁해, 짐짓 담백히) 날 사랑해줘. 지수 그 여자 끝내고. 그럼 다시 시작할 수 있어, 나는. 날 잡아줘, 아저씨.

호 철 (눈가 붉어져) 난 안 잡아.

미 리 잡으면‥ 나 안 갈 건데?

호 철 (눈가 그렁해, 버럭) 부탁 안 해, 나는!

미 리 (맘 아프게 보는)

호 철 빌고 애원하고 하는 거, 어려서 할 만큼 해봤어, 다신 안 해!

미 리 안 하면… 나는 가.

호 철 (맘 아픈, 모진 말) 보내는 거, 안 두려워. 애미 애비 쌍으로도 보냈어. 근데 너 까짓거?‥ 가도 그만이야. (하고, 돌아서려 하면)

미 리 (차분하게, 울며) 나는 안다?

호 철 (멈춰 서며, 눈가 그렁해지는, 맘 아픈, 미리 화난 듯 보면)

미 리 두렵지? 내가 나중엔 갈까봐. 그래서 나한테 버려지기 전에 니가 먼저 선수치는 거지?

호 철 (눈가 그렁해, 그래도 오기 어리게 미리 보는)

미 리 지금도 니 맘속에선 그러지, 미리한테 매달리라고?

호 철 ….

미 리 그 자존심 버려. 내가 버렸듯. 자존심 가지고 사랑을 어떻게 하니?

호 철 (맘 아픈) 그만하고 가. 지쳐.

미 리 갈 거야, 근데 잡아. 안 잡으면 다신 못 봐. 니 그 못된 오기, 고치기 전엔 나도 싫어. (하고, 차에 타는)

호 철 (맘 아프게 보는)

씬35 미리의 차 안+차 밖.

미리, 눈물 나지만 오기 어린,

미 리 (시동 걸며, 작게, 혼잣말) 지금이야, 잡아. (그러다, 울음 참고, 모질게 호철 보고, 그냥 운전해 가는)

호철, 가는 미리의 차를 맘 아프게 보는, 돌아서는,

1, **인서트** – 플래시백.
미리와 즐겁던 한때(놀이공원),

호철, 그래도 그냥 걸어가는,

2, **인서트** – 플래시백.
미리를 업어주던,

호철, 그래도 가는,

3, **인서트** – 플래시백.
미리와 집에서 장난치며 돌아다니던 모습,

호철, 걸어가는,

씬36 미리의 달리는 차 안.

미 리 (울며, 스피커폰 보며) 전화해. 아직도 안 늦었어, 전화해.

씬37 아파트 앞.

호철, 문을 열고 들어가려다가, 멈춰 서는,

인서트 – 플래시백. 앞 씬.

미 리 잡으면… 나 안 갈 건데?

현실,
호철, 문 열려다가 그대로 멈춘,
그 모습 위로, 신식의 목소리 들리는,

신 식 형님.
호 철 (돌아보는, 멍한)
신 식 왜 안 들어가시고… 거기 계세요.
호 철 (작심하고 보며) ‥ 나… 오늘 못 들어온다. (하고, 밖으로 가는)
신 식 형님! 어디 가세요!

씬 38 아파트 계단.

호철, 계단 뛰어 내려가는,

미 리 (E) 그 자존심 버려. 내가 버렸듯. 자존심 가지고 사랑을 어떻게 하니?

씬 39 빠르게 달리는 호철의 차 안.

호철, 운전해 가는.

씬 40 미리의 엘리베이터 안.

미리, 벽에 기대 지친 듯 있는, 그러다 엘리베이터 멈추면 내리는.

씬 41 미리의 오피스텔 복도.

미리, 걸어와 문을 열려다가, 뭔가 이상해, 영숙의 집 쪽 복도를 보면,
호철, 걸어오다 멈춰 서서 미리 보는.

미 리 (호철 보고, 문에 기대 잠시 심호흡하고, 눈가 그렁해 호철 보는, 행복한, 눈물 나지만, 울지 않으려 하는, 떨리는, 애써 웃음 띤) 왔네….

호 철 (걸어와 미리의 맞은편 담에 기대, 미리를 짐짓 담담히 보는, 어색하기도 하고 민망하기도 하고, 복잡하다)

미 리 야… 천하의 강호철이가, 나를 잡으러… 진짜 왔네. (맘 짠해, 울듯 말듯 웃는)

호 철 (보는) ….

그렇게 서로를 바라보는 두 사람, F. O.

씬 42 병원 전경, 아침.

민 호 (E) 누나, 좀 너무한다.

씬 43 영숙의 병실 안.

영숙, 앉아 있고,
미영, 수저로 물을 아기 먹이듯 영숙의 입에 떠서 먹여주는,

영 숙 (아무렇지 않게, 미영이 주는 물을 받아먹으며) 뭐가?

민 호 손이 다친 것도 아닌데, 물잔 들고 마심 되지, 그게 뭐야? 애기처럼.

영 숙 아퍼.

민 호 아프지, 근데 손은 멀쩡하잖아. 이 나이롱환자야.

영 숙 또 재수 없이 꼭 짚네, 얘가. (하고, 입 벌리고)

미 영 (웃고, 수저로 물을 떠서 먹여주는)

민 호 (어이없게 웃으며) 정말 왜 저러까.

영 숙 (미영만 보고, 물 주는 것 받아먹으며) 그만 가지.

민 호 가지 말래도 갈 거다. (작게 웃으며, 미영에게) 할머니 언제 와?

영 숙 할머니 안 가. 내가 간병인으로 쓸 거야.

민 호 잔머리하곤, 아픈 거 핑계 삼아 할머닐 독차지하시겠다? 근데 누나 이건 분명히 알어라, 여자 사이에 우정이 아무리 두터워도 남녀 사이만 못하다.

영 숙 그건 니 생각이지. (하고, 미영에게) 할머니, 물.

미 영 (웃으며, 물 떠주고)

민 호 (어이없는데)

그때, 노크 소리 나는,

영 숙 네. 들어오세요.

민재, 웃으며 '잘 잤어요' 하며 들어오다가, 민호 보고, 굳는,

민 호 (영숙 보고, 웃다가, 민재 보고, 멍한) ?

씬 44 병원 복도.

민재, 민호 서서 둘 다 멋쩍은,

민 호 (민재 보며, 짐짓 가볍게) 세상 좁네. 영숙이 누나가 형한테 진료받는 줄 몰랐는데…. 참 근데 영숙이 누난 무슨 문제로,

민 재 (제 발끝만 내려다보며) 별거 아냐. 그냥 일반적인 상담이야.

민 호 (어렵지만, 짐짓 가볍게) 나랑 말하기 싫군.

민 재 …. (안 보고)

민 호 엄마 아버지 두 분 헤어지신단 얘기 들었어?

민 재 ….

민 호 들었나보네. (사이) 아버지가 우리 친아버지 주소 갈쳐주드라. 이제 형이랑 나랑도 진짜 끝이다, 그지?

민 재 (말 안 하고, 제 발끝만 보는)

민 호 끝까지 입을 안 여네. 나도 기분 좋아서 말 시키는 거 아닌데, 노력 좀 해보지. 말하는 사람 민망하게 입 꽉 닫고….

민 재 …. (제 발끝만 보고, 가만있는)

민 호 후… (작게 한숨 쉬고, 다시 민재 보며) 그래도 형이라고 나는 이렇게 얼굴이라도 보니까 좋은데…. 진짜 너무하다, 김민재. (하고, 가는)

민 재 (가는 민호 보는데, 마음 복잡하다, 그러다 영숙의 병실로 가려다가, 다시 민호 보면)

가는 민호의 뒷모습 위로,

영 숙 (E) 그 동생하고 지금은 어때요?

민 재 (E) 내가 안 봐요. 사실 갠 잘못도 없는데… 지가 선택한 것도 아니고…. 그런 앨 커서 거의 매일 때렸으니‥ 나 나쁘죠?

민 재 (민호 간 쪽 보다가 뛰어가는)

씬 45 영숙의 병실 안.

영숙, 누워 있고, 미영 영숙의 다릴 주무르는,
영숙, 편안하게 미영 보다, 천장을 보는,

씬 46 병원 로비.

민재, 에스컬레이터를 바쁜 걸음으로 뛰어 내려오고, 로비 지나 현관 출입문으로 나가는.

씬 47 병원, 출입구 앞.

민재, 문 열고 민호를 찾아 밖을 보면,
민호는 없는,
민재, 허탈한.

씬 48 병원 밖.

민호, 걸어가는.

씬 49 미리의 오피스텔 안.

호철, 미리 옷 벗은 채 침대에 이불로 몸을 가리고 마주 앉아 있는,

호 철 (담담히 보는) ….

미 리 (호철, 입가에 미소 띠고, 담담히 보는)

호 철 (어이없이 보고, 웃으며) 언제까지 이렇게 옷도 안 입고 멀뚱멀뚱 마주 보고 앉아 있어야 되는데?

미 리 (보기만 하는)

호 철 (작게 한숨 쉬고, 작게 웃고, 미리를 보고, 어렵게 말하는) 차라리 말로 고문해라, 눈알 빠지게 빤히 보며 고문 말고….

미 리 (보는) ….

호 철 (포기하는, 그러다 다시) 있잖아….

미 리 (보면)

호 철 나 화장실은 다녀와도 되냐? 오줌보가 꽉 찼다. 너무 참아 토할 지경이라고?

미 리 (보기만 하고) 그냥 싸.

호 철 수영할래?

미 리 (웃고)

호 철 아우, 못 참겠다. (하고, 등 돌려 바지를 입는데)

미 리 (웃다가 호철의 등의 문신을 보는)

인서트 – 호철 등에 있는 문신.

〈나쁜 놈〉

호 철 (화장실로 아랑곳없이 가고)

미 리 (호철 생각에 짠한, 담담하게)

씬50 파주의 병원, 뜰.

소영(휠체어에 앉아 있고), 선이(서 있는)와 공을 주고받으며 기분이 좋아, 웃는, 카메라, 한쪽으로 가면, 지안과 지안 모 벤치에 앉아 있는 모습이 보이는,

지 안 (웃음 띠고, 소영 보다가, 지안 모 보며, 수화+말) 소영이가 오늘은 컨디션이 참 좋네요. 아픈 데가 하나도 없어 보여요.

지안 모 (수화+자막) 아버지가 걱정 많이 해.

지 안 (보는) ….

지안 모 (수화+자막) 니가 집 드나들면 니 인생도 좋을 거 없대. 여자도 못 만날 거라고, 어떤 괜찮은 여자가 우리 집 사정을 알고 이해해줄 거냐고,

지 안 (수화+말, 잠시 머뭇대다가) 여자… 있어요.

지안 모 (수화+자막) 우리 집 사정 다 알어?

지 안 (수화+말)… 네.

지안 모 (수화+자막, 믿기지 않는) 근데도 널 만나준대?

지 안 (수화+말, 맘 아프지만) 세상 사람 모두가 우릴 싫어하진 않아요, 엄마.

지안 모 (수화+자막, 속상한) 우릴 싫어하진 않지만, 우릴 좋아하지도 않아. 내가 말 못하고 하루 이틀 살아봤니? 사람 맘이 얼마나 간사한데. (하고, 일어나, 소영의 휠체어 밀고 가는)

선 이 (그런 지안 모 이상하다 싶게 보고, 지안 보고, 지안에게로 가서 옆자리에 앉는)

지 안 (가는 지안 모 안쓰럽게 보다, 선이를 보면)

선 이 (수화+자막) 소영이 수술받을 장기가 구해질 거 같대.

지 안 ?

선 이 엄마 아버지한텐 말 안 했어. 수술비가 혹시라도 안 구해질까봐. 어떡해, 오빠? 의사는 낼이라도 자기가 말해준 큰 병원으로 옮기라는데?

지 안 (막막하지만, 짐짓 편안하게, 수화+말) 돈 마련할게. 당장 병원 옮겨.

선 이 (수화+자막) 정말 돈 구할 수 있어? 수술 후 치료비까지 생각하면 오빠가 마련하기 힘들 건데… 집도 사채로 곧 넘어가게 생겼고….

지 안 (수화+말) 넌 소영이나 신경 써. 회의 있어 간다. (하고, 가는)

선 이 (가는 지안을 보는)

씬 51 도로, 달리는 지안의 차 안, 밤.

지안, 막막하게 운전해 가는.

씬 52 주민의 집 거실.

경혜, 무선전화기 들고 나오는,

경 혜 잠시만 기다려요. (거실에 대고) 아줌마! 아줌마! (전화기에 대고) 아줌마가 가게 갔는지 안 보이는데, 나한테 말해요. 필요한 게 뭔지?

씬 53 주민의 사무실.

테이블에, 지안과 간부들 회의를 하는지, 서류들을 보며 바쁜 모습이다.

주 민 (자기 자리에 앉아, 전화하며, 난감한)

경 혜 (E) 내가 당신 서랍 뒤지는 게 싫음 이 기사 보내든가요.

주 민 일이 있어 다른 데 보냈어…. 내 책상서랍 아마 두 번째에 있을 거야. 검은색 파일이야. 다른 덴 뒤지지 말고, 그것만 꺼내서 서비스센타 시켜. (하고, 전화 끊고, 테이블 자리로 가 앉으며) 일단, 대구 쪽 공사현장부터 브리핑해봐.

지 안 (서류 보고, 주민 보며) 대구 달성이구 부지 확보는 현재 87프로까지 진척됐습니다. 부지 확정 예정일은, 한 달 정도 남았지만, 용이하지 않은 상탭니다. 다음 주 그쪽 재개발위원회와 미팅을 준비했는데, 어떻게 접근할 건지 전략을 세워둬야 할 것 같습니다….

주 민 (지안의 얘길 듣는)

씬 54 주민의 서재.

경혜, 전화기 들고 들어와 한쪽에 놓고(문 조금 열어둔), 주민의 서랍을 뒤지는, 두 번째를 열면, 여러 개의 파일이 있는,

경 혜 (파일을 다 꺼내서 보지만, 검은 파일은 없다) 검은색은 없는데…. (다시 첫 번째 서랍을 여는, 필기구와 파일이 아닌 다른 것들만 있는) 기억력이라면 둘째가라면 서러운 사람이, 늙었네. 중요한 거라며 그걸 어디 뒀는지 모르고…. (하고, 세 번째를 열어, 많은 파일을 꺼내는, 파일을 위에서 하나하나 색을 보

고 내려놓고, 검은색 파일을 찾는데, 그러다 한쪽에 올려놓은 파일 하나가 떨어져 펼쳐지는, 경혜, 무심히 그걸 주으려다가 이상한, 파일을 들어서 펼쳐보는)

인서트 – 스크랩북.
박물관이며 갤러리 영화관 티켓에 날짜들이 빼곡한,

경혜, 뭐가 뭔지 모르겠는, 의자에 앉아 한 장씩 스크랩북을 펼쳐보는, 조심스러운, 그러다 한 곳에 눈이 머무는,
2006년 3월 *일, **갤러리.

경혜, 생각하는,

인서트 – 회상(9부).
경혜와 주민, 박물관 앞에서 얘기하고 주민 먼저 앞서 가는,
가는 주민을 보는 경혜.

씬 55 경혜의 방 안.

경혜, 방문 열고, 들어와 서랍에서 상자를 꺼내 들고 나가는.

씬 56 주민의 서재.

경혜, 자신의 상자 속의 팸플릿과 주민의 스크랩북을 비교해보면, 모두 같은,
경혜, 뭐가 뭔지 모르겠는.

씬 57 달리는 지안의 차 안.

지안 운전하고,
주민, 그런 지안을 룸미러로 물끄러미 보는,

이 기사 (E) 유 실장이 정도용과 연락을 했답니다. 정도용이는 사장님 말씀대로 이미 매수해놨습니다. 유 실장이 일주일 내 회사기밀을 넘겨준다고 했답니다. 유 실장이 움직이면 연락 주기로 했습니다.

주 민 (지안을 물끄러미 보다, 편안하게 작게 웃으며) 갑자기 옛날 우리 아버지 말씀이 생각이 나네.

지 안 (룸미러로 주민 보면)

주 민 소 장사를 하시다가 사기를 두어 번 맞곤, 나한테 늘 그러셨지. 주민아, 사람 믿지 마라. 독사뱀 지나간 자리엔 길이 안 생겨도 사람 지나간 자리엔 사람 독기로 길이 생긴다. 사람, 믿지 말아라.

지 안 (룸미러 아닌, 앞만 보며, 담담하게) 저희 어머님도‥ 그런 말씀 자주 하셨어요.

주 민 (지안을 물끄러미 보는) ….

지 안 (앞만 보고, 운전해 가며) 늘 그러셨어요. 사람만큼 모진 것도, 사람만큼 악한 것도 없다고.

주 민 지안아, 그 말은‥ 어리석은 말이다.

지 안 (룸미러로 주민 보는) ?!

주 민 (창가 보며) 사람하고 맨날 어울려 사는데, 사람을 안 믿음 불편해 어떻게 살어.

지 안 ‥.

주 민 (사이) 장인이 고맙지. 이런 생각을 갖게 해준 분이거든. 날 이용만 하고 내칠까봐, 늘 조바심이 났었는데, 돌아가시며 그러대. 든든했다고. 나는 그 양반이 살아생전 왜 그리, 태평인가 싶었는데, 그게 사람을 믿어서드라고.

지 안 (앞을 보는데, 막막한, 눈가 붉은(울지 말 것) 어렵게 말 꺼내는) 저는‥.

주 민 (보면)

지 안 그렇게 저를 믿어줬던 사람이 한 번도 없었어요. 그래서 아직은 제 어머니 말씀이 더 마음에 옵니다.

주 민 (룸미러 보고, 서글프게 웃으며) 난 내 옆에 니가 있어서, 참 다행이다 싶다.

지 안 …. (앞 보며, 맘 아픈)

주 민 사람이 가슴속에 너무 많은 말이 있음 힘이 든데, 그래도 니가 있어서 이런저런 넋두리도 하고, 술도 마시고…. 너 없었음 내가 가뜩이나 쓸쓸한 인생, 더 쓸쓸했을 거다. (하고, 룸미러로 지안을 보는)

지 안 (미안한, 맘 약해지지 않으려, 앞만 보며, 이 앙다물고, 가는)

씬 58 주민의 거실.

주민, 지안 같이 들어서는,
주민, 가방을 아줌마에게 주고, 아줌마, 주민의 가방을 받는,
경혜, 소파에 멍하니 제 생각에 빠져 앉아 있는,

아줌마 식사 차릴까요, 사장님?
주 민 먹었습니다.
아줌마 네. (하고, 가고)
주 민 (경혜 보며) 서류 보내준 거 잘 받았어.
경 혜 ….
주 민 (지안에게) 쉬어라. (하고, 제 방으로 가는)
지 안 (가는 주민 보고, 경혜 보고) 어머니, 주무세요. (하고, 방으로 가려는데)
경 혜 (지안 안 보고) 우리 집 양반,
지 안 (돌아보면)
경 혜 (안 보고) 대체 내 뒤를 언제부터 밟은 거야. 너는 알지.
지 안 (안쓰런, 가만 보다가) … 제가 이 집 오기 훨씬 전부터라는 것만 압니다.
경 혜 (안 보고, 담담한) 올라가, 쉬어라.
지 안 (경혜 안쓰레 보다, 가는)

경혜, 멍하니 앉아 있는 그 모습에서 F. O.

씬 59 파주의 카페 안, 낮.

수희, 문자를 보는,

지 안 (E) 오늘 이후, 다신 날 안 봐도 좋아, 마지막이라고 생각하고 나와주라.

수희, 핸드폰 주머니에 넣고, 가방 메고 나가는.

씬 60 파주의 카페 밖.

수희, 나와 문 잠그고 조금은 굳어서 걸어가는 얼굴 위로,

민 호 (E) 사람이 죽으면 반드시 가야 하는 산이 있대. 그 산엔 커다란 나무 하나가 있는데, 그 나무엔, 세상 모든 사람의 이름이 써 있는 쪽지가 열매처럼 걸려 있대. 가령,

씬 61 주민의 집 정원.

경혜, 차를 마시다가 고개 들어 주민 보면,
주민, 쪽지를 놓고 가는,
경혜, 쪽지 펴보는, 〈박규철〉이란 이름과 주소 적혀 있는,

민 호 (E) 울 엄마 박경혜, 울 아버지 김주민, 그리고 또 다른 아버지 박규철도 있고,

씬 62 병원 일각.

미영, 영숙을 휠체어에 태우고 가는,

민 호 (E) 미영 할머니도, 영숙이 누나도,

그때, 민재 오다 영숙 보고, 웃으며,

민 재 휠체어는 금물인데, 운동해야 되는데….
민 호 (E) 우리 형 김민재도 거기엔 있지.

씬 63 큰 병원, 주차장.

수희, 한쪽에 서서 지안을 기다리고,
그때, 지안의 차, 수희 앞을 스쳐가 한쪽에 멈추는,

수희, 그쪽을 보면,
차 안에서 지안, 선이(자는 소영 안고) 내리고, 지안 모, 지안 부 뒷좌석에서 짐 들고 내리는,
지안, 자는 소영을 선이에게서 받다가, 수희랑 눈 마주치는,

민 호 (E) 물론 지안이도 수희도 있지. 세상 사람 모두의 이름이 있으니까.

씬64 민호의 옥탑.

민호, 미리와 평상에 앉아 있는,

민 호 (담담히 바깥을 보며) 그리고 그 나무 옆에 저승사자가 있고, 죽어서 그 나무를 만나러 오는 사람들에게 이렇게 말한대. 지금껏 니가 부러워했던, 니가 바라던 삶을 사는 사람의 이름이 적힌 쪽지를 골라 읽어라. 읽고 나서도 그 사람이 부러우면,

미 리 (담담히) 그 쪽지를 가지고 산을 내려가라. 그럼 다시 태어나면 너는 그의 인생을 살게 될 것이다.

민 호 ?

미 리 그 쪽지엔 그들의 삶이 낱낱이 적혀 있지. 내가 가고 싶었던 명문대를 가서 부러워했던 수희의 삶도, 그리고 지안이가 부러워했던 김민호 니 삶도…. 하지만, 정작 그 쪽지를 펴고, 읽은 사람들은… 그렇게 부러워했던 다른 사람의 삶을 선택하지 않고, 결국 자기 이름이 써 있는 쪽질 선택해서 내려가.

민 호 (작게 웃는) ….

미 리 내 삶만 힘들다고 징징대다가 남이 어떻게 사는지 알게 되면… 아, 차라리 내가 낫구나, 인생 다 그런 거구나… 그런 생각이 드는 거지. 그래서 누구나 인생은 감사해야 하는 거야, 투정하지 말고.

민 호 (작게 씁쓸히 웃으며) 내가 이 얘기 해줬던가?

미 리 (서글프게 웃으며) 맨 처음 수희 보고 너무 부럽고 질투 나서 힘들 때, 니가 그 애길 해준 덕분에·· 편해졌어. 첨엔 아냐, 세상에서 내가 젤 힘들어 하다가, 곰곰 생각해보니, 수희 인생 별로드라고. 해마다 이름 외우기도 힘들게 번번이 바뀌는 새아버지, 철없는 엄마, 이쁜 동생도 없고, 명문대 간 건 부럽지

만, 그건 걔가 노력한 거니까. 어떡해, 인정해야지. 근데 그 얘길 왜 다시 해?

민 호　(서글픈) 수희가 지안일 만나러 갔어.

미 리　?

민 호　수희가 섣불리 지안일 동정하지 않았음 좋겠어.

미 리　니가 정볼 줘야지.

민 호　?

미 리　니 삶도 만만찮았다고 수희한테 말해. 아님 수희는 지안일 동정해서 갈 수도 있어. 가끔 사람들은 착한 것과 멍청한 걸 혼동하거든.

민 호　….

미 리　니가 스무 살 때, 아버지가 친아버지 아닌 거 알았을 때, 얼마나 아팠는지, 엄마가 끊임없이 겉돌면서 얼마나 외로웠는지, 어려서 형한테 이유도 모르는 채 죽도록 맞으면서 그래도 그 형을 이해할려고 하면서 얼마나 속상했는지. 수희한테 말해.

민 호　…. (서글픈 웃음 지으며) 한 여자 사이에 두고, 그 여잘 갖기 위해서 두 남자가 징징대기 내기라도 하란 얘기야?

미 리　최선을 다하란 얘기야.

민 호　.. (맘 아픈, 비아냥) 굿 아이디어네. (사이, 미리 보며, 편안하게) 넌 호철이 형이랑은 그래서 잘된 거지?

미 리　우린 늘 잘돼. 너나 신경 써.

민 호　(미리의 머리 헝클어뜨리며, 웃고, 가는)

미 리　어디 가?

민 호　(가며, 담담하게) 니 말대로 수희한테 징징대러. (하고, 가는)

미 리　(웃으며) 화이팅!

민 호　(손 흔들고 가고)

미 리　(편안히 민호 보는)

씬65　소영의 병원 일각.

수희, 지안이 벤치에 앉아 있는,

수 희　(서글픈, 앞만 보고, 뭔가 생각하는)

지 안　(차분히 말하는) 어려서 친구들이 우리 집 사정을 알면, 정확히 두 가지 반응을 했어. 동정하거나 외면하거나.

수 희　….

지 안　둘 다 싫었어. 우리 아버지도 엄마도 동생도… 모두 나처럼 상처받았어. 우리에게 남은 곧 적이었어. 친구도 친척들도, 우리 가족이 상처받지 않을 방법은 남을 믿지 않는 거야. 기대하지 않는 거.

수 희　… (지안이 안쓰런, 서글픈) 그러니까, 너는,

지 안　(보면)

수 희　(안쓰레 보며, 맘 아프지만, 담담하게) 내 수준을 그렇게 본 거구나? 니가 진실을 말하면… 동정하거나 외면하거나… 하는 그 수준 정도?

지 안　(맘 아프게 보면)

수 희　(원망 없는, 지안이 안쓰런) 이제 내가 널 이해 못 한다고 하면, 너는 또 그렇게 생각하겠네.

지 안　(보는)

수 희　세상 사람 모두, 이 정수희조차 모두가 똑같네 하고… 그지?

지 안　(맘 아픈, 눈가 붉어지며) 아마도.

수 희　(눈가 붉어져, 맘 아픈, 울지 않으려 하며, 따뜻하게 말하는) 지안아, 널 많이 사랑했었어.

지 안　(눈가 붉어 보는)

수 희　니가 잘나가는 회사의 간부라서가 아니라, 니가 잘난 교수집 아들이라서가 아니라, 그냥 유지안이라서. 만약 조건들이 문제였다면, 사실을 안 지금 헤어져야지, 전에 아무것도 몰랐던 때가 아니라.

지 안　(맘 아픈) ….

수 희　(맘 아픈, 울먹이며) 왜 내게 기회를 안 줬니? 널 좀더 깊게 이해하고 사랑할 기회를 그때 줬어야지. 지금이 아니라. 아무것도 모자르지 않은, 너를 보면서 내가 참 외로웠을 때, 그때.

지 안　(맘 아픈, 눈가 그렁한, 울지 않으려 하며) 용기가… 안 났어, 그때는.

수 희　(눈가 그렁해, 맘 아픈, 지안 안쓰레 보며, 달래듯(?), 맘 아프게 말하는) 그래도 그때 냈어야 돼, 지안아. 너는 지금 내가 이해하기만을 바란다고 하지만, 아니잖아, 내가 너한테 돌아가길 바라잖아, 아냐?

지 안　(눈물 흐르는)

수 희 (지안이 안쓰런) 그건 못 해, 지안아.

지 안 (이 앙다물고 울지 않으려 하는, 맘 아픈)

수 희 (그런 지안 보며, 맘 아픈, 눈물 나는) 널 이제 와 이해… 못 할 게 뭐 있니? 충분히 이해돼. 이해하지 말래도 너무나도 이해가 돼. 근데…

지 안 ….

수 희 이해한다고 해서 돌아갈 순 없어. 미안해, 지안아. (하고, 눈물 흐르는, 가는)

지 안 (이 앙다물고, 울음 참다가, 두 손으로 얼굴 가리고, 고통스레 흐느끼는)

씬 66 정류장.

수희, 멍하니, 막막하게 서 있는,
그 모습에서 밤으로 DIS.

씬 67 수희의 집.

민호, 계단에 앉아 있는, 그러다 시계 보고, 답답한.

씬 68 영숙의 병실.

미영, 사과와 수저를 들고(긁다가 만) 영숙을 보는,
영숙, 한쪽에 서서 전화하고 있는,

영 숙 (서운한) 우리 은미가 못 오는구나…. 아냐… 못 오면, 어쩔 수 없지 뭐. 그래서 감기는? (사이) 잘했다. 전에 가보니까 홈스테이하는 니네 집이 건조하긴 하드라. 수건 적셔놔. (사이) 엄마? 수술했으니까 아프지…. 근데… 약 먹으니까…. 은미야, 엄마가 몸 좀 나면 갈까?… 가서 너 밥도 해주고, 같이 여행도 (서운한) 오지 마? 그지, 공부 방해되겠지? 그래 그러겠다, 알았어…. 안 갈게. 어, 그래 친구 왔구나, 끊어. (하고, 미영 앞으로 오는)

미 영 (걱정스레, 보는)

영 숙 (핸드폰만 만지며, 서운한, 괜한 웃음 작게 지으며) 할머니, 나 괜히 수술했나 봐요.

미 영 (보는)

영 숙 (초라한) 애들 볼 생각에 당장 할 필요도 없는 수술한 건데. 안 온다네…. 이번에 오면 첨으로‥ 정말 미안하다고도 하고, 애들한테 한 번도 안 했던 내 어린 시절 얘기도 해줄라고…

미 영 (보다가, 사과를 수저로 긁어서 영숙에게 수저 내미는)

영 숙 (미영 보며, 눈가 붉어져, 아픈 마음 감추고) 그래, 이거나 먹자‥ 아…. (하고, 먹는)

씬 69 인서트 - 회상.

영숙 모, 힘들게 웃으며 여중생 영숙이 수저로 긁어주는 배를 먹고 있는, 여중생 영숙, 자기도 한입 먹고, 영숙 모도 한입 주는, 영숙 모, 아프지만 행복하고, 여중생 영숙도 행복한.

영 숙 (E) 그만.

씬 70 영숙의 병실.

미 영 (수저를 들고 영숙을 보는)

영 숙 (눈물 흐르는, 닦고, 미영 못 보는, 애써 웃음 짓고, 편안하게)

미 영 (안쓰레 보는)

영 숙 할머니, 아무래도 우리 애들은 날 버리고 싶은데, 못 버리는 거 같애요. 하지만‥ 언젠간 버리겠지…. 내가 내 엄마를‥ 그랬던 거처럼.

미 영 (맘 아프게 보면)

영 숙 (맘 아픈, 서글픈, 미영 보며) 할머니, 나는 엄마를 죽였어요…. 내가 그 얘기 해주까?

미영의 모습 걸린, 영숙의 얼굴에서, 엔딩

변치 않을 사랑에
목을 매며 산다

13부

Goodbye Solo

씬1 수희의 집으로 가는 길, 밤.

수희, 지안 생각에 맘 아프게 걸어가는.

씬2 인서트 - 회상.

지안 (맘 아픈, 눈가 그렁한, 울지 않으려 하며) 용기가… 안 났어, 그때는.

수희 (눈가 그렁해, 맘 아픈, 지안 안쓰레 보며, 달래듯(?), 맘 아프게 말하는) 그래도 그때 냈어야 돼, 지안아. 너는 지금 내가 이해하기만을 바란다고 하지만, 아니잖아, 내가 너한테 돌아가길 바라잖아, 아냐?

지안 (눈물 흐르는)

수희 (지안이 안쓰런) 그건 못 해, 지안아.

지안 (이 앙다물고 울지 않으려 하는, 맘 아픈)

수희 (그런 지안 보며, 맘 아픈, 눈물 나는) 널 이제 와 이해… 못 할 게 뭐 있니? 충분히 이해돼. 이해하지 말래도 너무나도 이해가 돼. 근데….

지안 ….

수희 이해한다고 해서 돌아갈 순 없어. 미안해, 지안아. (하고, 눈물 흐르는, 가는)

지안 (이 앙다물고, 울음 참다가, 두 손으로 얼굴 가리고, 고통스레 흐느끼는)

씬3 수희의 집으로 가는 길.

수희, 맘 아프게 걸어가는 모습 위로,

수희 모 (밝은, E) 야, 우리 수희가 남자친굴 제대로 골랐네.

씬4 수희의 집 안.

수희 모(옆에, 들고 온 커다란 가방이 놓인), 서서 웃옷 벗으며, 밝게 말하는, 민호, 주방에서 커피 타고 있는,

수희 모 생긴 것도 잘생기고 등치도 좋고, 성격도 좋아 보이고 (민호 보고, 밝게) 우리 수희랑 진짜 잘 어울린다 야.

민 호 (차를 가져와 수희 모 주고, 웃음 띤, 앉으며) 고맙습니다.

수희 모 (차 받아서 앉아 마시며) 내가 고맙지, 난 우리 수희가 하두 서양애처럼 키가 커서, 남자 만나기 쉽지 않겠다 싶었는데, 기집애 재주 좋네, 참 근데 수희가 집 키 안 줬어? 왜 밖에 앉아 있었어?

민 호 (어색한 웃음 지으며) 그게 저 아직 키를 주고받을 사이는 아니라서….

수희 모 (웃음 짓고) 차 끓여 오는 거 보니까, 이 집 살림이 훤하구만 뭐. 자주 드나들었단 증거 아닌가?

민 호 (어색한, 작게 웃는) ….

수희 모 (웃으며, 윙크하며) 괜찮아. 내가 보기보다 널널하거든.

민 호 (작게 웃고, 차 마시는)

그때, 수희, 문 열고 들어서다, 두 사람 보고 어리둥절한,

수희 모 (차 마시며, 별스럽지 않게) 왔니? 너 만나러 왔더니, 니 남자친구가 밖에 있드라, 너두 보고 남자친구도 덤으로 보고, 기분 째진다, 야.

민 호 (수희 보고) ….

수 희 (답답한, 수희 모만 보며) 정말 이런 거 너무 싫어.

민 호 (수희 보는) ….

수 희 (수희 모만 보며) 내가 엄마한테 몇 번을 말해, 나 없을 때 집에 들어오지 말랬잖아? 왜 엄만 언제나 엄마 맘대로야. (하고, 가방 아무렇게나 놓고, 주방에서 물 마시는)

수희 모 (서운한, 차 마시며) 기집애….

민 호 (수희 보며, 답답하고, 속상한, 차 마시는)

씬5 영숙의 병실 전경.

영숙, 창가를 눈가 붉어져 멍하니 보고 있고,
미영, 그런 영숙을 보고 있는.

영 숙 (E) 엄마는‥ 아주 오래 아팠어요.

씬6 영숙의 병실 안.

영숙, 창가만 보며 제 생각에 잠겨 편하게 말하는,

영 숙 아버지가 공사장에서 사고로 돌아가신 담부터였던 거 같은데… 정확히 기억이 안 나.

미 영 (물끄러미, 안쓰레 보는)

영 숙 내가 다섯 살부턴지, 여섯 살부턴지… 그때부터 중2 때까지… 늘 방에만 누워 계셨어요.

씬7 인서트 - 회상.

1, 영숙의 중학교, 전경, 낮.
종 울리고,

2, 교실 안.
학생들, 모두 가방 들고 하교하는데, 영숙, 멍하니 앉아 갈 생각 않고 학을 접는,

영 숙　(N) 학교가 끝나도 난 늘 혼자 교실에 남아 있었어요. 내가 이러면 안 되는데, 동생 영희 밥도 해줘야 하고,

3, 길거리.
여중생 영숙, 긴 돌담 벽을 손으로 만지며 걸어가는,

영 숙　(E) 누워 있는 엄마 기저귀도 갈아줘야 하는데…. 근데, 그건 생각뿐이고 집에 가기 싫었어.

씬8　영숙의 병실 안.

영숙, 창가 보며, 눈가 붉은, 멍하고, 막막한,

영 숙　그래서 그날도 거릴 쏘다니다가, 갈 데가 없으니까 집으로 갔는데, 엄마가 너무 아프드라고.

미 영　(물끄러미 보는)

씬9　인서트 - 회상.

1, 가난한 쪽방들이 모여 있는, 영숙의 집.
마당에 서서, 여중생 영숙, 멍하니 가방 들고 서서 벌어진 상황을 보는,
영숙 모, 땀을 흘리며 구토를 하며 아파하고, 동네 아낙들 서너 명, 그런 영숙 모를 안고 안쓰레 울며, '이를 어쩌냐, 이를 어쩌냐' 하는,
영희, 엉엉 울고,
그 멍한 여중생 영숙의 얼굴 위로, 동네사람들이 '영숙아, 병원에 전화해, 어서! 니 엄마 죽는다, 어서, 전화해서 병원차 불러! 그렇게 멀뚱히 서 있지 말고!'

2, 영숙의 동네 일각.
영숙, 죽어라 땀을 흘리며 뛰는,

영 숙 (N) 나는 죽어라 뛰었어요, 병원에 앰뷸런스를 부르러.

3, 가게 옆, 공중전화기 앞.
여중생 영숙, 병원 안내원과 전화하고 있는,

안내원 (E) 인성병원입니다.
여중생 영숙 ⋯⋯. (땀을 흘리며, 멍한)
안내원 (E) 여보세요, 말씀하세요. 인성병원입니다. 여보세요? 여보세요?
여중생 영숙 (멍한, 잠시 그대로 있다가, 전화기 내려놓고, 교복 주머니에 손을 꽂고, 길거리를 멍하니 걸어가는, 넋이 나간)

씬10 영숙의 병실 안.

영 숙 (창가만 보며, 눈물 그렁한, 멍한) 근데 안 불렀어. 그리고 얼마나 걸었는지 몰라.

씬11 인서트-회상.

1, 거리, 멍하니 넋이 나가 걸어가는 여중생 영숙, DIS.

2, 새벽녘, 영숙의 동네.
여중생 영숙, 주머니에 손 꽂고 눈가 붉은 채 멍하니, 걸어가는,
그때, 사이렌 소리 울리고,
영숙, 소리 나는 곳을 보면,
앰뷸런스 내려와 여중생 영숙 옆을 스쳐 지나가는,
여중생 영숙, 그 앰뷸런스를 멍하니 보는.

씬12 영숙의 병실 안.

영숙, 창가만 보며 멍하니 눈물 흐르는,
미영, 눈가 그렁해 그런 영숙을 보다가, 옆에 가서 영숙의 손을 잡는,

영숙, 미영 보며,

영 숙 (눈가 그렁해, 맘 아픈, 미영 안 보고, 담담히) 그게 내가 엄마를 본 마지막이야. 할머니‥ 이상하게 들리겠지만, 나는 내가 한 짓 지금도 후회 안 해. (미영 보고, 울컥하는, 입술 떨리는) 반복하기 싫었어.

미 영 (눈가만 붉은, 영숙이 안쓰런)

영 숙 병원에 전화하면 의사가 엄말 다시 살렸겠지, 전에도 몇 번씩 그런 적이 있으니까. 그럼 나는 또다시‥ 친구들 돈 훔치고, 가게 도둑질을 해야 했겠지. 그러기 싫었어.

미 영 (눈가만 그렁해(울지 마세요), 고개 끄덕이고 보는)

영 숙 정말 더는 그렇게….

미 영 ….

영 숙 (맘 아픈) 욕해도 할 수 없어. 나는 겨우 열네 살이었잖아. 그때 나는 겨우 열네 살‥.

미 영 (눈물 흐르는, 영숙 안아주는)

영 숙 (왈칵하며, 우는) 그래도 엄마한테 너무 미안해, 그래도 엄마한테 너무 미안해.

미 영 (영숙을 꼭 안아주는, 맘 아프게, 울며, 귀에 대고 뭐라고 말하고, 다시 안고, 우는)

영 숙 (더욱 크게 울고)

그렇게 안고 있는 두 사람 모습 보이는,
병실 문 조금 열린, 문틈으로 민재 서 있는 모습 보이고,
민재, 눈가 붉지만, 그래도 편안한, 문 살그머니 닫고.

씬 13 복도.

민재, 눈가 붉지만 편안한 웃음 작게 띤(이제 영숙의 문제가 확연히 풀려가는 느낌이다), 걸어가는.

씬 14 소영의 병실 안.

스탠드 불빛만 켜져 있고,
선이와 소영, 침대에서 자고,
지안(선이와 소영을 보는), 상윤과 소파에 앉아 있는,

상 윤 (조심스레) 소영이 오늘 낼 검사받고 바로 수술한다든데, 돈은 구했냐?
지 안 (선이와 소영만 보며) 낼 일찍 출근한다며, 가.
상 윤 민호 아버님이 민호보다 널 더 많이 믿는다며? 한번 말해보지. 그럼 수술비 정돈, 어떻게든 해주시지 않을까, 정 안 되면 회사 그만두고 퇴직금만 받아도,
지 안 (소영만 보며, 말꼬리 자르며, 맘 아픈) 우리 집안 문제는 수술비 정도로 끝날 일이 아니야. 그리고 상윤아, 나는, 지금 아무도 나를 믿지 않는다고, 아무도 내 편이 아니라고 믿고 싶다.
상 윤 (보는) ?
지 안 지금 나는 그렇게 생각하는 게 편해. 가자. (하고, 나가는)
상 윤 (가는 지안 보다, 따라 나가고)

씬 15 달리는 지안의 차 안.

지안, 슬픈 눈빛으로 가는.

씬 16 인서트 - 회상.

민 호 (맘 아픈) 동정받기 싫다며… 결국 원하는 게 동정이야?

씬 17 회사 복도.

엘리베이터 팅 소리 나는,
지안, 엘리베이터에서 나와 사무실 쪽으로 걸어가는.

씬 18 인서트 - 회상.

수 희 (그런 지안 보며, 맘 아픈, 눈물 나는) 널 이제 와 이해… 못 할 게 뭐 있니? 충분히 이해돼. 이해하지 말래도 너무나도 이해가 돼. 근데….

지 안 ….

수 희 이해한다고 해서 돌아갈 순 없어. 미안해, 지안아. (하고, 눈물 흐르는, 가는)

씬 19 지안의 사무실.

지안, 이미 컴퓨터 앞에 앉아 있는, 회사의 기밀 파일을 찾아, 디스켓 넣고, 복사의 엔터 키를 누르려다, 멈칫하는, 맘이 아픈.

씬 20 인서트 - 회상.

주 민 (창가 보며) 난 내 옆에 니가 있어서, 참 다행이다 싶다.

지 안 …. (앞 보며, 맘 아픈)

주 민 (앞부분은 편집) 너 없었음 내가 가뜩이나 쓸쓸한 인생, 더 쓸쓸했을 거다.

씬 21 지안의 사무실 안.

지안, 엔터 키를 누르고(지안의 손, O. L), 너무 맘 아픈, 이 앙다물고 참고, 눈가 붉어져 두 손으로 얼굴 부비고, 그러다 작심하고, 전화기 드는,

지 안 (신호음 가고)

정도용 (E) 유 실장이요?

지 안 네. 서류 준비했습니다. 돈 준비하세요. 돈이 준비되면 다시 연락주세요. (하고, 전화 끊는, 창가 보며, 눈가 그렁해, 멍한)

씬 22 버스정류장.

수희, 민호 생각 많게 앉아 있고,

민호, 답답한, 그러다 작심하고 수희 보는,

민 호 (눈치 보지 말 것, 뭔가 화가 난 듯한, 짐짓 담담히) 왜 그렇게 화가 났어?

수 희 (안 보고, 앞만 보며, 가라앉은) 난 엄마만 보면 그렇게 화가 나. 신경 쓰지 마.

민 호 니가 그러니까, 내가 니네 엄마 보기 민망하드라.

수 희 …… .

민 호 (답답한, 작게 한숨 쉬고, 사이) 지안인·· 잘 만났어?

수 희 (안 보고, 짧게) 어.

민 호 (서운한) 그게·· 전부야.

수 희 (속상하고, 답답한, 보면)

민 호 (속상하고, 조금 화나 가라앉은) 어··· 그 대답이 전부냐고?

수 희 (맘 아픈, 가라앉은, 민호 보며) 나 좀 가만 놔둘 수 없어.

민 호 (속상하고, 서운하게 보는)

수 희 (답답한) 너는 지금도 고등학교 시절 잠깐 좋아했던 미리한테 무슨 일이 생기면 니 일처럼 힘들어하지? 그럼 지금 내 입장 충분히 이해할 수 있지 않아?

민 호 (눈가 붉어, 맘 아픈) 어떻게 이해해야 하는데?

수 희 (서운하고, 속상해 보면)

민 호 니가 지안일 그냥 만났던 것도 아니고, 죽어라 사랑하고,

수 희 (서운하고, 화나 보는)

민 호 두세 번은 헤어졌다 다시 만나길 반복하고 그랬던 사인데, 아, 너무 힘들겠다, 그러니 나는 죽으로 니가 정리될 때까지 입 닫고 가만있자. 그렇게 이해해야 돼?

수 희 (보는, 답답한) 너랑 나랑 지금 대화 안 된다, 그냥 가. (하고, 가는)

민 호 (앞만 보고, 맘 아픈) 내가·· 해프닝이야?

수 희 (멈춰 서서, 민호 돌아보면)

민 호 (고개 돌려 보며, 눈가 붉어, 맘 아픈, 가라앉은) 말해봐, 내가 지안이랑 너 사이에 해프닝이야?! 예전처럼 니네 둘은 이번에도 헤어졌다 만날 수 있는 사인데, 내가 껴들었어? 그래서 불편해?

수 희 (맘 아프고, 서운하게 보면)

민 호 니가 원하는 게 뭔지 분명히 말해.

수 희 (막막하고, 서운하게 보는)
민 호 니가 그렇게 말 안 하면… 나는 이렇게 오해해. (하고, 버스 오면 타고 가는)
수 희 (답답하고, 속상해, 가는 민호를 보다, 돌아서서 가는)

씬 23 달리는 버스 안.

민호, 눈가 붉어 속상한 얼굴로 가는.

씬 24 걸어가는 수희.

씬 25 달리는 버스 안.

민호, 눈가 붉어져, 두 손으로 얼굴 부비고 맘 아픈.

씬 26 수희의 작업실 안.

수희 모, 사과를 칼로 베어서 먹고 있고,
수희, 소파에 앉아 수희 모의 짐을 보며 덤덤한,

수희 모 (사과 먹으며) 돈을 안 주드라고, 돈이 없는 인간이면 내가 말도 안 해요, 은행이며 금고에 돈을 그득그득 쌓아놓고, 글쎄 한 달 생활비를 고작 오십만 원 준다. 나 좋아 죽겠다면서, 살아보니 돈 안 드는 파출부 구한 거야, 그 인간이.
수 희 (제 생각에만 빠져, 수희 모 안 보고, 담담하게, 가라앉은) 그래서, 그만 산다고?
수희 모 (눈치 보며) 민씨 아저씨가 다시 살재.
수 희 (보는, 원망스럽고, 눈가 붉어, 속상한)
수희 모 알지? 민씨 아저씨? 너 고등학교 때 왜 두어 달 같이 산, 용접하는 사람?
수 희 (답답한) ….
수희 모 왜 니가 그랬잖아, 그 아저씨랑 헤어질 때, 좋은 사람 같다고 절대 헤어지지 말라고.
수 희 말이 안 통해 싫댔잖아.

수희 모 (편하게) 그땐 내가 철이 없었고. (사과 먹으며, 수희 보고, 미안한 듯 웃으며) 수희야, 내가 언젠가 신문에서 읽었는데, 헤어졌다 만난 사람들이 다시 헤어질 확률은 아주 적댄다.

수 희 (눈 감고, 힘든)

수희 모 이 꼴 저 꼴 다 보고 헤어져 살아보니, 그래도 이만한 사람 없구나 싶은,

수 희 (눈 감은 채, 말꼬리 자르며) 그만해요.

수희 모 (미안한, 수희 보다, 사과 주며) 이것 좀 먹어볼래, 맛있는데…

수 희 (눈 감고, 그대로 있는) …

수희 모 (눈치 보며, 사과를 먹는)

씬 27 병원 전경, 아침.

의 사 (E) 오늘 퇴원하셔도 좋습니다.

영 숙 (E, 밝게) 고맙습니다.

씬 28 영숙의 병실 안.

미영, 짐을 챙기고 있고,
영숙, 의사와 말하는,

의 사 실밥은 보름 후에 푸니까, 한번 나오시구요. 많이 걸으세요.

영 숙 네.

의사와 간호사, 나가고,
미영, 한쪽에 둔 식사를 가져오면,

영 숙 (쟁반 받아서, 한쪽에 놓으며, 웃음 띤) 밥은 나중에. 잠깐, 앉아, 할머니.

미 영 (앉아, 편안하고, 따뜻한 미소로 영숙의 머리를 넘겨주고)

영 숙 (미영의 손 내리고, 미영의 손을 만지고, 미영 따뜻하게 보며, 어렵게 말 꺼내는) 말하기 참 힘들었을 텐데… 어제 나한테 말해줘서, 너무 고마웠어요.

미 영 (따뜻하게 보는)

영 숙 (눈가 붉어져, 보며) 엄마한테 내가 할 수 있는 전부를 다 했다고 한 할머니 말씀 안 잊을게요.

미 영 (고개 끄덕이는)

영 숙 (눈가 붉어, 작게 웃음 띤) 누구에게든, 그 말을 한 번쯤은 듣고 싶었어요…. 내가 나쁜 년이 아니라, 그때 열네 살밖에 안 된 내가 할 수 있는 게 더는 없었다고…. 근데 울 엄마 닮은 할머니가 그 말 해줘서 너무 좋아.

미 영 ….

영 숙 (맘 짠한, 편한) 그래도 엄마한텐 너무 미안하지만…. 아무도 날 이해할 수 없다고 생각했는데, 아니네?

미 영 (따뜻하게 보다, 메모지에 뭔가 적어, 보여주는)

영 숙 ? (메모지 보는)

인서트 – 메모지.

〈나 영숙이 가튼 딸 이써〉

영 숙 (의아한, 조심스레) 딸 있어, 할머니?

미 영 (보다, 작게 서글프게 웃고, 가방 챙기는)

영 숙 (따뜻하게 웃음 띤 보며) 그냥… 거기까지만 알고 있어?

미 영 (안 보고, 고개 끄덕이며, 가방 챙기는)

영숙, 미영을 편안하게 보다, 고개 틀면, 한쪽에 여중생 영숙, 조금 수줍고 어색하게 웃으며 손톱을 물어뜯는,
영숙, 그 아이를 담담하게 보며 손톱 뜯지 말라는 듯 고개 저으면,
여중생 영숙, 손톱을 내리고, 수줍게 웃으며 영숙을 보는,
영숙, 그 아이를 따뜻한 눈으로 웃음 띠고 보는.

씬29 은행 앞.

미자, 허탈하게 걸어 나와, 트럭의 운전석에 오르는.

씬30 미자의 트럭 안.

미자, 운전석에 올라 눈 감는,
미자 남자친구, 미자의 아이(희진, 2살)를 안고 있는,

남자친구 돈 안 넜구나. (속상한, 혼잣말처럼) 염병… 시간이 얼마 남지도 않았는데….
이러다 니 신랑 못 빼내겠다, 어쩌냐.

미 자 (눈 감고, 가만있는)

호 철 (E) 야, 야, 내가 씻을게, 내가.

씬31 미리의 화장실 안.

미리, 호철의 얼굴을 씻겨주는,

미 리 (호철 얼굴에 비누칠하며, 기분 좋은) 다 했다, 다, 조금만.

호 철 (미리 보며) 나두 손 있거던?

미 리 알거던? (하고, 코에 손대고) 흥 해!

호 철 흥.

미 리 옳지. (하고, 얼굴 씻기는)

씬32 미리의 화장대.

미리, 호철의 얼굴에 로션을 발라주며,

미 리 아이고, 이쁘다, 자 이제 머리만 만지면 됩니다. (하고, 손에 침을 퉤퉤 발라, 호철 머리에 무스 바르듯 발라주는)

호 철 (어이없는, 가만있으며) 드럽게 침을 머리에 바르고, 아이 드러 진짜.

미 리 힘들어. (하며, 풀썩 바닥에 앉아, 호철 보고) 나 침대에 업어다주고, 십 분만 자장자장 해주라.

호 철 (조금은 짜증스런) 진짜 너는 애가 왜 그렇게 생겨 먹었냐? 바쁘다는 사람을 굳이굳이 잡아서 이거 해준다 저거 해준다 하면서 시간만 뺏고, 진짜 사람 괴

롭히는 기술도 가지가지지, 어째 저럴까, 진짜로. 왕짱나, 진짜. (하고, 미리 앞에 등 내밀고) 업혀!

미 리　(웃으며, 업히는, 좋은) 히히.

호 철　(일어나며) 욕 처먹고 업히면서 좋기도 하겠다.

씬33　침대.

미리, 호철 품에 안겨 누워 있는,
호철, 미리를 다독이고,

호 철　잔다며 왜 안 자고 눈을 말똥말똥 뜨고 있어.

미 리　(다그치는 느낌 아니다, 편안하게) 왜 아저씬 행복한 순간에도 늘 짜증을 낼까… 생각 중이야.

호 철　(보며, 담담히) ?

미 리　(보며, 담담히) 오늘도 내가 밥 먹여주고, 머리도 감겨주고, 얼굴도 이도 닦아주고, 화장도 해주고, 많이 행복하게 해줬는데…. 행복한 게 싫어?

호 철　(천장 보는, 담담한) 나가야 하는데, 니가 자꾸 시간을 끄니까,

미 리　(말꼬리 끊으며, 일어나 앉아(제 무릎을 안고), 호철 물끄러미 보며) 오늘뿐이 아니라, 늘 그랬어.

호 철　(앉으며, 안 보고, 답답한) 내가 언제.

미 리　(사이) 아저씬 행복하면 안 된다고 생각하지?

호 철　….

미 리　아저씨 엄마를 아저씨 아버지로부터 못 구해주고, 지수 씨 다릴 그렇게 만든 나쁜 놈이니까. 그지?

호 철　(맘 아픈, 외면하는)

미 리　(따뜻하게) 저 보실래요.

호 철　(머뭇대다가, 보는, 눈이 슬프다)

미 리　(호철이 안쓰런) 아저씨, 엄마 아버진 두 분 다… 좀 안된 사람들일 뿐야. 아저씨 잘못 아냐.

호 철　(맘 아픈, 눈가 붉은, 고개 숙인) ….

미 리　그리고 지수 씬, 그 사람 팔자가 그런 거야. 미안은 하지, 그러면 잘해줘. 그

사람이 원하는 거로.

호철 (미리 보며, 맘 아픈) … 지수가‥ 원하는 게 뭔데?

미리 (따뜻하게 보며) 나랑 재밌게 잘 사는 거.

호철 (맘 아픈, 보면) ….

미리 (안쓰런) 아저씨, 이젠 행복해도 돼. 충분히 괴로웠잖아, 충분히 아프구.

호철 (맘 아픈, 눈가 붉은, 고개 숙인)

미리 (따뜻하게 웃으며) 내가 좋지?

호철 (안 보고, 맘 아프게 고개 끄덕이는)

미리 어디서 이런 복덩이가 굴러 떨어졌을까 싶지? 살면서 잘한 것도 없는데?

호철 (고개 끄덕이며, 짠한)

미리 (눈가 그렁해, 웃으며) 다른 사람은 몰라도 나는 알아. 아저씨 착해. 아저씬 내겐‥ 너무‥ 착한 당신이야.

호철 (맘 아픈) 난 너 아무것도 해준 거 없어.

미리 (눈가 붉어, 맘 짠해, 작게 웃고, 밝게) 사랑해줬잖아, 이 바보야.

호철 (보는) ….

미리 (짐짓 밝게, 호철의 머리 헝클어뜨리며) 이제, 가. 지수 씨한테.

호철 ?

미리 오늘 지수 씨 제주도 가잖아.

호철 ?

미리 (눈 흘기며, 장난스레) 에우, 진짜 인간이 왜 그러니? 그냥 쌈빡하게, 나 지수 보내고 올게 하면 되지, 무슨 대단히 바쁜 일 있는 거처럼. 아침부터 목소리 쫙 깔고. 분위기 잡고.

호철 ‥ 어떻게‥ 알았냐?

미리 빽하면 빽이지. 양아치가 훤한 대낮에 바쁠 일이 뭐 있냐? (하고, 물잔 들고 주방으로 가려다 호철 보며) 나 통 크지? 여자두 막 만나라 그러고?

호철 (미리가 이쁜, 작게 미안한 듯, 웃는)

미리 (장난스레) 그 웃음의 의민, 그렇단 얘기? (건달처럼) 그럼 이제부터 나한테 잘해, 이 양씨야. (하고, 가는)

호철 (미리가 이쁜, 작게 미소 짓다, 지수 생각에 다시 웃음 가시는)

씬34 버스정류장.

수희, 서서 생각 많고,
수희 모, 가방 들고 택시를 기다리고 서 있는,

수희 모 (차도 보고, 수희 보며) 너 볼일 보러 가. 엄만 택시 오면 타고 갈게.
수 희 (안 보고) 타는 거 보고 갈래.
수희 모 (미안한 듯 보며) 수희야, 이번엔 엄마 정말 잘 살게. 니 속 그만 썩이·· (어색하게 웃으며) 안 믿는구나?
수 희 (외면하고, 차도 보는)

그때, 택시 오고 서면,

수희 모 (미안한) 간다. (하고, 차문 열면)
수 희 (가라앉은) 엄마.
수희 모 (보는)
수 희 (보고, 속상하지만, 따뜻하게) 만약 민씨 아저씨랑 살다가, 또 싫어지면,
수희 모 이번엔 그럴 일 없,
수 희 (말꼬리 자르며, 따뜻하게) 만약에·· 그러면. 또 ·· 헤어져도 돼요.
수희 모 ?
수 희 나 땜에 싫은데 억지로 살진 말라고, 엄마 인생이잖아.
수희 모 (맘 짠한, 작게 웃으며) 알았어, 기집애야. (하고, 가는)
수 희 (가는 엄마 따뜻하게 보고, 걸어가는)
주 민 (E) 이 집, 어떠냐?

씬35 빈 아파트 안.

주민, 지안, 집 안을 돌아보는,

주 민 (편하게 웃음 띤) 민호 엄마가 좋아할 거 같으냐?
지 안 (안쓰레 보는)

주 민　(집 구경을 더 하며) 풍광이 아주 좋지. 민호 엄마가 거실에 앉아 있음 볼 게 많아 심심친 않을 거 같아, 산 건데.

지 안　(주민 안쓰레, 미안하게 보며) 아버님.

주 민　(보면)

지 안　저 회사 그만두겠습니다.

주 민　?!

씬36 민호의 옥탑.

민호, 경혜 앉아 있는,

민 호　(쪽지를 보다가, 한쪽에 놓고, 엄마 보는, 답답하고, 맘 아픈, 가라앉은) 엄마 혼자 가.

경 혜　(맘 아픈, 민호 보며) 니가 같이 가줬음 싶어, 엄마는.

민 호　(맘 아픈, 보는)

경 혜　(안 보고, 맘 아픈) 엄마는 지금껏 살면서 니 아버지, 단 한순간도 잊은 적 없어.

민 호　(눈가 붉어, 경혜 보며, 맘 아픈, 가라앉은) 엄마가 나한테 그렇게 말하면 내가 참 우리 엄마 순정적이구나, 대단하구나, 그렇게 생각할 거 같애?

경 혜　(맘 아픈) 민호야.

민 호　세상 사람 모두 영원한 게 좋다지만, 엄마 나는 (맘 아픈, 눈가 붉은) 안 변하는 거 너무 지겨워.

경 혜　….

민 호　엄마가 안 변해서, 엄마가 그 사람만 사랑해서, 아버지도 나도 형도·· 이게 뭐냐? 그래 한때 죽어라 사랑할 수 있지, 이해해. 자식까지 났는데, 쉽게 못 잊지, 근데 엄마 사랑할 수 없게 됐음 안 하면 안 되냐? 꼭 사랑을 하면 이렇게 질기게, 끝까지, 여러 사람 상처 주면서….

경 혜　(눈가 닦는, 맘 아픈)

민 호　(맘 아픈, 참으며, 가라앉은) 내가 장담하는데, 엄마, 나는 안 그럴래. 사랑하다 사랑하는 사람이 떠나면 아, 떠났구나 할래. 지나간 사랑은 그냥 지나가게 놔둘래. 엄마처럼 이미 끝난 걸, 안 끝났다고 우기면서… 나는 그렇게 정말 살

기 싫다. (하고, 방으로 들어가는)

경 혜 (참담한)

수희, 오다가 그런 경혜 보고 멈추는,
경혜, 맘 아프게 일어나다, 수희 보고, 수희, 어색하게 인사하는,

민 호 (N) 사람들은 늘 영원한 사랑에 변치 않을 사랑에 목을 매며 산다.

경혜, 어색하게 인사하고, 계단 내려가는, 수희, 그런 경혜 보는,

민 호 (N) 계절이 변하는 게 당연하듯, 우리의 마음이 사랑에서 미움으로 미움에서 증오로 다시 그리움으로 변하는 것 역시 당연한데,

수희, 민호의 집으로 들어가는.

씬37 민호의 방 안.

민호, 벽에 기대앉아, 들어오는 수희를 서글프게 보는,

민 호 (N) 우린 왜 그걸 받아들이지 못하는 걸까?

민호, 일어나 옷 들고 나가는,

수 희 어디 가?

민 호 (안 보고) 일 가, 쉬다 가. (하고, 나가는)

수 희 …. (답답한, 머리 쓸어 올리는)

씬38 병원 벤치(주차장 쪽) + 차 안.

미영, 한쪽에 세워둔 영숙의 차 안에 앉아 지나가는 사람들을 구경하고 있고,
벤치에 영숙과 민재 앉아 있는,

영 숙　(담담히, 편안하게 웃음 띤) 내가 그 애가 손톱을 물어뜯는 걸 보고 고갤 저었더니, (민재 보며) 날 보고 웃었어요. 기분이·· 이상하게 편했어요.

민 재　(담담히, 편안하게 보는)

영 숙　(담담히 보며) 그 애 또·· 나타날까요?

민 재　(편안하게, 웃음 띤) 아마도··· 아닐 수도 있구요. 둘 다 별일은 아니에요.

영 숙　근데 왜 개들이 나타나기 시작했을까···.

민 재　(작게 웃고, 편안하게) 오영숙 씨가 한번 찾아봐요. (하고, 일어나는)

영 숙　(보며, 어이없는, 웃으며) 의사 맞아요?

민 재　(편하게 웃으며) 참 근데 애들은 온대요, 만대요?

영 숙　(편안하게) 오늘 전화 왔드라구요, 온다고. 그런데 오지 말라 그랬어요.

민 재　?

영 숙　(편하게 웃으며) 이제 더는 징징대는 엄마 안 할라구요. 할머니랑 얘기하면서 알았어요. 나도 이해 받을 수 있구나, 그러면서 자신감이 생겼어요. 애들한테도 나중엔 이해 받을 수 있겠구나. 그렇다면 굳이 그때가 지금일 필요는 없겠다. 그래서··· 멋있게 말했어요. (잘난 척하듯) 너 편할 때 오렴.

민 재　(따뜻하게 웃으며) 멋있네.

영 숙　(웃으며, 장난스레) 몰랐어요, 나 멋있는 거?

민 재　근데 그거 알아요. 징징대는 오영숙 씨도 매력 있어요.

영 숙　(웃으며) 지금 나 꼬셔요?

민 재　애들이 온다면 오라 그래요. 보고 싶잖아.

영 숙　(순간 맘이 짠해지는, 웃으며, 가볍게) ·· 진짜 끝까지 한 방을 먹이네, 이 남자가.

민 재　(작게 웃음 띤) 이제 더는 자기를 숨기지 않기. (따뜻하게) 퇴원 축하해요. (하고, 가는)

영 숙　(민재 고맙게 보다가) 김민재 씨,

민 재　(돌아보면)

영 숙　근데 민호한텐 언제까지 뚱하고 있을 거예요? 속 좁게.

민 재　?

영 숙　(웃으며, 편안하게) 내 펀치가 너무 셌나? 나만 맨 한 방 먹는 거 재미없잖아. 퇴원 선물이라고 생각해요. (하고, 차로 가는)

민 재　(작게 웃고, 가는)

씬 39 영숙의 차 안.

영 숙 (안전벨트 매며) 할머니, 우리 멋진 데 가서 저녁 먹고 가요.

미 영 (작게 웃고, 고개 끄덕이며, 안전벨트 하는)

영 숙 내가 해줄게요. (하고, 도와주는)

미 영 (그런 영숙 이쁘게 보는)

씬 40 김포공항 안, 밤.

김 선생, 짐 부치는 모습 보이고,
카메라, 한쪽으로 가면, 호철(의자에), 지수(휠체어) 마주 앉아 있는,

호 철 (지수 앞에 두고 앉아, 뭐라 할 말을 못 하고, 제 손을 만지작거리는)

지 수 (그런 호철을 따뜻하게 보는)

호 철 (못 보고) 지수야… 있잖아, 오빠가….

지 수 (작게 따뜻하게 웃으며) 제주도 오면 나 찾아.

호 철 (못 보고, 맘 아프게 고개 끄덕이는, 못 보고) 내가 너한테 뭐라고, 할 말이….

지 수 (말꼬리 자르며, 눈가 붉어져, 따뜻하게 웃으며) 좋은 여자 만나, 다행이야.

호 철 (눈가 그렁해 외면하는)

지 수 이제 가.

호 철 (사이) 그래, 김 선생님 뵙고 내가 인사하는 것도 우습고…. 갈게. 잘 가. (하고, 일어나 가는데)

지 수 오빠.

호 철 (멈춰 서서, 돌아보면)

지 수 (편안하고 따뜻하게, 웃으며) 많이 사랑했어.

호 철 (맘 아프게 보면)

지 수 나도 이 말은 해야 편할 거 같아서. 내 생각하란 말이 아니라, 그냥 사랑했다고. 오빠 행복한 사람인 거 알아야 해. 다른 사람들은 평생 한 사람한테도 사랑받기 힘든데… 행복하지?

호 철 (눈가 그렁해 보다가, 고개 끄덕이고, 따뜻하게 웃고, 돌아서서 가는)

지 수 (눈가 붉어서(울지 마세요), 따뜻하게 웃으며, 가는 호철 보는데, 메시지 오면

보는)

인서트 – 메시지.
〈잘 가세요, 미리〉

지 수　(편안하게 웃는)

씬 41　미리의 카페 안.

미리, 메시지를 보는, 작게 서글프게 웃는,
민호, 일하다가 미리 보며,

민 호　뭘 보고 그렇게 웃어.
미 리　(어색한 웃으며) 지수란 여자 메시진데, 아저씨랑 잘 살래.
민 호　(따뜻하게) 그럼 이제 너와 형 사이에 지수 씨는 아웃?
미 리　(웃으며 윙크하고, 전화 거는, 짐짓 밝게) 어디서 뭐 하쇼?
민 호　(미리 보고, 작게 웃고, 칵테일을 열심히 만드는)

씬 42　공항 주차장.

호철, 차에 기대 전화하는,

미 리　(E, 짐짓 밝게) 지수 씨 보내고 맘 아퍼, 똥폼 잡고 있나?
호 철　(어이없는, 작게 웃으며) 뭐, 똥폼?
미 리　(E) 그리워, 와.
호 철　(웃음 띤) 오냐, 나두 너 그리워 못 견디겠다. 갈게. (사이) 그누무 떡볶이는, 알았어, 사 가져갈게. (하고, 전화 끊고, 비행기 이륙 소리 나서 고개 들고)

인서트 – **나는 비행기.**

호 철　(보고 서글픈 웃음 띠고, 차에 타는)

민호 (E) 왜 안 갔어?

씬 43 민호의 방 안.

민호, 수희 마주 있는 벽에 기대 마주 보고 앉은,

수희 (맘 아프지만, 따뜻하게, 민호 보며) 가기 싫었어.

민호 ….

수희 어제 미안했어. 니 맘도 불편한데 나만 이해해달라고…· 잘못했어.

민호 (수희만 보며, 서글픈) 수희야, 내가 세상에서 젤 싫어하는 말이 뭔 줄 알아?

수희 ….

민호 운명적인 사랑.

수희 ….

민호 사람들 자주 그러잖아. 나는 그를 사랑하진 않지만, 그는 내 운명이야. 그래서 어쩔 수 없이 그 사람을 만나야 해. 그게 내 운명이니까.

수희 (담담히 보는)

민호 (차분하게, 수희를 보며) 지안이가 니 운명일지, 내가 니 운명일지 모르지만, 정수희, 너는 누가 정했는지 알지도 못하는 운명 핑계 대지 말고, 니가 좋은 사람 만나. 지금 이 순간, 니가 좋은 사람. 그게 내가 아니라, 지안이면… (맘 아픈, 눈가 붉어져) 정말 맘이 많이 아프겠지만, 그래도 나는 오케이야.

수희 (맘 아픈, 눈가 붉어, 민호 보며, 차분하게) … 내가 지금 사랑하는 건 너야.

민호 …….

수희 운명이니 뭐니 그런 말은 나도 싫어. (눈가 붉은, 편하게) 다만, 민호야, 나는 지안이가 이해돼. 지안이가 맘 아퍼. 죄책감도 있고.

민호 (눈가 붉지만, 담담하게) 지안이한테 나도 죄책감 있어. 나를 믿어라, 난 언제나 널 이해할 거다 했지만, 걜 배신하고, 널 만났어.

수희 (보는)

민호 (눈가 붉어, 맘 아프지만, 편하게) 하지만, 나는 그런 내가 웃기지 않아. 그 무엇보다 니가 좋았으니까. 내 편한 대로 생각한다고 해도 어쩔 수 없어. 난 그렇게 생각해.

수희 (눈가 그렁해, 맘 아프지만, 편하게) 지안일 정말 사랑했었어. 내가 변해 헤어졌지만, 좋은 친구로 남고 싶었어. 너랑 미리처럼. 아니, 그 이상으로…. (눈물 흐르는, 맘 아픈, 손으로 머리 짚고, 눈물만 흐르는, 민호 못 보는)

민 호 (눈가 붉은, 따뜻하게) … 나도 지안이랑 이렇게 된 게 편하지 않아. 근데 수희야, 우리 여기서 끝내자.

수 희 (민호 보면)

민 호 이해해도 해줄 수 없는 게 있잖아. 그냥 너는 지안이한테 나쁜 애 소리 듣고 말자. 또 나는 이해심 없는 놈, 친구 여자친구를 가로챈 의리 없는 놈 소리 들을게. 그런 소리 듣기 싫어, 머뭇대지 말자, 우리.

수 희 (맘 아픈, 고개 끄덕이는)

민 호 (가만 보다가, 차분히) … 그리고 수희야, 우리… 떠나자.

수 희 (눈가 붉어, 담담하게 보는) ….

민 호 내가… 말했던 남쪽 섬에…. 늘 언제간 가야지 막연하게만 생각했는데, 그게 지금이어도 좋겠다 싶어.

수 희 (보는)

민 호 전에 한번 가려다 그만둔 적이 있어, 엄마 때문에. 근데 오늘 엄마 보면서 그런 생각이 들드라. 엄마는 엄마구, 나는 나구(나)

수 희 (담담히 말꼬리 자르며, 보며, 눈가 그렁해, 차분히) 그래, 가자.

민 호 (눈가 붉은, 수희가 고마운, 작고 편안하게 웃음 띠고 보면) ….

수 희 나도 엄마가 걸리지만, 연락하면 되니까, 끝이 아니니까. 가자, 우리.

민 호 (맘 짠해, 편안하게 보며) 나 진짜야, 생각 잘 해. 지난번 나한테 했던 약속 때문에 어쩔 수 없이 그러는 거면 안 그래도,

수 희 (눈가 그렁해, 말꼬리 자르며, 차분히, 담담히) 그렇게 말하지 마, 그냥 가자 그래. 니가 날 못 믿는 거 같아서 그 말이 아퍼, 민호야.

민 호 (눈가 그렁해, 따뜻하게 보면)

수 희 그때도 지금도 너랑이면… 갈 수 있어, 나는… 좋아, 니가.

민 호 (눈물 그렁한, 따뜻하게) 많이 사랑해.

씬 44 민호의 옥탑.

민호, 수희 평상에 이불 덮고 누워 있는,
수희, 민호의 팔베개를 하고 누운, 담담하고 편안한,

민 호 (작게 웃음 띤) 주변에 애들이 아주 많아. 밤톨같이 귀여운 놈들이지. 그놈들 사이에서 넌 그림을 그리는 거야. 난 그런 널 보고.

수 희 (민호 보고, 작게 웃는)

디졸브 되면.

씬 45 인서트 - 상상.

1, 남쪽 섬, 들판.
수희, 편안히 웃으며 가난한 동네 애들을 그려주고 있고,
민호, 동네 애들을 안고, 그 모습 이쁘게 보고 있는,

민 호 (E) 그러다 날이 너무 더우면 우린 수영을 하는 거야.

씬 46 민호의 옥탑.

평상에 수희, 민호의 팔베개를 한 채 둘 다 이불을 덮고 누워 있다,
민호, 수희 편안하게, 상상하는,

수 희 (편안한, 작게 미소 띤, 민호 보며) 난 수영 못 해.

민 호 (따뜻하게 웃으며) 내가 가르쳐줬다고 해.

수 희 (작게 따뜻하게 웃으며) 어이없어.

씬 47 인서트 - 상상.

2, 절벽.
동네 애들, 뛰어내려 물속으로 떨어지는,
수희, 민호, 손을 잡고, 하나 둘 셋 하며 풍덩 물속에 뛰어드는,
물속에서 얼굴 내밀고, 깔깔대고 웃으며 서로 물장난하는,

3, 황혼녘, 소박하고 정갈한 집 앞.

수희, 민호 모닥불 피우고, 감자를 구워 먹으며, 서로 얼굴에 검댕 묻히려 즐겁게 뛰어다니는,
그런 모습 끝에 스톱모션 되는.

씬 48 민호의 옥탑.

민호, 수희 누워 있는, 편안한,

민 호 (수희 보고, 편안한 웃음 띤) 곧 티켓팅 하자.
수 희 (차분히, 민호 따뜻하게 보고) 그래. (하고, 민호 품에 안기는)
민 호 (수희를 꼭 껴안고, 편안하게 눈 감는)

시간 경과. 아침.
영숙, 계단을 오르다가, 안고 자고 있는 두 사람 보고, 멈춰 서서, 가만 안고 있는 두 사람 보며,

영 숙 (작게 웃고) 좋을 때다. (하고, 내려가려다가, 다시 보고, 웃고 가는)

두 사람 안고 편안히 자는 모습 보이고.

씬 49 미영의 가게 주방.

미영, 설거지를 하는데, 미자, 들어와 방 쪽으로 그냥 걸어가는,
미영, 미자 보고, 손을 대충 옷에 닦고, 밥을 푸는.

씬 50 미영의 방 안.

미자, 한쪽에 앉아 있고,
미영, 밥상을 들고 들어오는,

미 자 (미영만 보며, 화난 가라앉은) 왜 통장에 돈 안 넣어?

미 영 (메모판에 써서, 보여주는)

인서트 – 메모판.
〈밥 머거〉

미 자 (맘 아픈, 가라앉은) 나 지금, 밥 먹을 기분은 아냐. 내가 왜 돈이 필요한지, 구구절절하게, 설명했지.

미 영 (한쪽에 있는, 서랍으로 가서, 신문지로 만 것, 꺼내놓는)

미 자 (미영 보다가, 신문지를 펴 보면, 이삼백만 원의 돈과 계약서다, 계약서 펴 보면)

인서트 – 계약서.
삼천에 칠십만 원 월세 계약서다.

미 자 (속상한, 울 것 같은, 가라앉은) 이게 전부야?

미 영 (고개 끄덕이는)

미 자 (순간 화나, 밥상을 뒤엎는)

밥상을 뒤엎는 상황과 거의 동시에 금실, '미영아, 취나물 좀 가져왔다, 먹어라' 하고, 문 열다 놀라고,

미 자 (미영만 보며, 맘 아픈, 가라앉은) 나 가요.

미 영 (맘 아픈, 그러나 덤덤히 밥상을 치우는)

금 실 (조심스런, 눈치 보며) 너, 너·· 미자지? 나 금실인데··· (들어와 앉으며, 달래듯) 나 기억하냐? 니네 옆집 살던 금실 아줌마.

미 자 (미영만 보며, 눈가 그렁해, 가라앉은) 내 남편 진짜 빵소니도 아니야. 근데 감옥에서 십 년은 족히 썩게 생겼어.

미 영 (눈물 닦으며, 주변을 치우는)

금 실 (걱정스럽고, 조심스런) 미자야, 니 엄마 돈 없어. 있는 돈 전부 어려운 데 주고, 무슨 돈이 있어. 그리고 니 엄마가 니 집에 불내서, 아버지 잘못되게 했단 말은,

미 자　(미영만 보며, 눈물 나는, 맘 아픈) 삼십 년을 당신한테 복수해야지, 하는 마음으로 살았어. 그러면서 내가 얼마나 힘들었는데, 고작 나한테 (계약서 들며) 이게 전부야? 미안하단 말 한마디 않고?

금 실　(달래는) 미영이가 입을 왜 닫았는데? 입이 열 개라도 너한테 할 말이 없으니까… 그래서….

미 자　(미영 보며, 맘 아픈 비아냥) 어, 에미가 딸을 버리고 입 닫으면 끝이야?

금 실　(눈물 흘리며, 방만 치우는 미영에게로 가, 미영의 다리의 옷을 올리는) 이렇게 맞았는데, 어떻게 도망을 안 가니?

인서트– 미영의 다리.
온통, 담배나 부젓가락으로 지진 상처다.

미자, 미영만 맘 아프게 보는,
미영, 눈물 흐르는, 다리의 옷을 내리며, 방만 치우는,

금 실　(미영을 때리며) 피하지 말어. 지금이 피할 때냐! 지금이 피할 때야! (하고, 미영의 등짝을 보여주는)

인서트 – 미영의 등짝.
칼로 베인 상처다.

금 실　(맘 아픈) 이거 봐라, 니 아버지가 한 짓을 봐! 이것아!

그때, '할머니' 하며 영숙 문 여는,
영숙, 미영의 상처 보고 놀라고, 멍한,

미 자　(맘 아퍼, 눈을 감는)

미 영　(옷 내리고, 눈물 닦으며, 방만 치우는)

미 자　(돈 챙겨서 들고, 눈물 흐르는, 맘 아프게, 이 앙다물고, 일어나 나가는)

금 실　(미자 따라 나가며) 미자야, 가지 마, 아줌마랑 얘기하자, 어, 미자야!

영 숙　(미영만 보는)

미 영　(방만 치우는)

씬51　미영의 가게 앞.

미자, 눈물 흐르는, 트럭에 오르는, 금실 뒤따라 나와 미자의 차를 치며,

금 실　미자야, 아줌마랑 얘기 좀 하자, 미자야!
미 자　(그냥 운전해 가고)
금 실　(속상해, 가는 트럭을 보는)

씬52 거리, 달리는 미자의 트럭 안.

미 자　(맘 아픈, 이를 앙다물고, 운전해 가는)

씬53　놀이터.

미영, 덤덤히 그네를 타고,
영숙, 그런 미영을 안쓰럽지만 담담히 보다가, 주머니에서 귤 꺼내 주고 작게 웃는,
미영, 그 귤 작게 웃고 받다가 일어나 한쪽에서 장난감 자동차를 가지고 쪼그려 앉아 놀고 있는 석준에게 가서, 맑게 웃고, 귤 까서 입에 넣어주는,
석준, 웃고 먹고, 다시 자동차 가지고 놀고,
미영, 그런 석준을 물끄러미 이쁘게 보고,
영숙, 그런 두 사람을 편안하게 보는.

씬54　주민의 사무실, 밤.

지안, 주민 테이블에 앉아 있는,
테이블에 사직서가 놓여 있는,

주 민　(지안 보는, 안쓰러운)

지 안 (고개를 조금 숙이고 있지만, 단호한 느낌이다)

주 민 꼭 이래야겠냐? 내가 사직서 내는 거 없던 얘기로,

지 안 (말꼬리 자르며) 캐나다 부모님이 들어오랍니다. 저도 가고 싶구요.

주 민 (보는)

지 안 낼 모레 출국할 겁니다.

주 민 ·· 너는··· 사람을 안 믿는다고 했나?

지 안 (눈가 붉어져, 안 보고)

주 민 사람들이 너한테 아무런 믿음도 안 줬다고? 니가 믿음을 주는데 안 받은 건 아니고?

지 안 ···.

주 민 나는 평생 친구 하나 없이 살았다. 마누라도 자식도 중요하지만, 나이가 들면 들수록 친구가 그립드라. 니가 내 친구였음 했는데,

지 안 ···.

주 민 (맘 아픈, 짐짓 담담한) 아니다, 캐나다 가도 친구는 할 수 있겠다.

지 안 (눈가 붉은, 울지 않으려 하며, 외면하는)

주 민 가봐.

지 안 (일어나, 인사하고, 가는)

주 민 (사직서 보고, 안쓰런) 어리석고 어리석은 놈.

씬 55 달리는 정도용의 차.

정도용 (스피커폰으로 전화하는) 지금 유 실장 만나러 갑니다. 파일을 준답니다.

씬 56 달리는 지안의 차.

지안, 눈가 붉어 이 앙다물고 가는,

이 기사 (E) 사장님이 유 실장한테 아무런 말 말고, 돈 주고 파일 받으랍니다.

씬 57 커피숍.

지안, 테이블 위에 서류봉투 놓는,
정도용, 통장과 카드를 주는,
지안, 그것을 받아서, 주머니에 넣고, 나가는,
잠시 후, 이 기사 들어와 앉아, 서류봉투를 하나 놓고, 지안이 준 서류봉투를 들고 나가는,
정도용, 이 기사 가는 것 보고, 서류봉투 열어 보는.

씬 58 주차장 + 주민의 차 안 + 지안의 차 안.

주민의 차, 지안이 못 보는 곳에 있는,
주민, 이 기사의 전화 받는,

이 기사 (E) 정도용에게서 파일 건네받았습니다, 사장님.
주 민 수고·· 했다. (하고, 전화 끊고, 앞쪽 보면)

지안, 눈가 붉어져 차로 와서 운전해 가는,
주민, 그런 지안을 안쓰레 물끄러미 보는.

씬 59 도로.

지안, 급하게 차를 몰고 오다, 끽 소리 내면서, 한쪽에 세우는.

씬 60 지안의 차 안.

지안, 더는 참지 못하고, 고통스레 우는.

씬 61 인서트 - 회상.

민호와 레슬링을 하던.

씬 62 지안의 차 안.

지안, 우는.

씬 63 인서트 - 회상.

수희와 바닷가에서 놀던.

씬 64 지안의 차 안.

주 민 (E) 나는 평생 친구 하나 없이 살았다. 마누라도 자식도 중요하지만, 나이가 들면 들수록 친구가 그립드라. 니가 내 친구였음 했는데,

지안, 엉엉대고 우는,

F. O.

씬 65 주민의 집 전경, 낮.

경 혜 (E) 오늘은 회사 하루 쉬어요.

씬 66 주민의 정원.

주민, 꽃 보며 서 있다가, 경혜 보면,
경혜, 차를 가지고 와 테이블에 놓으며,

경 혜 자식같이 생각한 애 보내고 마음도 불편할 텐데, (집으로 들어가려 하는)
주 민 (담담히) 당신 방에 키 하나 있을 거야. 당신 명의로 아파트 하나 샀어.
경 혜 (멈춰 서서 보면) ··
주 민 혼자 살든, (어려운) 박규철이랑 만나서 같이 살든, 집은 있어야지 싶어서··. 오늘 박규철한테 가나? 짐 챙기는 거 같든데.

경 혜 (못 보고) 그럴려구요. (머뭇대는) 이혼서류 당신 서재에 놨어요, 갈게요. (하고, 가는데)

주 민 (눈가 붉어) 여보.

경 혜 (돌아보면, 미안한)

주 민 (못 보고, 맘 아픈) 만약·· 박규철일 만났는데··· 같이 살 수 없으면·· 그럴 리는 없겠지만, 혹시라도 그러면, 나한테·· 올 수 있나?

경 혜 (눈가 붉어, 미안해 보는)

주 민 (맘 아픈, 집으로 들어가는)

경 혜 (가는 주민 보는)

씬 67 도로, 차 안.

한쪽에 차 세워져 있는,
경혜, 민호를 기다리는, 시계를 보는,

수 희 (E) 역에 안 가? 어머니 기다리시겠다.

씬 68 민호의 옥탑.

수희, 민호(눈가 그렁해) 나란히 앉아 있는,

민 호 (눈가 그렁해, 생각하는, 편안한)

수 희 (민호가 안쓰런, 따뜻하게) 말은 그립지 않다고 해도 친아버진데·· 얼굴은 봐야지?

민 호 ········.

씬 69 도로, 차 안.

경혜, 잠시 생각하다, 운전해 가는,

민 호 (담담한, E) 아무한테도 말 안 했지만, 우리 친아버질 기억해.

씬 70 민호의 옥탑.

수희, 민호 앉아 있는,

수 희 ?

민 호 (눈가 그렁해, 따뜻하게, 웃는) 너무도 선명하게.

씬 71 인서트 - 회상, 낮.

주민의 집 정원에서 어린 민호(앞 회에 나왔던) 웃으며 박 기사(얼굴은 안 보이는)가 보여주는 커다란 거울 보며 깔깔대며 웃고 있다.

규 철 (E, 따뜻한) 이게 누구?

민 호 (조금 크게) 민호.

규 철 (E) 어떤 민호?

민 호 (웃음 띤, 좋은) 이쁜 민호.

규 철 (E) 잊지 마, 민호야, 넌 이렇게 이쁜 애란다. 남을 사랑하기 전에 언제나 널 먼저 사랑해야 돼, 잊지 마.

민 호 (환하게, 웃으며) 어, 안 잊어.

씬 72 민호의 옥탑.

민호, 눈물 흐르는, 수희 보는,

수 희 (눈물 흐르는, 따뜻하게 웃음 띠고, 민호를 이쁘게 보는)

민 호 (맘 아픈, 눈가 그렁해, 웃으며) 수희야, 그 기억만으로도 살 수 있어, 나는.

민호, 눈물 흐르는, 그 얼굴에서 엔딩.

이해 받고 싶은 건
나 자신이
아니었을까?

14부

Goodbye Solo

씬 1 미리 모의 이불가게, 전경, 낮.

밖에서 보면, 미리 발 뻗고 앉아, 이불을 꿰매는 미리 모에게 서운해서 말하는 모습이 보인다. 미리 모, 아랑곳없이 이불만 꿰매는.

미 리 (E) 일 좀 그만하고 나 좀 봐봐! 지금 그 일 안 하면 당장 굶어 죽냐?

씬 2 미리 모의 이불가게 안.

미리 모 (속상한, 이불만 꿰매고)

미 리 (서운해 보며, 눈가 그렁해(울지 말 것), 소리치는) 무슨 엄마가 그러냐? 잘나도 자식이고, 못나도 자식이지, 어떻게 그렇게 본척만척하냐?! 쪽팔리게.

미리 모 (이불만 꿰매는)

미 리 (서운해, 소리치는) 입장을 한번 바꿔놓고 생각해봐, 엄만 누가 아버지랑 헤어지라 그럼 헤어지냐? 일단 내가 살아보고 이놈이 아니다, 싶음 헤어짐 될 거 아냐! 엄마보고 내가 결혼식 해달래냐, 돈을 달래냐, 내가 오면 웃어만 주라는데, 그게 그렇게 안 되냐!

미리 모 (일만 하는) ….

미 리 (엄마를 등 뒤에서 안고, 조르는) 나 좀 봐봐, 나 안 보고 싶었어, 정말. (하고 볼에 입 맞추며) 엄마, 엄마… 엄마… 엄마….

이불가게 바깥, 호철 그런 미리를 물끄러미 보고 있는,

영 숙 (N) 우리는 끊임없이 누군가에게 이해 받기 위해, 인정받기 위해 살아간다.

씬3 빈 아파트 안.

지안 부, 지안 모, 선이, 선이 남편, 모두 방을 보며 너무 좋은,
지안, 편안하게 말과 수화로 '집이 너무 좋죠, 여긴 소영이 방이고, 여긴 아버지 방이에요' 하며 설명을 하는,

영 숙 (N) 때로는 가족들에게,

씬4 민호의 방 안.

민호, 수희, 소파에 앉아 남쪽 나라 섬 카탈로그를 보며 서로 의견을 말하는, 밝고 편안하다, 민호, '티켓 값 칠십만 원 두 사람' 하며 종이에 금액을 적으면, 수희, '편도니까 삼십오만 원이지' 하며 '정정하자' 고 하고, 그렇게 상의하며 서로 계획을 세우는,
그런 민호의 얼굴 위로,

영 숙 (N) 때로는 오래된 친구에게,

수희의 얼굴 위로,

영 숙 (N) 때로는 이미 지나간 애인에게조차도. 그러나 정작 우리가 진정 이해 받고, 인정받고 싶은 건,

씬 5 영숙의 오피스텔, 거실.

따사로운 햇살이 가득한, 텅 빈, 아늑한 느낌 드는,

영 숙 (N) 어쩌면 그 누구도 아닌 나 자신이 아니었을까?

어린 영숙 (E, 포크로 식탁을 치며, 밝게) 빨리 줘, 빨리!

영 숙 (E) 조금만 기다려!

씬 6 영숙의 오피스텔 주방.

영숙, 식탁에 앉아 과일을 썰며 샐러드를 만들고 있고,
어린 영숙, 깨끗이 씻은 얼굴로 식탁에 러닝과 팬티 바람으로 앉아 손에 포크를 들고 식탁을 치며 기분 좋아 말하는,

어린 영숙 빨리 줘, 빨리!

영 숙 (칼질하다, 친구처럼 편안하게) 조용히 해, 너, 안 그럼 안 준다.

어린 영숙 (시무룩 입술을 내미는)

영 숙 (웃으며) 입 넣고.

어린 영숙 (입술을 넣고, 시무룩)

영 숙 웃고.

어린 영숙 (씩 웃는)

영 숙 (웃고) 이제 다 됐어. 자 이제 그럼 맛있는 빵을 만들어보자. (옆에 있는 식빵을 집어, 빵칼을 들고, 자기가 말하는 대로 동작을 보이며) 첫 번째 이렇게 빵을 들고서 여기에 버터를 바른다. 두터우면 절대 안 돼, 얇게 발라야 돼. 그리고 나서 보통 사람들은 샐러드를 넣는데, 맛없어. 빵이 젖으니까. 그러니까 샐러드는 그냥 먹고, 여기에 딸기잼을 살짝, 땅콩버터를 또 살짝 바르는 거야. (동작 크게 하며) 이렇게, 이렇게.

어린 영숙 (웃는)

영 숙 (웃으며) 재밌어?

어린 영숙 어.

영 숙 (웃으며, 빵 주며) 재밌는 건 디따 좋아하네, 기집애.

어린 영숙 (빵 받아서 먹고, 영숙 보고, 환하게 웃으며) 내 동생 것도 줘.

영 숙 (장난처럼) 알겠어, 줄게.

어린 영숙 (웃으며, 기분 좋은) 동생 배고파, 난 나만 안 먹어.

영 숙 (빵 먹으며) 그래, 넌 착해. 우유 먹어, 목메니까.

어린 영숙 (우유 먹고, 다시 기분 좋게 빵 먹으며 냠냠 하며, 고개를 흔드는)

영 숙 (웃으며) 넌 진짜 고개 잘 흔든다, 어떻게 그러니, 나도 해봐야지. (고개 흔들며) 이렇게 맞니, 이렇게.

어린 영숙 (깔깔대고 웃는)

영 숙 (그런 어린 영숙 보며 재밌다는 듯 웃으며, 빵 먹다가, 다시 보면)

어린 영숙의 자리는 텅 빈,
영숙, 서글프게 웃음이 가시는, 그러나 편안한 모습이다, 다시 아무렇지 않게 빵 먹고, 우유 먹고, 아주 편안한 모습이다.

씬7 레코드점 안, 밤.

미리, 랩 가사의 노래를 흥얼거리며 시디 등을 고르고 있는, 그러다 한쪽을 보면, 호철, 한쪽에서 과자 먹으며 미리를 보며, 귀찮은,

호 철 빨리 골라, 뭘 그렇게 고르냐? 일 간다며?

미 리 (노래 부르며, 보고, 아랑곳 않고, 시디만 고르는)

호 철 진짜 사람 개무시하고, 자식아, 대충 골라. 벌써 몇 분이야? 내가 이런 공공장소 알레르기 있는 거 너 모르냐?

미 리 (웃고) 아저씨, 우리 둘만의 주제곡 골랐다. (호철의 손 끌고 가고)

호 철 (버티며) 집에 가자. 야, 코딱지!

시간 경과.
호철, 미리 헤드폰을 끼고 앉아 있는,
태진아의 〈동반자〉 흐르는,

미 리 (노래 부르며, 춤추며, 호철 보고, 웃고)

호철 (어이없이 웃는)

씬8 거리.

미리, 크게 노래 부르며(핸드폰의 엠피스리를 틀어놓은, 그것에 맞춰 부르는), 호철의 팔짱을 끼고 가는, 사람들 구경하지만, 아랑곳없는,
호철, 그런 미리가 귀엽고 이쁜,

미리 (걸으며, 노래 부르다가, 호철 보며) 아저씨도 불러. (하고, 또 노래 부르는)
호철 (미리가 이쁜) 진짜 내가 너랑 살면서 심심친 않다, 집이고 길거리고 아랑곳 않고, 쇼걸도 아니면서 쌩쇼를 하고….
미리 그래서 좋지?
호철 (웃다가, 멈추는)
미리 왜?
호철 (여자의 악! 하는 소릴 들은 듯한) 잠깐만. (하고, 한쪽 골목으로 들어가는)
미리 (핸드폰의 엠피스리를 끄고, 호철 보며) 아저씨 왜? (하고, 따라가는)

씬9 골목.

덩치 크고 키 큰 남자, 여자를 이미 때리고도 화난,
여자, 기가 죽어 맞는 게 무서운지 벽에 잔뜩 웅크린,

남자 너 고개 안 들어?! 들어라, 어서?!
여자 (두려운, 울상 돼서 보면)
남자 (때릴 듯 손 올리다, 내리고) 야, 기집애야, 니가 내 친구들 앞에서 날 쪽을 줘! 이게 아주, 죽을라고, 내가 너한테 몇 번을 말했어, 친구들 앞에서 꼬리 치지 말랬지, 내가.

카메라, 뒤쪽으로 가면,
호철, 그런 남자 맘에 안 들게 보고, 화난,
미리, 그 사람들 보고, 호철의 팔을 끌며,

미리 (달래는) 남자 여자 사랑싸움이야, 별거 아냐, 가자, 아저씨, 어, 가자.

호철 (보다, 답답한) 그래, 가자.

그때, 남자, '너 말 안 해!' 하며 여자를 때리고, 여자, '악!' 하고 주저앉고, 호철, 보면, 미리, 호철 팔 잡으며 말리며,

미리 아저씨, 가자.

호철 (과자봉지 주며) 넌 저리 가 있어. (하고, 가는)

미리 (속상한) 아저씨!

남자, 주저앉아 우는 여자에게,

남자 일어나, 기집애! 니가 뭘 잘했다고, (하고, 여자 멱살 잡아 일으켜 세우면)

호철 고만하시지.

남자 (호철 보며) 넌 뭐야, 자식아.

미리, 와서 말리며,

미리 (남자에게, 미안한) 죄송합니다, (호철 잡으며, 속상한, 달래듯) 가자.

호철 (미리에게서 팔 빼고, 남자만 빤히 보며) 너 나한테 자식이랬냐, 이 자식아?

미리 그만해. 아저씨가 끼어든 게 잘못이잖아, 이 사람도 화나서 그래, 가자, 가자, 어, 가자?

남자 (비웃으며, 호철에게) 키는 내 반만 한 게, 성깔 있네. (호철의 가슴팍을 툭툭 치며) 야, 꼰대, 가라, 어, 가?

호철 (보면)

미리 (호철만 보며) 참어, 참자, 어?

남자 (호철의 키와 자기 키를 재며, 어이없는 듯 웃으며) 에구, 진짜. 아우, 아우… 같잖아, 정말.

호철 (어이없이 웃고, 미리 보며) 코딱지야, 얘가 내 키 쟀다. 얘가 나 키 쟀어, 키…. (웃음 가시고) … 너 죽었어, 이 자식. (바로, 남자에게, 주먹 날리는)

남자 (입가 터지며, 나가떨어지고)

씬 13 소도시.

경혜, 지나가는 사람에게 쪽지를 보여주며 묻는,

경 혜 여기 ○○운수가 어딨나요? 근처라는데 통 보이질 않네요?

사 람 바로 저 건너편이에요. (하고 손으로 가리키고 가는)

경 혜 고맙습니다. (하고, 건너편을 기웃거리는)

그러다, 동작을 멈추는,
카메라, 건너편으로 가면,
규철, 동료들과 커피를 마시며 편안하게 얘기하고 있는,
경혜, 그런 규철 보며, 멍한, 눈물 그렁해 보는,
규철, 웃으며 뭔가 얘기하는,
경혜, 그리운 눈빛으로 울지 않으려 애쓰며 작게 서글픈 웃음 띠고 규철을 가만 보는.

씬 14 지안의 사무실.

주민, 지안의 자리에 앉아, 창가 보고 있는, 서글픈.

씬 15 수희의 작업실, 밤.

수희와 민호, 벽에 기대 나란히 앉아 맥주를 마시는,
이미, 서너 캔 정도 마신,

수 희 (캔 보며, 어색하고, 설레는 듯 작게 웃으며) 기분이 이상해, 가라앉는 것도 같고, 들뜨는 것 같기도 하고. (민호 보며, 편안하게) 떠나는 게 너무 설레서 그러나? 아님… 나도 모르게 뭔가 두려운가? 잘 모르겠다.

민 호 (맥주 캔을 만지작거리며, 어색하게 서글프게 웃으며 얘기하는) 난 거짓말쟁이야.

수 희 (담담히 보는) ?

민호 (수희 안 보고, 미안하고 쑥스런) 엄마가 친아버지한테 간다고 했을 때 나는 영원한 사랑, 안 변하는 사랑 지겹다고 했지만, 그건 엄마가 그럴 때, 남이 그럴 때고…. 수희야, (하고, 수희 보는)

수희 (보면)

민호 솔직히 나는, 내가 (눈가 붉어지며, 작게 웃으며) 너랑은 그런 사랑했음 좋겠어.

수희 (눈가 붉어져, 편안하고, 따뜻하게 민호 보는)

민호 (수희 눈 보며) 친아버진, 기억만으로 되는데, 그게 너라면 싫어. 내가 너한테는 니가 만약 지안이한테 가면 나는… 정말 맘이 많이 아파도, 오케이라고 했지만….

수희 (보면)

민호 아니. 절대 말처럼, 그렇게 쉽지 않아.

수희 (눈가 붉어져, 따뜻하게 작게 웃으며) 그 말 들을 때 정말 서운했는데‥ 왜 그렇게 말했어?

민호 (눈가 그렁해 수희 안 보고, 어색하게 웃고, 캔 보며) 그렇게 나한테 자꾸 말하면, 나중에 내가 상처받아도 덜 아플 거 같아서. (눈물 흐르는, 담담히 닦고, 캔만 보며, 눈가 그렁해, 작게 웃음 띠고) 늘 기대하고 그래서 상처받고 그랬거든. (맘 아픈, 씁쓸히 웃으며) 그런 모든 기억 잊고 싶었는데, 안 잊혀져.

수희 (눈가 그렁해 보는, 민호 안쓰레 보는)

민호 (보며, 조금 어색하고 서글프게 웃으며) 너 모르지? 내가 너 만나고 나서도 미영 할머니한테 맬 찾아가, 니가 떠나갈까봐 얼마나 불안해하며 징징댔는지.

수희 (따뜻하게 보며) 김민호 씨, 그렇게 내가‥ 안 믿겼어요?

민호 전에 니가 그랬지, 사랑 같은 거 너는 안 믿는다고, 묻고 싶어, 지금도 그래?

수희 (민호 보다, 캔 보며) 어느 날 문득 그런 생각을 했어. 사랑이 변한다면 뭘로 변할까. 미움, 증오, 그러다 그런 생각이 들더라. 사랑은 그냥 사랑이고, 미움은 그냥 미움이고, 증오는 또 그냥 증오 아닌가. 그러다 알았어. 사랑은 가만히 있는데 내 맘이 변해놓고, 그걸 사랑이 변했다고 내가 우기는구나. 변할 수도 있는데‥. (보며, 눈가 그렁해, 따뜻하게 웃음 띤) 민호야, 우리 노력하자. 서로 맘에 꼭 들게, 늘.

민호 (수희 보며, 눈가 그렁해, 작게 웃으며, 벅찬) 수희야, 우리 진짜 가지?

수 희 어.

민 호 (조금 크게, 밝게) 수희야, 우리 진짜 가지?!

수 희 (조금 크게) 어!

민 호 (소파에 기대, 크게 소리치는) 수희야, 우리 이제 진짜진짜 가지?!

수 희 (소파에 기대) 어!

민 호 (크게 가슴 벅차서, '와!' 하고 소리 지르고, 수희 보며) 너무 좋아.

수 희 (웃으며, 민호의 머리를 만져주며, 민호를 이쁘게 보는)

가슴 벅차, 서로 보고, 웃는, 두 사람 한 화면에 보이는.

씬 16 미영의 가게 밖.

미영, 국 간을 보고 맛이 있는지, 입맛을 다시고 가게로 들어가는,
영숙, 테이블에 앉아 쑥을 다듬는 모습이 보이는.

씬 17 미영의 가게 안.

미영, 들어와 영숙의 맞은편 자리에 앉아 쑥을 같이 다듬는,

영 숙 쑥 냄새가 아주 좋아요. (쑥을 들어 미영의 코에 대주며) 맡아봐요.

미 영 (냄새 맡는)

영 숙 (웃음 띤) 꽃냄새보다 더 좋죠?

미 영 (웃고, 고개 끄덕이고, 다듬는)

영 숙 (웃으며, 편안하게) 할머니 딸 넘 이쁘드라. 서른은 족히 넘어 보이던데, 어쩜 그렇게 고와. 자그마하니 몸집도 여성스럽고, 이쁘드라.

미 영 (웃고, 쑥만 다듬는)

영 숙 (쑥만 다듬으며, 짐짓 편안하게) 근데 할머닌, 몸에 난 상처가 아주 깊든데, (미영 보며, 편하게) 지금은 안 아퍼요?

미 영 (웃고, 안 보고, 쑥만 다듬는)

영 숙 골병 안 들었냐구요? 다른 건 몰라도 그건 알고 싶어요. 만약에 아픈 데가 있음 병원에 가봐야잖어. 돈 때문이면 내가,

미 영 (보고, 메모판에 쓰는)

영 숙 ?

미 영 (메모판 보여주는)

인서트 – 메모판.

〈다 지난 일야〉

영 숙 (담담히 보는, 어이없고 서글픈 웃음 짓고, 쑥 다듬는) 나도 나이 들면 할머니 같아질까, 아직은 이해 안 된다….

미 영 (영숙 보고, 웃고, 쑥을 다듬는)

씬 18 경찰서 안, 낮.

남자(입가며, 눈가가 터진)와 여자(남자를 눈치 보며, 입가를 손수건으로 닦아주는), 경찰에게 진술하는 모습 보이고.

씬 19 경찰서 마당.

미리, 한쪽에 서서 속상한 모습으로 있는,

카메라, 한쪽으로 가면,

호철, 한쪽에 서서 다른 형사와 얘기하는,

호 철 연락하면 빨리빨리 좀 오지, 이제야 오냐.

형 사 (답답하게, 호철 보며) 일했으니 그러지, 괜히 그래요.

호 철 ….

형 사 다행히 놈이 여자 폭행으로 몇 번 들어온 놈이유, 별일은 없을 거 같애. 가슈. 내 알아서 처리할게.

호 철 (지갑에서 돈 주며) 쟤 병원비랑 합의금이다.

형 사 (받으며) 쌈하지 마쇼. 담에 이러면 나도 못 봐줘요. 나이도 있잖아, 이제. (하고, 경찰서 안으로 들어가는)

호 철 (가는 경찰 보다가, 한쪽을 보면)

미리 (속상해, 경찰서를 걸어서 빠져나가는)

호철 야, 코딱지!

미리 (아랑곳없이 가는)

호철 (미안한, 웃으며, 쫓아서 옆으로 가며) 유치장에서 하루 잔 기분이 어떠냐?

미리 (멈춰 서서 화나 보면)

호철 (어색하게 웃으며, 윙크하며) 호텔보단 불편하지?

미리 (화나 가는)

호철 (따라가며) 딱지야, 같이 가자, 딱지야. (하고, 미리를 따라가 뒤에서 안고)

미리 (호철 뿌리치고, 가고)

호철 (웃으며) 딱지야! (하고, 가는)

신식 (E, 가라앉은) 너, 뭐 하는 짓이냐?

씬 20 창고 안.

신식, 영웅, 무더기(맘 아픈, 울 것 같은, 땀나는) 의자에 마주 앉아 있는, 신식과 영웅도, 긴장해 땀이 나는,

신식 (영웅만 보며, 차갑게, 가라앉은) 일거리 때문이라고 기껏 이리로 사람 불러다놓고, 뭐, 울 어머닐 숨겼어?

영웅 ·· (두렵지만, 짐짓 안 두려운 척 보는) ….

신식 울 어머니 어딨냐?

영웅 (두려운, 짐짓 강한 척, 가라앉은) 말함 나 죽일라고?

신식 죽을 작정하고 이 짓 하는 거 아니냐?

영웅 무더기도 소 사야 하고, 나도 여자한테 체면도 살리고 야망도 키우고 싶은데, 방법은 딱 한 가지드라고, 호철이 치는 거. 근데 형이 무섭대.

신식 (주머니에 손 넣어, 칼을 꺼내 만지작거리며, 가라앉은) 나 무서운지는 아네.

영웅 (신식의 눈빛만 보고, 문 쪽 보며) 들어와!

신식 ?

그때, 문 열리고, 상용과 어깨들 수십 명 들어오는,

신식 (문 쪽 사람들 담담히 보고, 영웅 보는)

영웅 나도 주젤 알아요. 내가 혼자선 형 못 이기지.

상용 니 어머니가 너 찾드라. 중풍에 치매기까지 있는데도 너는 기억하대? 내가 어머니 신식이 만나러 가요. 그랬더니, 벌떡 일어나 따라 나서시대. (하며, 핸드폰 걸어, 신식의 귀에 대는) 니 어머니다.

신식 (귀에 대는 동시에, 핸드폰 치고, 맘 아픈, 눈가 붉어져 크게 한숨 쉬고, 의자에 기대, 빤히 영웅을 맘 아프고, 속상하고 화나 보는)

씬21 미리의 주방.

미리, 생각 많게 앉아 있는,
호철, 렌지 위에 올려진 냄비의 국 간을 보고, 미리 보며, 미안한,

호철 딱지야, 국 다 끓은 거 같은데, 끌까?

미리 (생각만 하는)

호철 끈다. (하고, 불 끄고 미리의 앞자리에 와 앉는, 조금 머뭇대며) 불 껐어. 아찌 착하지?

미리 (째려보는)

호철 (눈치 보며) 친구들 옆집에서 모이기로 했다며, 가봐. 옆집 여자 준다고 곰국까지 끓였으면서·· 어서.

미리 ···.

호철 (답답한, 미안한) 그냥 니 팔자려니 생각해라. 나 같은 놈 만난 거···.

미리 (속상해, 보며) 한 며칠 안 맞고 안 때리고 조용히 살면 몸이 근질근질하지?

호철 (답답한) 여자가 맞는데, 그럼 그걸 가만두고 보냐? 남자가 돼가지고, 비겁하게?

미리 (큰 소리로) 경찰에 신고하면 되잖아! 그리고 그렇게 세상 사람들한테 동정심이 많으면 경찰이 되지, 왜 깡패가 됐니?!

호철 (보며, 웃음 띤) 밥 먹고 말빨만 느네, 애가. 알았어, 알았어, 잘못했다.

미리 (눈가 그렁해, 맘 아픈) 맨날 입으로만 얼렁뚱땅, 대충대충.

호철 (조금은 화난) 그럼 어쩌자고? 말 안 함 말 안 한다고 난리, 하면 한다고 난리, 나보고 뭘 어쩌라구, 자식아!

미 리 (한숨 쉬고, 호철 똑바로 보며) 우리 엄마 신경통이라 이불가게 못 하겠대. 우리 그거 달래서 둘이 하자. 조직인지 패거린지가 관리하는 거 다 줘버리고, 아저씨랑 나랑 둘이서만 그냥 재미나게,

호 철 (답답한, 말꼬리 자르며) 야, 자식아, 말 되는 소릴 해, 내가 존심이 있지, 니 엄마 가게를 어떻게 달래냐?!

미 리 (눈가 그렁해, 소리치며) 진짜 존심이 뭔지나 알고 존심 존심 하냐, 지금?!

호 철 (답답해, 보면)

미 리 주먹 쓸 수 있지만 주먹 안 쓰고, 쪽팔려도 무슨 일이든 해서 먹고살라고 애쓰는 게 그게 진짜 존심이야. 아저씨가 말하는 존심 그건, 존심 아냐. 드럽고 못된 성질이지.

호 철 (눈 부라리는)

미 리 그렇게 보면 어쩔 건데?

호 철 (눈 풀며, 어이없이 웃으며) 이제 이것도 안 통하네, 얘가. 너 많이 컸다.

미 리 (화난) 말함 뭐 하니, 내가. 아무리 진심으로 말하고 애걸복걸해도 옆집 개가 짖는구나 하는데?! (하고, 일어나 국 냄비 들고, 나가려다 보며) 내가 아저씨가 싸우면 얼마나 속이 타는 줄 아니? 맞아서 죽으면 어쩌나, 다치면 어쩌나,

호 철 (웃으며, 말꼬리 자르며) 난 안 죽어, 안 다치고, 그러니 걱정 붙들어 매셔.

미 리 (눈가 붉어, 속상한) 뺀질뺀질‥ 진짜 싫어. (속상해 가는)

호 철 옆집서, 오래 있을 거냐? 그럼 난 가고.

미 리 (이미 가고)

호 철 (가는 미리 보고, 웃음 띤) 이쁜 놈. (하고, 일어나려 탁자를 손으로 짚다가, 아파하며 도로 앉는, 그리고, 어깨를 움직이며) 젠장, 왜 이리 아퍼.

씬 22 영숙의 거실.

영숙, 수희, 미리 차를 마시고 앉아 있는,
영숙, 찻잔에 곰국 담아 마시는,

영 숙 나도 커피 마시고 싶다, 니들은 커피 마시는데, 나는 곰국에 (과자 집어 들고) 주전부리, 너무 엽기적이야.

미 리 그러게 사발에 마실 국물을 왜 잔에 마시고 난리야.

수 희 (웃음 띤) 언니, 폼생폼사잖아.

영 숙 폼생폼사가 아니라, 뽀다구 생, 뽀다구 사.

수희, 미리 (웃으면)

영 숙 웃기는 말이지만, 배 한번 쨀 만하다, 야. 수희 넌 병원이랑 집이랑 병문안한다고 찾아와주지. 미리 요 기집앤 몸보신하라고 곰국까지 끓여 와주지. 사랑받는 기분, 삼삼하네.

미 리 (영숙 보며, 답답한) 언니, 남자랑 살다 혼자 사니까 어때?

수 희 (미리 보는) ?

영 숙 (곰국 마시며) ?

미 리 (영숙 보며, 편안하게 웃음 띤) 그냥 궁금해서, 남자랑 살다 남자가 없으면 어떤가? ·· 편한가? 아님 심심한가? 외로운가? 아니다, 하늘을 날 것처럼 홀가분할 것도 같고…. (영숙 보며) 어때?

영 숙 넌 진짜 인생이 지랄이다.

미 리 뭐가?

영 숙 남자가 없으면 없다고 지랄, 남자가 있음 있다고 지랄, 어쩜 넌 그렇게 사는 게 온통 지랄이니? 그런 걸 일명 쌩지랄병이라고 하지.

미 리 (차 마시다, 푹 하고 차를 뿜고 웃으며) 맞아, 난 내가 생각해도 너무 지랄이야.

수 희 (웃으며, 옷 털며) 야··.

영 숙 (어이없는, 고개 저으며) 정말 맘에 안 들어, 기집애. 드럽게 번번이 입에 있는 걸 뱉어내고, (미리 보며) 그리고 너 부탁인데, 제발 니네 양씨 얘기 더는 나한테 하지 말어. 내가 니들 만났다, 헤어졌다, 만났다, 헤어졌다 그 소리에 가뜩이나 없는 정신이 더 없어, 기집애야.

미 리 (황당하게 보며) 언닌, 원래 정신이 없어, 나 때문이 아니라.

영 숙 (눈 흘기며) 그건 맞어, 기집애야. (하고, 곰국 마시고)

미 리 (웃으며, 영숙 보며) 뭐 이런 여자가 다 있을까, 정말.

수 희 (웃고, 차 마시고, 편안하게) 참 두 사람한테 얘기할 거 있다.

영숙, 미리 ?

수 희 나 민호랑 떠나기로 했어요.

영숙, 미리 어딜 떠나?

수 희 (윙크하며, 작게 웃고, 다시 차를 마시는)

씬 23 택시 안, 밤.

경혜, 눈가 붉어, 뒷좌석에서 생각하며 가는, 많이 편안한 모습이다.

민 호 (담담히, E) 왜·· 왔어?

씬 24 카페, 복도.

민 호 (눈가 붉어져 작게 편안하게 웃으며) 그렇게 보고 싶어했으면서, 아무도 안 잡는데, 왜 왔어?

씬 25 갤러리.

경혜, 한쪽에 서서 전화하는,

경 혜 (편안한) 살러 간 게 아니라, 그냥 보고 싶어서 보러 간 거야.
민 호 (E) 보고 싶었던 거… 그게 전부야?
경 혜 어.

씬 26 카페, 복도.

민 호 (맘 짠해지는, 작게 한숨 쉬고 웃으며) ···· 바보, 그럼 그냥 그렇게 말하지. 그럼 같이 갈 수도 있었을 텐데··. (사이, 짐짓 편하게) 그 사람·· 편해 보였어?
경 혜 (E) 어.
민 호 (맘 아픈, 눈물 나는 것 참으며, 짐짓 밝게) 엄만·· 어때?

씬 27 갤러리.

경 혜 (따뜻한 웃음 띠고) 편해. 너무. 혹시나 못 살면 미안해서 어쩌나 했는데, 행복해 보이드라. 너처럼 많이 긍정적인 사람이거든.

씬 28 카페, 복도.

민 호 (눈가 붉어져, 고개 끄덕이며, 작게 웃음 띤) 됐다, 그럼. 엄마 편하면 나는 다 됐다….

경 혜 (E) 그리고 민호야, 엄마 집엔 안 들어갈 거야. 아버지랑 나랑은,

민 호 엄마랑 아버지 쉽지 않을 거야. 나도 아버지랑 그러니까….

씬 29 갤러리.

경 혜 그래, 그렇게 시간을 좀 두자. 지안이가 곁에 없어서 힘드시겠지만, 워낙 강한 사람이니까.

씬 30 카페, 복도.

민 호 (말꼬리 자르며) 무슨 말이야? (막막한, 사이, 가라앉은) 지안이가 집을… 왜 나가?

씬 31 갤러리.

경혜, 전화기 만지며, 차분하고 편안한, 핸드백에 전화기 넣고, 그림을 보러 자리를 옮기다가, 문득 이상해 한쪽을 보면,
주민, 멍하게 그림을 보고 있는,
경혜, 그런 주민을 발견하고, 안쓰럽게 보는,
그런 두 사람 한 화면에 잡히는.

씬 32 카페 안.

민호, 컵을 닦으며 생각 많은,

경 혜 (E) 회사 그만두고, 부모님 계신 캐나다 간다 그랬다드라. 아버지가 그러지 말라고 말린 거 같든데, 무슨 일인지 단호하드래.

씬33 도로, 달리는 호철의 차.

호철, 껌을 씹으며, 기분 좋은, 〈동반자〉 뽕짝을 틀어놓고 가는, 그러다, 코너를 돌아 집 쪽으로 들어가는.

씬34 호철의 동네.

앞에 과일 트럭 보이고, 과일장수의 얼굴 위로 호철의 말소리 들리는,

호 철 (차를 세우고 차창 문으로 고개 내밀고 웃음 떤 채 말하는) 오늘은 왜 여기서 장사해요? 우리 아파트 단지 앞에 안 있고?

트럭주인 (웃으며) 그쪽엔 손님이 없어요.

호 철 네, 딸기 두 박스 줘요.

트럭주인 네. (하고, 딸기 조수석에 놔주는)

호 철 (그 사이, 돈 주고) 많이 파세요!

하고, 호철, 차 몰아 포장마차(바깥이 오픈되어 있는) 앞을 스쳐가는,

씬35 호철의 차 안.

호철, 노래 흥얼거리다가, 무심히, 룸미러를 보면,
포장마차에 상용의 건달 일행과 영웅이 신나서 떠드는 모습 보이고,
호철, 가다가 순간 브레이크를 밟고, 멈추고, 백미러로 그들을 다시 보는, 뭔가 싶은,

인서트 – 플래시백.
7부에서 호철과 싸우던 건달들,
1부의 상용의 얼굴,

그때, 백미러에 맘 아프게 넋 나간 듯 앉아 있는 신식의 모습과 술을 주려는 무더기(맘 아픈)가 보이는,

호철, 신식만 보며 멍한,
그 모습 위로 노래만 흥겹게 들리는, F. O.

씬 36 지안의 본가, 낮.

이삿짐센터의 사람들과 지안 모, 선이, 선이 남편(말을 하는 사람), 모두 짐을 싸서 나르는,

지 안 (E) 퇴직금 받고, 연봉도 미리 받고 그랬어요.

씬 37 지안의 본가, 밖.

지안 부(일복 차림)와 지안(일복 차림) 계단이나 길바닥에 앉아 얘기하는,

지 안 (웃음 띤, 수화+말) 아버지 나 자랑스럽죠? 소영이 수술도 시켜주고, 집도 장만하고.

지안 부 (수화+자막, 눈가 붉어져, 좋은) 그래, 니가 전번에 병원 데려온 여자애, 난 그런 고운 애가 널 진짜로 좋아할까 싶었는데, 니가 이 정도 능력이 있음 좋아하겠다 싶다, 장하다.

지 안 (따뜻한 웃음, 수화+말) 아버지가 좋아하니까, 정말 좋다.

지안 부 (수화+자막) 지안아, 너 걔랑 결혼해라.

지 안 (조금 당황한, 어색한 웃음 지으며, 수화+말) 아버지, 그 친구는 아직,

지안 부 (수화+자막) 어차피 그 친구는 너 외국 발령 가는 데 같이 가서 공부한다며? 그럼 결혼하는 게 뭐 그리 힘들어, 두 사람 마음이 있는데, 이사하면 인사 오라고 하고, 바로 결혼하고, 같이 가라.

지 안 (난감한) 아버지,

지안 부 (수화+자막) 인나자. 일해야지. (하고, 가는)

지 안 (답답하고, 맘 아프고) …. (고개 드는데)

민호, 지안 보며 맘 아프게 서 있는,
지안, 민호를 보는.

씬38 카페 안.

민호, 지안 마주 앉아 있는,

민 호 (맘 아픈, 차분히) 회사까지 그만둘 필요가 있었어?

지 안 (찻잔 내려놓고, 맘 아픈, 민호 보며, 차분히) 너는 모르겠지만, 나는 그만둬야 했어.

민 호 (답답한) 조카… 수술비는?

지 안 퇴직금 받았어. 신경 쓰지 마.

민 호 우리 아버지한테 말하자. 니가 말하기 불편하면 내가 할,

지 안 (말꼬리 자르며) 그만해, 부담스러.

민 호 (보면)

지 안 너두 늘 남의 부담이 돼보면, 지금 내 기분 알 거야. 이런 기분 정말 싫어.

민 호 (맘 아픈) 지안아,

지 안 (맘 아픈, 눈가 붉어져, 말꼬리 자르며) 김민호, 더는 내 일에 아는 척도 하지 마. 그리고 고등학교 때부터 지금까지 널 속이고 이용한 나를 기억해. 수희를 깔끔하게 정리하지 못하고, 동정을 사서라도 가지려고 했던 나를 계속 잊지 말고 기억해.

민 호 (맘 아픈, 눈가 붉어, 가라앉은) 내가 그래야… 하는 이유가 뭔데?

지 안 (맘 아픈, 눈가 붉어, 담담히) 너랑 나, 화해 못 해. 그러니까 괜히 애쓰지 말란 얘기야. (하고, 일어나 가는)

민 호 (화나고, 속상해, 눈가 붉어져, 조금 크게) 야, 유지안!

지 안 (멈춰 서서 돌아보는)

민 호 (속상하고, 맘 아픈) 너 진짜 그따위로밖에, 말 못 해, 자식아! 나두 너한테 오기 힘들었어! 그래도 용기 내서 왔어! 지금은 어떻게 됐든 우리가 적어도 한땐 친구였으니까,

지 안 (말꼬리 자르며, 맘 아픈, 보며) 그래, 니 말대로 한때 우리 친구였지, 근데 지금은 아냐. (하고, 가는)

민 호 (가는 지안을 맘 아프게 보는)

씬 39 달리는 버스 안, 낮.

민호, 창가 보며 가는.

씬 40 도로.

달리는 이삿짐 트럭 보이고,
그 뒤에 지안의 차에, 지안(운전하는) 가족들(지안 부, 조수석에, 가족들 뒷자리에) 타고 있는,
지안, 운전하며 서글픈.

씬 41 인서트 - 회상.

1, 지안과 눈싸움하며 놀던,

씬 42 거리, 밤.

민호, 미영 자전거 타고 가는.

씬 43 인서트 - 회상.

2, 자전거 하이킹하던,
3, 레슬링하던.

씬 44 아파트 앞.

지안, 짐을 나르는.

씬 45 수희의 작업실 안 + 밖.

수희, 일을 하며 있는,

창가로, 민호(담담히)와 미영(수희가 이쁜, 작게 웃는) 수희를 보는,

민 호 (작게 서글프게 웃으며) 수희가 오니까, 지안이가 갔네.

미 영 (민호 보고, 들어가라고 손짓하는)

민 호 (작게 웃고, 벽에 기대는)

씬 46 수희의 작업실 밖.

창가 쪽에 두 사람 기대서 얘기하는,

미 영 (메모판에 써서 보여주는)

인서트 – 메모판.
〈수히하테 가〉

민 호 (서글프지만, 짐짓 따뜻하게 웃으며, 미영 손바닥에 글을 써주며) 수히가 아니라 수희! 하테가 아니라 한테.

미 영 (웃고)

민 호 할머니가 없음 들어갈 건데, 할머니 있어서 싫어. 애인 사인 둘이 있을 때가 젤 좋거든. 할머닌 노땅이라 모르겠지만.

미 영 (민호 머리 만져주며, 웃는)

민 호 (사이, 미영 보고 작게 웃다가, 사이) 할머니…

미 영 (보면)

민 호 (서글픈) 나… 지안이… 이제 그만 포기할라구 해.

미 영 (따뜻하게 보다, 얼굴 만져주는)

민 호 (눈가 붉은, 서글프게 웃으며) 놈이랑 이렇게 된 게 맘이 많이 아프다. 근데 노력해도 안 되는 것도 있으니까.

미 영 (짠해 보는)

민 호 (짐짓 밝게) 가자.

민호, 미영 자전거 타고, 민호, 수희 집 쪽에 대고,

민 호 안녕, 수희야, 잘 자라. 니 애인 간다! (하고, 가는)

씬 47 수희의 집 안.

수희, 설치품을 용접하고 있는 모습,

1, **인서트** – 플래시백.
소영을 안고 있던, 선이와 지안 부모.

수희, 일하는 모습,

2, **인서트** – 플래시백.
12부 병원 앞에서 본 지안의 모습.

수희의 일하는 모습,

3, **인서트** – 플래시백.
마지막 컷은 자는 소영의 모습.

현실.
수희, 일하다, 용접기 끄고, 답답한, 생각하는,

수 희 (E) 조카 수술은 언제 해?
지 안 (E) 13일, 목요일.

수희, 한쪽 달력을 보는, 그러다, 깊게 한숨 쉬고, 의자로 와서 앉아, 지안을 찾아 전화하는, 전원이 꺼져 있다는 메시지 들리는, 답답한, 머리 쓸어 올리는.

씬 48 지안의 아파트 복도.

지안(일복 차림), 휴지 등을 사서 엘리베이터에서 내려 집 쪽으로 걸어가 현관문 열려는데,

주 민 (담담한, 지안이 안쓰런) 아파트 단지가 이쁘네.

지 안 (멍하니, 굳은)

주 민 이 앞에 포장마차가 하나 있드라, 거기서 기다리마. (하고, 가는)

지 안 ……. (천천히 눈가 붉어져 돌아보는)

씬 49 놀이터 앞.

민호, 미영 자전거 타고 미자의 트럭을 스쳐가는.

씬 50 트럭 안.

미자 남자친구(참담하고, 속상한), 미자(눈가 붉어, 멍하게) 앉아서 놀이터에서 노는 석준을 보는.

씬 51 포장마차 안.

주민, 지안 술을 마시는,
지안(고개 숙이고, 눈가 붉은, 참담하고, 죄스런),
주민, 그런 지안 보다가, 제 잔을 앞에 놔주고, 술 따라주는,

주 민 (맘 아픈, 술 한 잔 마시고, 지안 따라주며) 마셔.

지 안 (맘 아픈, 이 앙다물고 참으며, 술을 마시고)

주 민 (다시 술잔에 술을 따라 마시고, 다시 지안에게 술잔 주고 술 따라주는)

지 안 (마시는, 술 따라 주민 주는)

주 민 (서글픈 웃음 짓고, 술잔만 보며) 어리숙한 민호놈이 너한테 푹 빠져서, 우리 집안에까지 널 들인다고 하는데, 난 니가 미덥지가 않드라고. 그래서 니 뒤를

밟기 시작했지. 그리고 나서 널 보는데, 뭐랄까, 기분이 묘하드라. 보기엔 순한 놈이… 독해 보이기도 하고, 젊은 놈이 그렇게 될 때엔 뭔 일이 있었나 궁금하기도 하고, 그러다 칠팔 년이 갔네. 모진 내가 널 왜 그렇게 오래 지켜봤을까, 니가 나 같았나… .

지 안 …. (울지 않으려, 오기 부리듯, 참는)

주 민 가난에, 사람들 무시하는 데 찌들어 세상 원망만 하고 사는 내 부모가 니 부모 같았나, 모르겠다, 잘.

지 안 (고개 반쯤 숙인, 너무 미안하고, 죄스런, 이를 앙다물고, 울지 않으려 하는) ….

주 민 (맘 아픈) 니가 팔아넘긴 회사 기밀은 정도용한테 내가 도로 샀다.

지 안 (맘 아픈, 그러나 이를 앙물고, 오기 부려 참는)

주 민 설마, 설마 했었다. 그런데 기어이 그러대.

지 안 ….

주 민 (서글픈, 참담한) 내가 너한테 미덥지 않았나, 자책도 들고, 서운하기도 하고, 배신감도 있다. 그러다… 우리 장인 생각이 나드라. 나도 그분 없었음 세상 참 모질다 생각하고 독하게만 살았겠지. 그래, 너두 나처럼 인생 살면서 그런 좋은 경험이 필요하겠다. 그래야 사람도 믿겠다 싶드라. (보며) 그래서 장인이 내게 했듯, 너한테 좋은 경험 하나 만들어주고 싶었다.

지 안 …. .

주 민 (주머니에서 비행기표 꺼내 옆에 놓고) 근데 더는 너를 내 옆에, 둘 자신은 없네. 리비아 지사로 가라. 회사에선 직원 한 명과 사무실만 지원할 거다. 거기서 흥하든 망하든, 니 알아서 해라.

지 안 (울음 참으며, 이 앙다물며, 참담한) 아버님.

주 민 (말꼬리 자르며) 더는 내 뜻 거스르지 마라. 그리고 거기선 너 살 궁리만 해라. 니 부모한텐 그만 했으면 됐다. 니 인생 살어, 그만. (하고, 가는)

지 안 (왈칵하지만, 이 앙다물고 울지 않으려 애쓰는, 그래도 눈물 흐르는)

주 민 (그런 지안을 뒤로하고, 눈가 붉어 서글프게 막막하게 가는)

씬 52 호철의 아파트 전경, 아침.

호 철 (E) 너 지금 눈알에 힘줬냐?

씬 53 호철의 아파트, 주방.

호철, 신식, 무더기, 영웅 밥 먹는,
신식(담담한), 무더기(두려운), 영웅(성질난, 참는), 호철 밥을 먹는,

영 웅 (호철 꼬나보며, 성질 참고) 형님이 짜지도 않은 국을 짜다고 하시니까,

호 철 (화난, 어이없게 웃으며) 뭐라구? 내가 안 짠 국을 짜다 그런다고? 너 지금 그 말이 무슨 뜻이야? 내가 괜히 싱거운 국을 짜다 그러고? 내가 돌았단 얘기냐? (웃으며)

영 웅 제 말씀은 국 간이 딱 맞,

호 철 이 새끼가 그래두 어디서 주둥아릴, (화난, 영웅의 빰을 있는 힘껏 치는)

영 웅 (넘어지는)

신 식 (담담한, 고개 숙인)

무더기 (두려운, 고개 숙인)

영 웅 (호철 보는, 화난)

호 철 (어이없는 웃음 지으며) 어쭈, 이 새끼 눈알 봐라. (굳은) 너 오늘 죽었어, 이 새끼. (하며, 쪼그려 앉은 영웅을, 손바닥으로 아무 데나 있는 힘껏 때리며, 말하는) 형님이 새끼야, 국이 짜다 그럼 네, 그래요, 형님 하고 뜨건 물 갖다 주면 되지, 어디서 눈알을 부라려, 어디서 새끼야! 어디 눈알을 부라리고 다시 한번 꼬나봐라, 다시 한번 꼬나봐봐.

신 식 (맘 아픈, 일어나 호철을 뒤쪽에서 안고, 끌고 바깥으로 데리고 나가는)

호 철 (신식에게) 너 이거 안 놔! 너 죽을래, 이 새끼가(빠져나오려 하지만, 안 되는) 니가 지금… 너 죽었어, 새끼, 이거 안 놔! 어서, 놔, 새끼야! 어쭈구리, 니가 지금 힘으로 날 몰아붙이겠다, 오냐, 좋다, 오늘 니들 죽고 나 죽어보자, 이거 놔, 자식아!

신 식 (말없이, 힘으로 호철을 끌고 나가는)

무더기 (울컥하는, 상에 엎드리는) 염병.

영 웅 (입가 닦으며, 호철 쪽 보며) 병신….

씬 54 호철의 아파트 계단.

신식, 호철을 뒤에서 안고 데리고 들어오는,

호 철 (독이 오른, 화난) 어쭈, 그래, 이제서야 니가 본색을 드러내는구나, 니가 칼 좀 쓴다 이거지, 어디 그래, 너랑 나랑 붙어보자. (하고, 빠져나와, 신식을 주먹으로 치는)

신 식 (계단 굴러 바닥에 넘어지며, 입가 터진)

호 철 (내려가며) 일어나! 새끼야!

신 식 (넘어진 채, 호철 보며, 눈가 붉어, 차분한) 영웅이가 상용이랑 손잡고 형님을 치려고 합니다.

호 철 (멈춰 서며, 답답한(놀라지 않는) 깊게 심호흡하고, 계단에 앉아, 맘 아픈, 가라앉은 비아냥) 영웅이만, 상용이만… 너는 아니고?

신 식 (눈가 그렁해, 무릎 꿇고, 맘 아픈, 담담한) 저는 살아도 형님하고 살고, 죽어도 형님하고 죽습니다.

호 철 (맘 아픈, 고개 숙였다가, 맘 아프게 신식을 막막하게 보는)

씬 55 병원 입구.

수희, 걸으며 지안에게 전화를 하고, 전원 꺼져 있다는 메시지 들리면, 핸드폰 끄고, 병원 안으로 들어가는.

씬 56 병실.

지안, 눈가 붉어, 침대 앞에 앉아, 소영의 인형을 만지작거리며 보는.

씬 57 병원 복도.

이동침대(소영 누워 있는)를 끌고 간호사, 지안 부모, 선이, 상윤, 눈가 그렁해 수술실로 가는,
그 사람들과 수희 서로 못 보고 가는,

씬 58 병실 앞.

지안, 병실에서 힘없이 나와 걸어가는데,
수희, 부르는,

수 희 지안아.
지 안 (멈춰 서서, 수희 보고)
수 희 (안쓰런, 눈가 붉은)
지 안 (담담한, 그냥 가는)
수 희 (가는, 지안을 맘 아프게 보는)

씬 59 민호의 옥탑 평상.

민호, 미리, 영숙 평상에 누워 있는,

민 호 (담담한, 편안한) 지안이 만나고 머리끝까지 화가 나다가, 문득 그런 생각이 들었어.
미 리 (보며) ?
영 숙 (하늘만 보며, 누워 있는)
민 호 지안이 말대로 우린 친구가 될 수 없겠다. 그걸 인정해야겠다. 나도 더는 나 자신을 속이지 말자, 나도 지안이 (미리 보며, 담담히) 안 편하거든.
미 리 그런 놈하고 편해지면 뭐 하냐? 안 편한 게 백 번 낫지. (하늘 보며) 웃긴 새끼. 진짜 생각하면 생각할수록 난 그 자식 정말 싫어. 니가 그래도 지 생각해서 찾아간 건데, 뭐 연락도 하지 말라고, 똥싼 놈이 성질낸다고, 웃기고 있어? 사람이 말이야, 호의를 베풀면 감사한 줄 알아야지, 지가 뭘 잘했다고,
영 숙 잘했다고 하는 소리냐, 그게.
미 리 (화난, 앉으며) 그게 잘했단 소리가 아님, 그럼 뭐냐?
영 숙 (일어나 앉으며) 기집애야, 왜 나한테 성질을 내. 이게 오냐오냐하며 친구해 주니까, 이제 아주 맞먹고 있어?
미 리 (어이없이 보며) 내가 말을 말지. (하고, 눕는)
영 숙 깔끔하게 내 카리스마에 눌렸다 그래, 기집애야. (하고, 눕는)

미리 (눈 흘기면)

민호 (웃으며, 미리 팔베개해주며) 우리 미리 눈 찢어진다, 그러지 마.

영숙 김민호, 솔직히 나 같아도 지안이처럼 한다.

민호 (보면)

영숙 여자친구 찝찍대, 친구 속여먹어, 그런데 돈까지 구해주겠다고 하고, 계속 친구먹자고? 차라리 욕 듣고 말지, 무슨 염치로 그걸 낼름 고맙다 그러고 받아먹겠냐.

민호 (하늘 보는)

미리 그놈이 그런 생각이나 할 줄 아는 놈이라구? 아이고, 지나가던 개가 웃겠네.

영숙 그렇게 생각하면 넌 편하냐?

미리 (버럭) 안 편하다, 왜?! (하고, 민호 품에 숨는)

영숙 (민호 보며) 민호야, 지안이 쌩까줘. 꼭 친구먹어야 할 필요 없잖아. 그쪽이 싫다면 그래 말아라 그러는 것도 우정 아니니.

민호 (하늘 보며, 담담히) 예스.

미리 (착잡한, 서글픈) ·· 민호야, 나 너 떠나는 거 무지 서운해. 그게 니 꿈인 줄 알면서도, (서글픈 웃음 짓고, 눈가 붉어져) 서운해.

민호 (편안하게, 미리 팔베개해주며, 편하게 웃음 띤) 니가 서운해 안 하면 내가 서운하지, 자식아.

미리 (눈 감고, 민호 품에 안겨, 짐짓 밝게) 김민호 품이 이렇게 따뜻했네.

영숙 니들 수희한테 이른다.

미리 (눈 감고, 편안하게) 호철이한테만 이르지 마, 그 인간 보기보다 질투 심해. 일명 질투의 화신이라고나 할까.

영숙 (웃고, 민호 보며) 참, 민호야, 미영 할머닌 너 가는 거 아니?

민호 (걱정스런, 담담히) 말해야지.

영숙 (편안하게) 할머니가, 많이 서운해하시겠다. 그래도 할 수 없지 뭐, 만나면 헤어지는 거, 당연하… (사이) 쳇, 말은 쉽네.

민호 ….

씬 60 편의점 밖, 테이블.

신식과 호철, 캔 맥주를 마시는,

호철 (신식 안 보며, 담담하게) 신식아, 우리가 언제 처음 만났냐? 내가 머리가 썩었나 기억이 안 난다?

신식 (맞아 눈가 조금 긁힌, 호철 안쓰레 보며, 맘 아픈, 짐짓 담담하게) 팔 년 전에 학교에서 만났습니다.

호철 (서글프게 웃으며) 그래, 맞다, 그때였다. 나는 조직 소탕으로 들어가고, 너는 월급 안 주는 사장 패고… . (신식 보며, 서글픈 웃음 지으며) 그래, 그랬다, 기억난다.

신식 (눈가 붉은, 애써 담담히) 하나씩 처리하면 됩니다.

호철 (술잔만 보는)

신식 영웅이랑 상용인 제가 맡겠습니다. 애들은 형님이 맡아주십시오, 시간 차로 공격하면 승산 있습니다.

호철 (신식 보며, 서글픈, 맘 아픈) 잡혀 있는 니 어머닌?

신식 (호철 보며, 맘 아프지만, 짐짓 담담하게) 연세가 일흔이 넘으셨습니다. 병도.. 깊습니다. (울지 않으려, 이 앙다무는)

호철 (신식 안쓰레 보는) 미친놈, 건달 의리가 뭐라고.. .

신식 (이 앙다물고, 울지 않으려 애쓰며) 어차피 불효잡니다.. 저는 형님만.. .

호철 (막막한, 말꼬리 자르며) 나한테 사나흘만 생각할 시간을 줘라. 영웅이한텐 내가 칠 틈을 안 줘서 시간이 필요하다 그래. 내가 완전 허당은 아닌 줄 아니까 놈도 며칠은 기다려줄 거다. (하고, 지갑 꺼내 돈을 탁자에 놓는)

신식 형님, 저는,

호철 너는,

신식 (보면, 눈가 그렁해)

호철 (눈가 붉어, 짠하게 웃으며) 무조건, 무조건 내 말을 듣는다. 이유 불문, 무조건. (하고, 신식 어깨 툭 쳐주고 나가는)

신식 (고개 숙이고, 울지 않으려 애쓰는)

호철 (걸어가는, 막막하고 서글픈)

씬 61 놀이터 + 미자의 트럭 안.

석준, 노는,
카메라, 한쪽으로 가면, 트럭 세워져 있고,

그 안에 미자와 미자 남자친구(이후, 남친) 석준을 보고 있는,

남 친　(눈가 붉은, 참담한) 나는 일 끝나고 무조건 튈 거다. 이걸로 그간 내가 너한테 진 빚은 끝이야. 더는 못 해.

미 자　(애만 보며, 맘 아픈, 가라앉은, 참담한) 애기 안 다치게 잘 해.

남 친　니 새엄마 다락방에 숨겨둠 될 거야. 경찰이 우리 안 쫓게, 니 새엄마나 입단속 잘해.

미 자　(맘 아픈) 가.

남 친　휴…. (하고, 한숨 쉬고, 내려 석준에게로 가서 말 거는)

미자, 남친 보다가, 운전해 가는.

씬62　미영의 가게 밖.

미영, 시장바구니를 들고 나와, 문을 닫고, 쪽지 붙이는 〈시장감미다〉 그리고 가는,
쪽지 떨어져, 날아가버리는.

씬63　민호의 집 계단.

민호, 계단을 내려가는.

씬64　거리.

미영, 장바구니 들고 주변을 구경하며 가는데,
경적 소리 나고,
미영, 돌아보면,
트럭 안의 미자, 미영을 보는.

씬 65 미영의 가게 안 + 방 안.

민호, 들어서며 '할머니, 할머니' 하고 문 열지만, 텅 빈,
민호, '어딜 갔어, 배고픈데' 하고 방으로 가서 문 열고 보면, 텅 빈,
민호, '이상하네' 하고 문 닫고 가고,
카메라, 다락 한켠으로 가면, 문이 조금 열린,
남친, 석준(즐거운)의 입을 막고 있는.

씬 66 다락 안.

남친(긴장해 땀나는), 석준의 입을 틀어막은 손을 내리고, 한숨 쉬는,

석 준 (웃으며) 아저씨, 우리 할머니랑 숨바꼭질하지?
남 친 (힘든, 땀 흘리는, 벽에 기대) 그래.
석 준 (과자 먹는)

씬 67 시장 안.

민 호 (OL, 웃으며, 금실에게 말하는) 미영 할머니가 여기 안 오면 어딜 가?
금 실 (일만 하는) …· .
민 호 (웃으며, 앉는) 왜 그래? 금실 씨 말도 안 하고? 우리 미영 씨랑 싸웠어? 싸웠구나? 그지, 그지?

씬 68 한적한 도로, 달리는 미자의 트럭 안 + 트럭 밖.

미영, 멀멀하게 창가만 보며, 가는,
미자(눈가 붉어져, 아픈 맘 참는), 운전해 가는,
미영, 그런 미자 보다가, 주머니에서 사탕 꺼내 까서 입에 넣어주려 하면,
미자, 손으로 탁 치고, 차를 획 돌려 반대편 차선 쪽으로 가서 끽 하고 세우는,

미 영 (미자 안쓰레 보는, 눈가 붉어 보는) ….

미 자 (앞만 보고, 눈물 흐르는, 담담히 닦고) 내려.

미 영 (안쓰레 보는)

미 자 (앞만 보며, 맘 아픈, 참으며) 내려.

미 영 (보는)

미 자 당신, 내 말이면 뭐든, 잘… 듣잖아. 내려.

미 영 (안전벨트 푸는)

미 자 (눈물 참으며, 참담한, 앞만 보며) 당신은 나 못 봤어.

미 영 (보다가, 미자의 손잡는)

미 자 (맘 아픈, 힘들게 손 빼내고, 맘 아픈 것 참으며, 앞만 보며, 참담한) 다시 말해. 죽어도 당신은 나 못 본 거야.

미 영 (가만 보다가, 눈가 그렁해, 고개 끄덕이고, 내리는)

미 자 (이 앙다물고, 기어 움직여, 가는)

미 영 (가는 미자의 트럭을 눈가 그렁해, 멍하니 보는)

인서트 – 플래시백.
어린 미자와 재미나게 노는 미영.

씬 69 도로, 달리는 미자의 트럭 안.

미 자 (백미러로 초라하게 자신을 보는 미영을 보며, 눈물 흐르는, 가는)

인서트 – 플래시백.
1. 잠자리에서 미영, 미자를 간지럼 피고, 너무도 즐겁게 노는.
2. 석준을 보고 환하게 웃던 미영의 모습만.

씬 70 도로.

쪼그려 앉아, 멍하게 땅을 보다, 차 지나가면 미영, 눈가 그렁해 멍하니 가는 차를 보는 데서 엔딩.

흔들렸다 바로 섰다 하는 게 인생사다

15부

Goodbye Solo

씬1 달리는 호철의 차 전경, 낮.

미리, 노래를 부르며 가고,
호철, 웃으며 운전해 가는.

씬2 차 안.

호 철 (노래 부르는, 미리 보며) 나랑 어디 놀러 가는 게 그렇게 좋냐? 아이고 좋아 죽네, 죽어.

씬3 다락방, 밤.

석준, 과자 안고 자는,

영 숙 (E) 할머니, 할머니!

씬4 미영의 가게 밖.

영숙, 가게 안을 보며 '할머니‥ 대체 어디 가셨어' 하다 가는.

씬5 한적한 도로.

차가 두어 대 지나가고 나면,
미영, 서서 메모판에 〈서울 대려다져요〉라고 써서, 지나가는 차에 보여주고 있는, 그러나 차 그냥 지나가고,
미영, 그 차 담담히 보고 〈메모판〉을 보이는.

민호 (E) 할머니한테 갔다 왔어?

씬6 미리의 카페 안.

영숙, 바로 오고, 민호, 설거지를 하다가, 영숙 보며,

영숙 (무심히, 자리에 앉으며) 화장실 다녀왔다.
민호 할머니한테 한번 가보지, 오셨나 궁금한데.
영숙 아까 다녀왔잖아. 할머니가 애도 아니고 오시겠지, 쓸데없는 데 신경 쓰지 말고 칵테일이나 잘 만들어. (자리에 있는 칵테일 마시며) 이거 너무 맛없다, 야. 떫어.
민호 (웃으며) 그건 떫은맛으로 먹는 거야.
영숙 (누가 들었나 싶어, 주변 돌아보며) 그런 건 조용히 말해야지. 떫어서 맛있다야.
민호 (웃고, 손님 보며) 어서 오세요!
남친 (E, 힘든, 긴장한, 빠른) 애기는 걱정 마. 자는 거 보고 나왔어.

씬7 서울 시내 도로, 달리는 미자의 차 안 + 차 밖.

미자, 오기 부리듯 긴장한 얼굴로 빠르게 운전해 가는,

남친 (E) 돈 준대. 약속장소 잊지 않았지, 빨리 와.

씬8 공중전화 안, 밖.

남친(땀 흘리는), 전화 끊고 나가는,

형사 (E, 다급한) 야, 자식아, 지금 구역이 어딨어! 애가 위태위태한데!

씬9 도로, 달리는 차 전경.

형사 차 서너 대 경보음을 울리며 가는,
차 한 대에 형사, 운전하고, 석준 모, 넋 나간 듯 울며, 석준 부에게 안겨 가는,
조수석의 형사 화가 나 큰 소리로 전화하는,

형사 (E) 일대 지역에 모두 인력 요청해서, 범인들이 오기로 한 장소에 쫙 깔어, 쫙! 알았어, 범인이 전화한 장소 일대는,

씬10 형사의 차 안.

형사 우리 쪽에서 돌 거야! 그래, 그래 서로서로 조심하자고! 서둘지 말고, 그래, 그래!

씬11 달리는 차 안.

미영, 사탕을 까서 운전자에게 주고, 운전자, 웃으며 사탕 먹으며 운전해 가고, 미영, 그런 운전자 보다가 창밖 보며 멀멀하게 가고,

민호 (E, 문 두드리는 소리, 큰 소리) 할머니, 할머니!

씬12 미영의 가게 밖.

가게 안이 어두운,
민호, 답답하게 가게 안을 들여다보며,

민 호　대체 지금이 몇 신데 여적 안 와. 걱정되네, 진짜로.

그런 민호의 모습 위로, 준이 목소리 들리는,

준 이　(민호와 거리가 먼, 소리치는) 형! 손님 떼로 몰려왔어! 빨리 와! (하고, 뛰어가고)

민 호　(답답하고, 이상한, 고개 갸웃하고, 카페로 가며, 혼잣말) 이상하네.

조금 멀리서 경찰차 오는 소리 들리고, 민호 등 뒤로 경찰차들 동네를 도는 듯한 모습 보이는.

씬 13　도로.

빠르게 달리는 미자 남자친구의 차.

씬 14　달리는 차 안.

미영, 바깥을 멀멀하고 편안하게 보고 있는.

씬 15　다른 도로.

미자의 트럭, 달려오는,
신호등 콘솔박스 같은 부조물 위에 돈이 든 가방 보이는,
미자의 차, 그 옆을 스쳐 지나가고,

미 자　(E) 돈 가방 있다, 너 지금 어디야?

씬 16　달리는 미자의 트럭 안.

미 자　(긴장한, 이어폰하고, 전화하는) 나, 지금 약속장소 근처야…. 이 동네 한 바퀴 돌고 있을게 어서 빨리‥ (룸미러 보다가, 굳은, 가라앉은) 오지 마, 진

팔아.

인서트 – 룸미러.
사복경찰, 여럿 보이는,

미 자 (룸미러 보며, 소리치는) 돌아가! 진팔아, 오지 마! 짭새 떴어!

씬 17 도로.

남친의 차, 끽 소리 내며 중앙선을 넘어 유턴하는.

씬 18 달리는 남친의 차 안.

남 친 (이어폰한 채, 울상 되어 가는) 염병!

씬 19 거리, 달리는 미자의 트럭 안.

미자, 땀 흘리며 속력 내고 가는, 서글프고, 눈가 그렁한.

씬 20 동네 일각.

미영, 탄 차 와서 서는,
미영, 운전자에게 〈고맙습다〉라는 메모판 보이고, 내리는데,
그 모습 위로 헤드라이트 불빛 비춰지는,
미영, 눈이 부신,

형 사 (E) 염복희 씨, 맞죠?
미 영 (눈부신, 뭐가 뭔지 모르겠는) ?

씬 21 미리의 카페 안.

민호, 칵테일 쇼를 하고 있는.

씬 22 병원 안내창구.

수희, 걱정스레 직원 하나를 보고 있는,
직원, 전화하고 있는 '네, 네, 김소영 어린이요. (사이) 네, 알겠습니다' 하고 수희 보며,

직 원 수술이 이제 막 끝났다고 하네요.
수 희 (걱정스런) 경과는 어때요?
직 원 글쎄요.

수희, 답답한, 머리 쓸어 올리며 잠시 생각하다가, 병실 쪽으로 가다가, 멈춰 서는,
상윤, 지안 부와 오다가 수희 보고 멈춰 서는,
수희, 어색한, 지안 부에게 인사하는.

씬 23 중환자실 안.

선이, 호흡기 쓰고 자는 소영(아직 회복되지 않은)을 안쓰레 보다 옆의 지안을 보는,
지안, 그 옆에서 편안하게 젖은 수건으로 소영의 손이며 얼굴을 닦아주고 있는.

씬 24 카페, 복도.

민호, 수희에게 전화 걸고 안 받자, 핸드폰 보다가 가게로 들어가는.

씬25 카페 안.

지안 부와 상윤, 나란히 앉아 있고, 수희, 그 앞에 앉아 있는,
수희, 어색하고,
지안 부, 수희가 이쁜, 상윤, 어색한,

상 윤 (수희에게, 편안하게 말하고 있는) 수술이 아주 잘됐대요. 경과를 지켜봐야 하지만, 너무 걱정 안 해도 될 거 같아요.

수 희 (맘이 조금은 놓이는) 아… 네…. 정말 다행이네요. 수술이 어떻게 됐는지 궁금해서 집에도 못 갔거든요.

그때, 종업원 와서 차를 놓고 가는,

지안 부 (수희에게 차를 마시라고 손짓하는)

수 희 (어색한) 네. (하고 목인사하고, 차를 마시는)

지안 부 (그런 수희 이쁘게 보고, 상윤에게, 수화하는)

상 윤 (그런 지안 부 보고(유심히 보는, 수화를 조금만 아는 느낌으로))

수 희 (지안 부가 왜 그런가 보는)?

상 윤 (지안 부를 보고, 고개 끄덕이고, 수희 보며, 담담히) 아버님이, 지안이 외국 지사 나가기 전에 두 사람 결혼하고 가라시네요.

수 희 ?

상 윤 번잡스럽게 많은 사람은 안 부른다고, 친척들만 불러서 하재요.

수 희 (이상한) 저는 무슨 말씀을 하시는지,

지안 부 (다시 상윤을 툭 치고, 수화하는)

상 윤 (지안 부 보는)

지안 부 (열심히 수화를 하는)

수 희 (이게 뭔가 싶다)

상 윤 (착잡한, 수희 보고 서글프고, 맘 짠해 작게 웃으며) 혹시나 해서 말씀하신대요. 가족들이 지안이 안 괴롭힐 거라고, 그러니 걱정 말라고…. 외국 나가면 전화도 안 한다고, 둘만 잘 살라고…. 그 말 꼭 전해달라시네요.

수 희 (눈가 붉은, 지안 부 보면, 어찌할지 모르겠는)

지안 부 (수희 보며, 수화를 하는)

상 윤 (어색하고, 맘 짠해져, 작게 웃으며) 수희 씨가… 너무 이쁘대요. 그리고 지안이 만나줘서 정말 고맙다고 하시네요.

지안 부 (눈가 그렁해 웃으며, 수희의 손을 잡는)

수 희 (지안 부 보며, 멍한, 맘 아픈, 뭐가 뭔지 모르겠는)

수 희 (E, 차분한) 아버님이 결혼해서 떠나라는데,

씬 26 병원 내, 벤치.

지안, 수희, 벤치에 앉아 있는,

수 희 (막막한, 답답한, 숨 고르고, 지안 보며) 난감했어. 뭐라고 말을 해야 할지 모르겠드라. (지안 보며, 맘 아프고, 답답한) 아버님한테 왜 그런 거짓말을 했어?

지 안 (맘 아픈, 등받이에 기대, 앞만 보며, 서글픈) 단순해, 아버지가 좋아하실 거 같았어.

수 희 (맘 아프게 보면)

지 안 (앞만 보며, 서글픈) 결혼 말까지 나오리라곤 생각 못 했어. 아버진 늘 내가 우리 집안 때문에 아무도 못 만날 거라고 생각하시니까, 그렇지 않다고 말씀드린다는 게… 그렇게 됐다.

수 희 (답답한, 작게 한숨 쉬는)

지 안 (앞만 보며, 서글픈) 사람들은 우리 아버지가 자식에 대해 그런 걱정을 하시는 게 지독한 자격지심이라고 비웃겠지, 근데 나는 그런 아버질 이해해. (맘 아픈, 눈가 그렁한) 늘 그렇게 살았으니까. 주눅 들어, 당당하지 못하게.

수 희 (눈가 붉어져, 안쓰레 보는)

지 안 (서글픈, 눈가 그렁해) 왜 그러냐? 참 못났다. 그렇게 말함 할 말은 없어. 그런데… 우리 아버질 그렇게 만든 게 누구냐고 묻고 싶긴 해.

수 희 (맘 아픈, 지안 안 보고, 작게 한숨 쉬는)

지 안 수희야, 나 좀 도와줘.

수 희 (눈가 그렁해, 맘 아프게 보면)

지 안 (수희 안 보고, 눈가 그렁해, 담담하게) 눈 딱 감고, 식만 올려줘. 그러고 나면

난 외국지사로 떠날게.

수 희 (안쓰런, 달래듯) 지안아,

지 안 (맘 아픈, 눈가 그렁해 수희 안 보고) 끝까지 거짓말로 부몰 속일 거냐고, 묻고 싶겠지? 그래서 내 부모가 편하다면 나는 그렇게 할래. (눈물 흐르는, 수희 보며, 맘 아픈) 진실? 난 그딴 거 몰라. 대체 뭐가 진실인데? 내가 아버질 부끄러워했던 거, 그 사실을 내 부모에게 알리는 게 그게 진실이야?

수 희 (맘 아프게 보는)

지 안 아니, 내가 아는 진실은 하나야. (맘 아픈, 왈칵하는, 눈물 흐르는) 내가 아버질 너무 사랑해.

수 희 (맘 아프게 지안 보며, 눈물 나는, 보는)

지 안 (수희 안 보고, 울지 않으려 애쓰며) 내가 너한테 참 무리한 부탁을 하고 있단 거 알아. 근데, 나는 이럴 수밖에 없다, 지금은. 어려서부터 지금까지… 내 머릿속엔 온통 어머니, 아버지, 동생에 대한 미안함, 죄스러움밖에 없었어. 너무… 너무 힘들었어.

수 희 (맘 아픈, 눈물 흐르는, 지안 보는)

지 안 (울지 않으려 애쓰지만, 눈물 나는) 내가 지금 널 이용하고 있단 거 알아. 근데, 나는 있잖아, 수희야, (울음 나는, 울음 참으며) 나는 있잖아, 세상 그 누구보다 내가 너무 안됐다.

수 희 …. (눈물 흐르는)

지 안 벗어나고 싶어. 가족에 대한 죄책감에서. 그래서 너한테 민호한테 이렇게 모질다, 내가. 미안하다, 수희야…. (고개 숙이고, 이 앙다물고 우는)

수 희 (맘 아픈, 지안의 머리를 안아주는, 우는)

지안, 수희 품에 안겨, 엉엉 우는.

씬 27 경찰서 복도.

석준 부, 자는 석준을 안고 속상해 나오고,
창 밖에서 보면,
미영, 가는 석준을 끝까지 보고,
형사가 조서를 보며 '계획적이었어요? 내가 말이야, 할머니라고 봐줄 줄 알

어? 유괴가 얼마나 큰 죈 줄 알어, 이 할망태기야?' 등등 소리치고,
미영, 멍하니 석준 보다가 형사 보며 마냥 고개를 끄덕이는 모습 보이는,
형사, 화가 나 책상을 치며 '고개만 끄덕이면 단 줄 아나! 이 할망태기가, 아주 그냥 지능적이네, 이거. 나는 다른 범죈 몰라도 애 갖고 장난치는 건 절대 못 봐줘!' 하고 말하다가, 다른 형사에게 '할머니 데려가!' 하고 지시하고, 다른 형사, 미영을 데리고 나가는,
남은 형사, 서류로 화가 나, 책상을 치고.

씬 28 경찰서 앞, 차 밖.

호송차에 미영(아무런 표정도 없는)과 몇몇 범인들 나와 차에 올라타는,
호송차, 떠나는, 창가로 미영의 무덤덤한 얼굴에서 F. O.

씬 29 바닷가, 낮.

미리, 신발을 벗고 바닷가 모래사장을 걸으며 밀려오는 파도에 발을 담그고 즐겁게 '앗, 차거!' 하고 웃고, 또 밀려오는 파도에 발을 담그며 파도(?)를 발로 밟듯 하며,

미 리 요놈의 새끼, 요놈의 새끼, 어딜 와, 어딜! 오지 마, 오지 마! (하며, 기분 좋게 혼자 노는, 파도가 오면) 아고, 무서, 아고, 무서! (하고 도망갔다가 다시 파도를 밟으려 하고)

카메라, 한쪽으로 가면,
호철, 그런 미리를 물끄러미 보며, 생각하는, 마음이 서글프다,
그런 호철의 모습 위로.

씬 30 인서트 - 회상.

1, 노래방.
영웅과 무더기, 신식, 호철 어울려 신나게 놀고 춤추고 하는.

2, 포장마차(14부).
영웅, 무더기, 신식의 모습.

3, 편의점 앞.

신식 (눈가 붉은, 애써 담담히) 하나씩 처리하면 됩니다.
호철 (술잔만 보는)
신식 영웅이랑 상용인 제가 맡겠습니다. 애들은 형님이 맡아주십시오, 시간 차로 공격하면 승산 있습니다.
호철 (신식 보며, 서글픈, 맘 아픈) 잡혀 있는 니 어머닌?
신식 (호철 보며, 맘 아프지만, 짐짓 담담하게) 연세가 일흔이 넘으셨습니다. 병도… 깊습니다. (울지 않으려, 이 앙다무는)

씬31 바닷가.

호철, 미리를 업고 모래사장을 걷는,

미리 (즐거운, 호철 보며) 아저씨 그거 알어? 우리 바닷가 첨 온다?
호철 (따뜻하게 웃으며, 장난스레) 참 못돼 처먹었네, 그 새끼?!
미리 누가?
호철 (편안하게) 누구긴 누구야, 너 만나는 강호철인가 뭔가 하는 새끼지. 열몇 살이나 어린 애인을 꼬드겨 델고 살면서 바닷가 한번 안 데려오고, 나쁜 자식이네, 진짜. 야, 그 새끼 사는 데 어디냐? 내가 아주 만나갖고 반쯤 죽도록 패줄라니까.
미리 강호철 내 애인이거든요, 함부로 욕하지 마실래요?
호철 (멈춰 서며) 그런 새끼가 무슨 애인이냐? 삼 년을 만나는 동안 바닷가 한 번을 안 데려온 새끼가, 그런 새낀 껌종이처럼 얄짤없이 버려버려, 알았어?
미리 (호철 꼭 안으며) 싫어, 안 버려. 나는 우리 호철이 너무 좋아. 우리 호철이 나한테 잘해줘.
호철 뭘 잘해주는데?
미리 전부 다. 뭐든. 다.

호철 (서글픈 마음 감추고) 다리 아프다, 내리자. (하고, 미리 내려주고, 바다 보면)

미리 (앉아) 다리 펴봐. (하며, 호철 다리를 펴게 하는)

호철 왜 또 뭘 하고 놀라고…. (하고, 다리 펴면)

미리 (주물러주며) 놀라 그러는 거 아냐, 효도할라 그러는 거야.

호철 (미리 짠하게 보고 웃는)

미리 (다리 주물러주며) 아저씨 나 이쁜 코딱지지? 애교도 잘 떨고, 효도도 하고, 귀연 코딱지지? 애인코딱지, 애기코딱지, 그지?

호철 (맘 짠한, 작게 웃으며) 너는 대체 내가 왜 그렇게 좋냐? 니가 사달라는 거 다 사줘서 좋냐? 밥해줘 좋냐? 왜 좋냐?

미리 (다리만 주무르다, 보며) 나 힘들어. 그만 주무름 안 돼?

호철 (웃으며) 뭘 얼마나 했다고 힘이 드냐, 자식아, 알았어, 옆에 와, 쉬어.

미리 (호철 옆에 앉아, 팔짱 끼고, 어깨에 기대) 너무 좋다. 히히.

호철 (미리 짠하게 보고 웃다, 바다 보는)

씬32 거리.

민호, 죽어라 뛰어가는, 화가 난 듯도 보이는,

금실 (E, 담담한) 미영인, 내 고향집 옆집 살았어. 젊어선 미자라고 애 이름으로 부르다가, 일 터지고, 애 이름 부르기가 뭐해, 이름이 뭐냐 물으니 말을 안 해서 그냥 내가 내 동생 미영이 이름을 줬네.

민호, 뛰어가며 지나가는 택시 부르는,

민호 (크게 목이 터지게) 택시!

택시 저 멀리 앞서 서고,
민호, 뛰어가 차를 타는,
택시 달리는.

씬33 구치소 복도, 벤치.

영숙(앞만 보며, 담담한), 금실(막막하게) 앉아 앞만 보고 얘기하는,

금 실 가난한 집 입 하나 줄일 거라고 나이 들어도 처녀가 재취로 미자 아버지한테 시집을 왔는데, 밥 세끼 먹고 두들겨 맞는 게 일이었어. 무지기 맞았네. 그러다 어느 날 잠깐 매를 피해 집을 나갔는데, 남편이 그샐 못 참고 술 먹고 불을 질러 죽었어. 그 바람에 미자는 졸지에 고아가 되고, 나중에 미영이가 애를 찾기도 찾았는데, 이 집 가면 저 집으로 갔다고 하고, 저 집 가면 또 이 집으로 갔다고 하고, 만날 수가 없었지.

씬34 구치소 안.

여러 사람들, 앉아 있는,
미영(옥색 수의), 담담하고 편안하게 앉아 있는, 그러다 한 사람이 다른 사람의 흰머리를 뽑아 아무 데나 버리면, 그걸 줍고, 버린 사람, 이상한 듯 미영을 보면, 미영, 웃고, 햇볕을 바라보는,

금 실 (E) 뭣도 모르는 동네사람들은 신이 나서 주둥일 나불대고…. 서방 죽인 년, 애 버린 년, 돈밖에 모르는 년…. 첨엔 지두 억울해서 악을 쓰며 머리끄댕이 잡고 욕도 하고 변명도 하고 그러대. 그럼 그럴수록 말은 말을 만들고.

씬35 구치소 복도.

민호, 땀을 흘리며 헉헉대며 복도를 천천히 걸어가는,

금 실 (E) ·· 그렇게 한 삼 년 살드니, 어느 날 나한테 넋 나간 사람처럼 그러드라구. 금실아, 세상이 너무너무 시끄러 귀가 따가워 못 살겠다. 그러며 그날로 입을 닫더니, 지금까지야.

민호, 걸어와 벤치에 있는 영숙과 금실을 발견하고, 헉헉대고 보는,

민호 (영숙의 옆자리에 앉는, 멍한, 숨을 고르는)

영숙 (앞만 보며, 서글픈)

금실 그리고 고향 떠나선 종무소식이다가 우연히 몇 년 전에 지금 시장에서 만났어. 미영인 죄 지을 애 아냐. 근데 어째, 지가 다 했다고 고개 끄덕이고 입을 안 여니…. (사이) 난 갈란다. 걔 볼라고 오긴 왔는데 영 볼 자신이 없네. (하고, 일어나 가는)

민호 (넋 나간 듯 멍한, 앞만 보며)

영숙 (서글픈, 그러나 담담히) 칠 년 전에도 어떤 애기가 삼촌한테 맞아서 숨겨졌는데 유괴로 오인받은 일이 있었대. 금실 할머니 증언이랑 정황이 모두 맞아서 훈방 처리됐지만, 그게 지금 와서 할머닐 범인으로 더 몰아가는 거 같애.

민호 ….

씬 36 수희의 작업실 안.

수희, 주인여자와 얘기하는,

주인여자 (웃음 띤) 사정이 그런데, 어떡해, 할 수 없지.

수희 (어색한 웃음 지으며) 집 곧 나가겠죠?

주인여자 요즘 경기가 좋으니까, 잘 될 거야. (하고, 가는)

수희 (가는 주인여자 보고, 소파에 앉아, 민호의 그림 그리던 걸 들어 그림 그리기 위해, 한쪽에 놓인 민호의 웃는 사진 보는)

지안 (울지 않으려 애쓰지만, 눈물 나는, E) 내가 지금 널 이용하고 있단 거 알아.

수희 (그림 그리던 손 멈추는)

인서트 – 플래시백.

지안 (울지 않으려 애쓰지만, 눈물 나는) 근데, 나는 있잖아, 수희야, (울음 나는, 울음 참으며) 나는 있잖아, 세상 그 누구보다 내가 너무 안됐다.

수희 …. (눈물 흐르는)

지안 벗어나고 싶어. 가족에 대한 죄책감에서. 그래서 너한테 민호한테 이렇게 모질다, 내가. 미안하다, 수희야…. (고개 숙이고, 이 앙다물고 우는)

인서트 – 플래시백.
카페에서 수화하던 지안 부.

현실.
수희, 맘 아프고, 답답한, 눈가 붉어 민호의 웃는 사진을 보는, 생각 많은.

씬 37 한적한 도로, 미자의 트럭 안.

미자, 서글프게 넋 나간 사람처럼 멍하니 앞만 보는(구치소 앞에 있는 것은 뒤에 있으므로 여기가 좋을 듯).

씬 38 구치소, 복도.

미영(수갑 찬), 편안하게 교도관에 인솔되어 나오는.

씬 39 구치소 면회실.

민호, 고개 숙이고 눈가 그렁해 있는, 맘 아픈, 참으며,
영숙, 담담히 있는,
그때, 미영 들어와 앉아, 민호를 보고 따뜻하게 밝게 웃고, 영숙 보는,
영숙, 미영 따뜻하게 작게 웃고 보고,
미영, 영숙 보고 작게 웃고, 민호 보고, 가리개를 톡톡 치는,
민호, 힘들게 고개 들어 미영을 보는, 맘 아픈,

미 영 (민호 보고, 따뜻하게 웃고)
민 호 (눈물 나는, 눈가 닦고, 미영 보며, 속상하지만, 달래듯) 할머니….
미 영 (유리에 글자를 〈밥은〉이라고 쓰는)
민 호 할머니, 얘기해. 할머니가 한 짓 아니라고·· 이거는 아니야.
미 영 (따뜻하게 보는)
민 호 할머니가 지금껏 나 속인 거 화 안 낼게, 이거는 아니야, 할머니.
미 영 (손짓으로, 울지 말라고 하는, 눈가 붉어, 따뜻하게만 보는)

민호 내 말 들어, 할머니, 나는 할머니 말이면 다 듣잖아. 그러니까 할머니도 내 말 한 번만,

미영 (고개 젓는, 따뜻하고 편안한 웃음 짓고)

민호 (속상한, 큰소리치는) 나 수희랑 열흘 후면 떠난단 말이야! 근데 할머닐 여기 두고 내가 어떻게 가냐?! 바보야!

미영 (따뜻하게 보기만 하는)

민호 (달래듯) 이러지 마라, 우리 이렇게 안 살았잖아. 할머닌 할머니고 나는 나고, 우리 그렇게 생까고 안 살았잖아. 그러니까, 할머니….

그때, 교도관 '1분 남았습니다' 하는,

민호 (속상한, 눈물 닦으며, 미영 안 보고) …… .

영숙 (미영 보며 담담히) 할머닌 이렇게 하는 게 딸을 위하는 거라고 생각하죠?

미영 (민호 보다가, 영숙 보는, 따뜻한)

영숙 (미영 보며, 따뜻하게 보며, 담담히) 그래, 그 입장도 이해 가. 근데 할머닐 여기 마냥 둘 수가 없는 게 또 내 입장이야. 변호사 살 거예요. 그래서 전화 건 남자 잡을 거야. 할머닌 할머니대로 나는 나대로 (눈가 붉어, 짐짓 밝게 웃으며) 우리 그래보자구요, 누가 이기나.

그때, 교도관 오고,
미영, 교도관 보고 일어나 영숙 보고, 민호 보고 가는,

민호 (가는 미영 보다가, 의자에 기대 하늘 보고, 숨 고르고, 울음 참는)

영숙 (눈가 붉지만, 따뜻하고, 담백하게) 가자. (하고, 가는)

민호 (천장 보고, 화난 듯 크게 숨 고르는, 맘 아픈) 휴, 휴…… .

씬 40 달리는 영숙의 차 안.

영숙, 담담하게 운전해 가고,
민호, 창가에 기대 미영 생각에 멍하니 가는,

영숙 김민호, 낼 변호사 만날 건데, 우리 같이 가자.

민호 …….

영숙 (가만 보다, 가볍게) … 모두 다 입을 처닫고, 짜증 나, 진짜. (하고, 앞만 보며 운전해 가는)

씬 41 펜션 전경, 밤.

미리의 노랫소리 들리는,
창가로, 노래하며 밥을 하는, 미리가 보이는,
카메라, 한쪽으로 가면,
호철, 신식과 통화를 하고 있는,

호철 (서글픈 웃음 짓고, 담담하게) 너까지 내 말 안 듣기냐?

신식 (E) 형님….

호철 (서글픈 웃음 짓고, 짐짓 가볍게) 길게 말 끌지 말자, 신식아. 솔직히 인마, 니가 날 안침 영웅이, 상용이가 날 칠 텐데, 걔들은 너보다 인정사정없잖아. (짐짓 담백하게) 니가 해주라.

씬 42 호철의 아파트, 계단.

신식, 계단 한켠에 앉아서 핸드폰 들고 눈가 붉어, 고통스레, 이 앙다물고, 고개 숙이는,

호철 (E) 너 무조건 내 말 듣기로 했잖아.

씬 43 펜션 앞.

호철 (서글픈 웃음 짓고) 우리 더는 긴 말 말자. 낼 창고에서 보자.

신식 (E) 형님, 형님!

호철 (전화 끊고, 생각하는데)

그때, 미리, 문 열고 고개만 디밀고,

미 리 (웃으며) 양씨야! 밥 먹자!

호 철 (보면)

미 리 빨리 안 오면 아저씨 좋아하는 꽁치찌개 내가 다 먹는다. 빨리 와.

호 철 오냐! 들어간다!

미 리 어서 와, 어서! (하고, 손 흔들고)

호 철 보채기는…. (미리 보고, 이쁜 듯, 웃으며 걸어 들어가는)

씬 44 펜션 거실.

밥을 바닥에 대충 놓고 징거를 하며 노는,
막대기를 하나 뺀 사람만 밥을 먹는 상황이다.
미리는 거의 밥을 다 먹었고, 호철은 밥을 한 수저 정도만 먹은 상태다.

미 리 (신중하게 막대기를 빼고, 좋아서) 와우! (하고, 밥 먹고) 자, 이제 아저씨 차례.

호 철 나는 이거 못하잖아, 딴 거로 해.

미 리 딴 거 뭐? 가위바위보? 그건 잘하나? 고도리? 것도 10점 넘으면 점수 계산 못 하잖아?

호 철 에우, 알았다, 알았다. 내가 한다 해. (하고, 막대길 뽑고, 좋은) 아싸라비아! (하고, 밥을 크게 한 입 먹는)

미 리 그런 게 어딨어? 그게 한 숟갈이냐? 열 숟가락이지!

호 철 나는 이게 한 숟갈이야. 막대기나 뽑으셔.

미 리 으이, 미워. (하고 징거를 하다 넘어뜨리는)

호 철 (미리 밥 뺏으며) 이것도 내 밥이다.

미 리 (울상) 내 밥이야, 그거는. (하고, 밥 뺏으려 하고)

호 철 (수저로 미리 밥을 다 먹어치우는)

미 리 (등짝 때리며, 밥그릇 뺏으려 하며) 내 밥 줘, 나 배고파 죽겠단 말이야! 이 돼지야!

호 철 (웃으며, 빈 그릇 주며) 먹어라, 밥풀대가리 두 개 남았다.

씬45 펜션 침실.

스탠드 켜진,
호철, 미리 맥주를 한 병씩 들고 침대에 앉아 얘기하는,

미 리 (호철 보며) 정말 꿈이 마라토너였어?
호 철 (술 마시고, 편하게) 그냥 달리길 잘했어.
미 리 사십이점일구오 킬로미터 다 뛰어봤어?
호 철 몰라. 거리가 얼마나 되는 줄은, 아침부터 밤까지 뛴 적은 있어.
미 리 (좋은) 멋있다.
호 철 (웃고) 너는 꿈이 뭐였냐?
미 리 (웃으며) 하늘을 나는 원더우먼 아니고, 스튜어디스.
호 철 (웃으며) 몰랐네. 근데 왜 포기했어?
미 리 몰라서 물어?
호 철 나 때문이야? (하고, 술 마시다가)
미 리 (편하게) 아니, 머리가 나빠서.
호 철 (술 뿜으며, 웃는)
미 리 나 디게 솔직하지?
호 철 (보고, 웃는)
미 리 (호철 보며, 편안하게) 근데, 나는 요즘 안다. 내 꿈은 스튜어디스가 아니라, 행복하게 사는 거였구나 하고.
호 철 (보면)
미 리 아저씨 만나서 행복해서 더는 바랄 게 없단 말이야.
호 철 (가만 보는, 서글프게 웃고, 술 마시는)
미 리 이상해, 왜 그래? 쓸쓸해 보여?
호 철 (편하게) 나 같은 놈이 쓸쓸할 일 뭐 있냐? 신경 쓰지 마. 자.
미 리 그래, 나 피곤해. (하고, 맥주 캔 한쪽에 놓고, 호철의 무릎을 베고, 눈 감는) 편하다.
호 철 (맥주 캔 놓고, 미리의 머리를 만져주는) 미리야.
미 리 (눈 감은) 어.
호 철 (맘 짠한, 짐짓 가볍게) 아저씨가… 너 많이 사랑한다.

미 리 (눈 감고, 웃음 띤) 야, 강호철이가 철든다. 이제. 사랑한단 말도 진지하게 할 줄 알고. 진짜 오래 살고 볼 일이네.

호 철 (미리 이쁘게 보며) 넌 좀 잘해줌 꼭 기어오르드라.

미 리 그게 내 매력이야, 자장자장 해줘.

호 철 그래. (하고, 미리의 어깨를 토닥여주며) 자장자장자장…. (착잡해지는)

씬 46 민호의 방 안 (스탠드만 켜진).

민호, 컴퓨터에서 미영의 사진들을 보고 있는,
미영의 환한 모습 위주로 사진들이 보여지는,
민호, 그 사진들을 보고 작게 웃다가, 다시 서글퍼지는, F. O.

씬 47 변호사 사무실 건물, 낮.

변호사 (E) 피의자가 말문을 안 열면, 힘들어요.

씬 48 변호사 사무실 안.

영숙, 변호사 앉아 얘기하는,

변호사 이런 사건은 굳이 저한테 맡기지 마시고, 국선변호사한테 맡기고 선처를 기다리는 게,

영 숙 (보며, 가볍게) 나도 여기 오기 전에 대충 알아볼 만큼 알아봤어요. 할머니가 연세도 있으시고, 애기도 다치지 않아서, 판결이 과하게 떨어지진 않겠죠. 그리고 전화 건 남자가 누군지도 모르니까, 증거 불충분으로 풀려날 수도 있고, 나도 그 정돈 알아요.

변호사 그럼 왜 굳이 이렇게 돈을 써가며,

영 숙 최선을 다하고 싶어서요. 그렇게 해주고 싶은 사람이니까. 유능하다며요. 하루라도 빨리 빼내줘요. 돈은 얼마든 드릴 테니까.

민 호 (E, 담담한) 한 번만 다시 부탁하려고 왔어.

씬 49 구치소 안, 면회실.

민호, 고개 숙이고 맘 아픈,
미영, 그런 민호를 따뜻하고 편안하게 보는,

민 호 나는 할머니가 필요해. (맘 아픈, 미영 보며, 짐짓 담담하게) 내가 집 나와서 세상 참 싫다고 생각했을 때, 나한테 할머니마저 없었음 나 너무 힘들었을 거야.

미 영 (보는)

민 호 (맘 아픈, 참고, 의자에 기대, 짐짓 담담히, 미영 보며) 근데, 오늘은 할머니가 미워. 할머니도 별수 없구나. 할머니도 지기만 아는구나 싶어. 이기적이야.

미 영 (보는)

민 호 (맘 아픈, 짐짓 담담히) 사람 믿기 싫었어. 엄마도 지안이도 아버지도 형도 미리도 다 날 버리고, 그때 정말 살기도 싫었어. 근데, 할머니가 있었어. 내가 깽판치고 돌아다녀도 밥 주고, 내가 술 먹고 뻗어도 밉다고 안 하고, 웃어주고…. 아, 세상에 이런 사람도 있구나, (맘 짠해, 눈가 붉어져, 작게 웃으려 하지만, 안 되는) 너무 좋았어. 나한테 할머닌 그냥 밥집 할머니 아니야. 할머니한테 나는 그냥 손님 아니잖아, 안 그러냐?

미 영 (보는)

민 호 (울컥하는) 그런데 지금 나한테 뭐 하는 짓이야. 할머니.

미 영 ….

민 호 (참고) 할머니가 범인 아니라고 얘기해, 그리고 거기서 나와서,

미 영 (옆에 있는 교도관에게 손짓하며, 글 쓸 거릴 달라고 하는)

경찰, 종이와 펜을 주는,

민 호 (보면)

미 영 (종이에 글을 쓰는, 그리고 종이를 드는(아직까진 글씨 보이지 않는)

민 호 (종이를 보며(글씨 보이지 않는), 눈가 그렁해지는, 멍하니 가만 글씨를 보는)

인서트 – 종이를 들고 있는 미영.
〈날 가만 나두렴〉

민 호 (가만 보는, 맘 아퍼, 왈칵, 눈물 나는)
미 영 (따뜻하고, 안쓰레 민호를 보는)
민 호 (가만있다가, 눈물 흐르는, 고개 숙이고 있다가, 다시 보고) 그게 나한테 원하는 거야?
미 영 (따뜻하게, 눈가 그렁해 보며, 고개 끄덕이는)
민 호 (맘 아픈, 이 앙다물고 있다가, 그냥 나가는)
미 영 (가는 민호 따뜻하게 보는)

씬 50 인서트 - 회상.

1, 미영의 가게 앞에서(1부) 미영과 민호, 서로 손 흔들던.

씬 51 구치소 밖.

민호, 눈물 닦으며, 맘 아프게 걸어 나가는.

씬 52 구치소 안.

미영, 방바닥에 이쁜 민호라고 쓰고, 작게 웃고, 창가의 빛을 눈부신 듯 보는, 편안하고 고요한 모습이다.

씬 53 인서트 - 회상.

2, 4부에서 서로 즐겁게 군밤 먹고, 그네 타던,

3, 앞 씬, 구치소 면회실.
미영, 〈날 가만 나두렴〉이라고 쓴 종이를 들고 편안한.

씬 54 달리는 버스 안.

민호, 자리에 앉아 창가 보며, 미영 생각하며 서글프지만 이해가 가는 그때, 전화 오는,

민 호 (받으며, 짐짓 편하게) 안녕, 내 애인.

씬 55 수희의 작업실.

수희, 책상 앞 의자에 앉아 전화하는,

수 희 (서글픈 웃음 띠고) 어제, 오늘 낮, 계속 전화 안 받아서 화낼려고 했는데, 선수 치네, 화 못 내게.

씬 56 달리는 버스 안.

민 호 (작게 따뜻하게, 웃음 띤) … 보고 싶어.

씬 57 수희의 작업실.

수 희 (맘 짠해지는) 나두… 민호야, 나 오늘 집 내놨다.

씬 58 달리는 버스 안.

민 호 (창가 보며, 작게 따뜻하게 미소 짓고) 잘했다. 나도 집 정리하는 중인데.

씬 59 수희의 작업실.

수 희 (따뜻하게) 민호야, 우리 보자, 보고 싶어.

씬60 달리는 버스 안.

민 호 (작게 웃으며) 그래, 보자. 이쁘게 하고 와. 이쁜 얼굴 보게.

씬61 수희의 작업실.

수 희 (따뜻하고, 서글프고) 그래. (사이) 그래, 그리로 갈게. 어, 뛰어갈게 (하고, 핸드폰 끊고, 작심한 듯, 가방 챙기는, 그러다 한쪽에 있는 핸드폰을 보는)

인서트 – 핸드폰.

씬62 병원 일각.

지안, 벤치에 앉아, 전화를 받고 있는,

지 안 (서글픈, 담담하게) ·· 고맙다.

씬63 수희의 작업실.

수희, 앉아 전화하는,

수 희 (담담한, 차분히, 냉정한 느낌 없이) 날짜는 빠를수록 좋아. 그리고 분명히 하자, 니 부탁 들어주는 거, 우정 이상은,
지 안 (E) 알아.

씬64 병원 일각.

지 안 (서글픈, 고맙고, 미안하고, 담담히) 우정 이상은 아닌 거.

씬 65 수희의 작업실 안.

수 희 (따뜻한) … 연락줘.
지 안 (E) 그래, 아버지랑 상의해서 연락할게. (하고, 전화 끊는)
수 희 (나가는)

한쪽에 거의 완성된 민호 그림 보이는.

씬 66 민재의 진찰실.

영숙, 민재 얘기하는,

영 숙 (편안하고, 가볍게) 지난번에 그애가 또 나타났어요. 그래서 그애랑 밥 먹고, 같이 티브이 봤어요. 아주 편하게.
민 재 (편안한, 웃음 띤) 자기 자신이랑 그렇게 말할 수 있는 사람 드물어요. 행운이라고 생각해요.
영 숙 (민재 보며) 나 많이 좋아졌죠?
민 재 네. 할머니 일도 오영숙 씨한테 큰일일 수 있는데, 담담하게 받아들이고, 정말 많이 좋아졌어요.
영 숙 울고불고한다고 할머니가 빨리 올 것도 아니고 할 수 없죠, 뭐.
민 재 남편이랑 애들도 그렇게 이해가 돼요? 아니면 아니라고 해도 돼요.
영 숙 이랬다저랬다 해요. 이해됐다가 서운했다가. 미워했다가 보고 싶었다가.
민 재 (가만 영숙을 이쁘게 보는)
영 숙 (보며) 지금 그 눈빛, 이상하다. 꼭 마지막 인살 할 것처럼… 이상하네?
민 재 (작게 피식 웃는) 들켰네. (작게 웃음 띤, 사이, 담백하게) 좋아져요, 자꾸. 그만 만나야겠어요.
영 숙 (보며, 작게 웃으며) 농담? 아님 진심?
민 재 진심이요.
영 숙 야, 놀랍다. 내가 남자한테 아직도 매력 있나?
민 재 (따뜻하게, 진심으로) 많아요, 아주.
영 숙 (민재 고마운, 편안하게 웃음 띠고 보는)

민재 (어렵지만, 편안하게 말하는) 오영숙 씨한테 내가 얼마나 고마워하는지 모르죠. 내가 상담의가 아니라 상담 받는 사람 같았어요. 만나는 내내.

영숙 (보는)

민재 오영숙 씨 만나고 남한테 첨으로 어머니 얘기, 민호 얘기 하고 나서, 이상하리만치 미운 마음이 없어졌어요. 고름이 터진 것처럼, 편해요.

영숙 근데 왜 민호한테 전화 안 해요?

민재 서둘지 않으려고 해요. 오영숙 씨도 남편과 애들하고, 서둘지 말아요. 시간이 약이라는 옛말 틀리지 않아요.

영숙 그럼 우리 사이도 시간을 좀 두면 되겠네.

민재 (보면)

영숙 난 김민재 씨랑 헤어지기 싫어요. 그쪽이 나한테 흔들리면 흔들리는 거지, 왜 내가 그쪽 그런 것 때문에 좋은 친굴 하나 잃어야 해요?

민재 (작게 어이없이 웃는)

영숙 (웃으며, 편하게) 나 눈 높아요. 민재 씨 별로야. 그리고 내가 우리 애들을 얼마나 사랑하는데, 걔들 두고 당신이랑? (단호히) 노. 김민재 씨, 내가 매력적이긴 하지만, 손바닥도 마주쳐야 소리가 난다고, 내가 이렇게 굳건하면 우리 계속 친구해도 되는 거 아닌가?

민재 (웃으며, 편하게 농담) 그렇게 직접적으로 말하니까,

영숙 (웃으며) 정떨어지죠?

민재 (웃고)

영숙 흔들렸다 바로 섰다, 흔들렸다 바로 섰다 하는 게 인생사예요. 그렇게 생각하면 당신이 나한테 좀 그러는 거, 별일 아니지 않나. 우리 친구해요. 남자 여자는 만나면 연애질만 한다, 그런 편견 깨고, 진짜 친구. 괜찮죠?

민재 (편하게 웃는)

영숙 진료빈 내가 받아야 되는데, 진짜.

민재 (웃으며) 밥 살게요.

영숙 그럼 밥 먹으러 가요. 나와요. (하고, 나가는)

민재 (가는 영숙 재밌다는 듯 보는, 편한, 나가는)

씬67 갤러리 밖, 밤.

수희 오는,
민호, 작게 웃고, 휘파람을 휙 하고 불면,
수희, 그 소리에 멈춰 서서, 민호를 보는,

민 호 엄마, 오늘은 안 오나봐, 가자. (하고, 수희의 손잡고 가는)
수 희 (작게 웃고, 따라가는)

그때, 주민의 차 두 사람을 스쳐 지나가는.

씬68 갤러리 안.

주민, 그림을 보다가 다른 그림으로 가는, 그리고 팸플릿 보는데,
주민, 그 모습 위로 경혜 목소리 들리는,

경 혜 오늘 그림 좋죠?
주 민 (보면) ?
경 혜 (편안한) 어때요? 그림이?
주 민 (어색한) 그게… 내가 그림을 뭐 아나…. 근데, 당신은 어쩐 일이야, 여기는? 오산에는… .
경 혜 (보는) ….
주 민 (어색한, 말을 못 하는) 그림 봐. (하고, 가는)
경 혜 (가는 주민 보며, 어색한, 어렵게) 여보.
주 민 (돌아보면)
경 혜 (조심스런) 아직 저녁 전이면…· 나랑 같이 식사할래요?
주 민 (보는) ?
경 혜 (편안하게) 나오세요. (하고, 가는)
주 민 (가는 경혜 보는)
경 혜 (가는)
주 민 (그런 경혜의 뒷모습 보며, 조금 설레는, 작게 웃고, 가는)

씬69 카페 안.

민호, 수희 마주 앉아 차를 마시는,

민 호 (차를 내려놓으며, 화나지만, 짐짓 담담한) 지금·· 뭐라 그랬어?

수 희 (조심스런) 너한테 말 안 하고, 나 혼자 해결할까·· 그런 생각도 했어. 그런데 그럴 필요가 없다고 판단했어.

민 호 (보는)

수 희 니가 날 오해하지 않을 거라는 믿음이 있으니까. (눈가 붉어져) 내가 널 얼마나 사랑하는지 니가 아니까. 혹시라도 내가 지안이한테 흔들리는 건 아닌가 하는 그런 오해 안 할 거라는 믿음이, 너한테 있으니까. 민호야, 가볍게 생각해줘. 지안이에 대한 우정, 아니, 지안이 부모님에 대한 배려라고.

민 호 (눈가 붉어, 수희의 눈만 빤히 보는)

수 희 (맘 아픈) 지안이·· 한테, 냉정하지 못한 거, 미안해. 그런데, 이게 내 한계야. (눈가 그렁해) 지안이한테 냉정할 수 없어. 우정이 있어, 나는.

민 호 (가만 보다, 일어나 빠르게 걸어 나가는)

수 희 민호야!

민 호 (그냥 가는)

수 희 (가방 들고, 뛰어나가는)

씬70 카페 밖.

민호, 빠르게 걸어가는,
수희, 뛰어와 민호의 팔 잡는,
민호, 뿌리치고, 무섭게 수희를 보는,

민 호 (눈가 붉어, 단호한, 조금 큰 소리로) 잘 들어. 니가 지안이한테 냉정할 수 없는 게 니 한계라구? 그럼 내 한계를 말해줄게.

수 희 (눈가 그렁해 보는, 맘 아픈, 조금은 당황한) 민호야.

민 호 지금 널 이해 못 하겠어. 끝까지 모든 걸 가지려는 지안이도 더 이상은 이해 못 해. 이게 내 한계야. 알아! (하고, 가는)

수 희 (눈물 흐르는) 민호야!

민 호 (눈가 그렁해, 이 앙다물고 가는)

씬71 미리의 오피스텔 안.

호철, 외출복 입고 앉아 있고,
미리, 사 온 티셔츠를 보고 좋아라 하는,

미 리 (기분 좋은, 웃으며) 넘 좋다, 이 옷 딱 좋다, 딱! 백점 만점에 구십구점 구구구구구야!

호 철 (미리 보고, 이쁘게 보고, 웃으며)

미 리 (웃으며) 왜, 구구구구냐면, 백은 아부 같으니까.

호 철 니가 그렇게 내 선물을 좋아하는 줄 알았음 가끔 하나씩 사줄 걸 그랬다. 니가 너무 좋아하니까, 내가 갑자기 미안해진다, 야.

미 리 (옷만 보며) 뭘 모르시는 말씀, 여자한테 뭐 자꾸 사주면, 여자가 못된 버릇 들어요. 이렇게 가끔 사줘야 고마워할 줄도 알고, 그러지?

호 철 (웃고, 가만 보다, 짐짓 가볍게) 딱지야, 너 내가 돈 없어도 좋냐?

미 리 (옷 보다, 보면) ?

호 철 내가 너 이런 좋은 집이 아니라, 골방에서 덱고 살아도 좋으냐고?

미 리 (어이없는) 사람 무시하지 마. 내 얼굴에 빽가서 아파트 전세가 아니라, 통째로 사준다는 골 빈 놈들도 많았어, 이거 왜 이래, 기분 나쁘게.

호 철 (가만 보고, 미리 보고, 웃으며) 기분 나빠?

미 리 진짜 성격 이상해요. 옷 사주며, 사람 기분 좋게 해주고 나서, 꼭 초를 쳐, 초를! 가, 양아치질 하러 간다며. (하고, 옷 들고, 보며, 다시 웃는) 근데 이 옷 진짜 이쁘다.

호 철 (미리 짠하게 보고, 웃고, 머리 헝클어뜨리며) 간다. (하고, 가는)

미 리 전화해! (하고, 옷 보고, 좋은)

씬72 미리의 오피스텔 복도.

호철, 전화하는, 담백하게,

호 철 신식아, 나다, 지금 창고로 와라. (사이) 천천히 와. 기다리마. (하고, 전화 끊고, 가는)

씬73 호철의 아파트, 난간.

영웅, 아래를 내려다보고 있는,
카메라, 영웅의 시선이 있는 곳으로 가면,
차에 신식 타고 있고,
무더기, 운전석 문 열고 신식 보며 말하는,

무더기 (눈가 붉어져, 신식 보며, 말을 못 하고, 한숨만 폭폭 쉬는)
신 식 한숨만 쉬지 말고 차에서 떨어져. 형님 기다려.
무더기 (작게 한숨 쉬고, 신식 보며) 영웅이한테는 내가 말 잘해놨어, 형님 많이 다치게 하지는 말자,
신 식 (말꼬리 자르며) 우리 양심 있는 척하지 말자. 주접떨지 말고, 문 닫아.
무더기 (버럭) 염병, 말을 해도 꼭 그렇게 주접이라고 해야 되냐? 나두 사람이다, 씨! (하고, 문 꽝 닫는)
신 식 (운전해 가는)
무더기 (가는 신식의 차 보고)
영 웅 (담담히 보다, 아파트 들어가는)

씬74 달리는 호철의 차 전경 + 차 안.

호철, 담담히 운전해 가는, 덤덤한.

씬75 달리는 신식의 차, 전경 + 차 안.

신식, 운전해 가는.

씬 76 창고 앞.

호철의 차, 와서 멈춰 서고, 호철, 무심히 내려, 차문 잠그고, 창고 쪽 보면, 상용 외, 건달들 열댓 명 우르르 서 있는,

호 철 (긴장한) ?
상 용 (웃으며) 신식이만은 못 믿어서 왔소.
호 철 ‥ (암담한) 신식인?
상 용 (턱짓하면)
호 철 (턱짓으로 가리킨 곳 보고)

신식, 한쪽에 서서 눈가 붉어, 암담하게(상용 일행이 올 줄 몰랐던) 호철을 보는,

호 철 (신식 보고, 암담한, 짐짓 담담히) 들어와라. (하고, 창고로 가는)
신 식 (가는 호철 보는)

씬 77 창고 안.

호철, 신식 마주 앉아 있는,
호철, 옆 작은 테이블에 칼 놓여 있는,

신 식 (고개 숙인, 이 앙다물고, 눈물 흐르는)
호 철 (그런 신식을 안쓰레 보며, 작게 서글픈 웃음 띤) 어서‥ 해라.
신 식 (눈물 흐르는, 눈가 닦고, 호철 못 보는)
호 철 니가 하면 손가락 몇 개지만, 쟤들은 나 죽인다.
신 식 (이 앙다물고, 맘 아프게, 흐느끼는)
호 철 어머니한테 잘해라.
신 식 (고개 숙이고, 이 앙다물고, 울기만 하는)
호 철 (따뜻하고, 서글프고, 착잡한) 나한테 미안해하지 마라. 어차피 너도 나도 이럴 줄 알았잖아. 우리 형님도 나한테 당하고, 그 형님도 또 그 위에 형님을 그

렇게 하고, 드럽지, 참?

신식 ….

호철 ·· 재들 성질 급해, 그만 뜸 들이자. (탁자에 손 놓고, 고개 돌리는) 내가 보기보다 겁이 많다, 신식아, 우리 한 번에, 딱 한 번,

그러다, 호철 얼굴이 벌게지는,
바닥에 피 한 방울씩 떨어지는,
신식, 울음 참으며 호철의 손에 자기 겉옷을 덮어주고, 호철에게 인사하고 고통스레 걸어 나가는,

호철 (땀을 흘리며, 얼굴이 벌게져, 천장 보고, 고통스레, 숨을 몰아쉬는, 미동도 않는)

신식 (E) 죄송합니다, 형수님.

씬78 창고 담.

신식, 창고 벽에 기대, 땀을 흘리며 고통스레 짐짓 담담히 전화하는 '(사이) 네, 맞습니다, 거기. 끊습니다' 하고, 전화 끊는, 그리고 멍하니, 잠시 있다가,
비칠비칠 상용 패거리 스쳐 걸어가는,
상용, 답답하게 신식 보다, 차에 타고 가고,
신식(손에 피 묻은), 멍하니 길을 가고.

씬79 달리는 미리의 차, 전경.

민호, 눈가 붉어져, 걱정스레 운전해 가고,
호철, 미리(우는, 울지 않으려 애쓰는)의 품에 안겨 있는,

호철 (E) 그만 울어, 시끄러.

씬80 미리의 차 안.

미리　(울지 않으려 하며) 어, 안 울게. 말하지 마, 아플 거 같애. 말하지 마. 나 안 울게. (울음 참으며) 민호야, 병원 빨리 찾어, 빨리.

민호　(속상한, 눈가 붉은, 룸미러를 보는) 알았어. 찾고 있어. (하고, 주변 보는)

호철　(땀이 범벅이 된) 문 좀 열어.

미리　몸이 너무너무 차가워.

호철　(보면)

미리　알았어, 열어줄게. (차문 반쯤 열어주는)

호철　(머릴 창가로 좀 기대며, 깊게 숨쉬며) 좋다.

미리　(호철, 안쓰러 딴 데 보며, 눈물 닦는)

호철　(눈가 그렁해, 창밖 보며, 웃음 띤) 어려서 달리기할 때… 그때처럼 바람이 너무너무 시원해. (눈 감고, 편안한) 너무… 시원해.

그런 호철의 모습에서 엔딩.

사람은 있는 그대로 아름답다

16부

Goodbye Solo

씬 1 구치소 전경, 운동장, 낮.

사람들, 볕바라기를 하거나 수다를 떨거나 하는,
미영, 쪼그려 앉아, 꽃을 보며, 좋은, 그때, 한 여자 꽃을 따서 보다가 버리고 가면, 미영, 그 꽃을 다시 땅에 심어주며, 너무도 편안하게 웃는.

씬 2 인서트 - 회상(15부).

민호, 빠르게 걸어가는,
수희, 뛰어와 민호의 팔 잡는,
민호, 뿌리치고, 무섭게 수희를 보는,

민 호 (눈가 붉어, 단호한, 조금 큰 소리) 잘 들어. 니가 지안이한테 냉정할 수 없는 게 니 한계라구? 그럼 내 한계를 말해줄게.
수 희 (눈가 그렁해 보는, 맘 아픈, 조금은 당황한) 민호야.
민 호 지금의 널 이해 못 하겠어. 끝까지 모든 걸 가지려는 지안이도 더 이상은 이해 못 해. 이게 내 한계야. 알아! (하고, 가는)
수 희 (눈물 흐르는) 민호야!
민 호 (눈가 그렁해, 이 앙다물고 가는)

씬 3　민호의 옥탑.

수희, 평상에 앉아 있는, 그때 전화 오고,

수 희　(서둘러 받으며) 여보세요?
민 호　(E) 최미리, 대단한 거 알고 있었지만,

씬 4　병실 안(1인실).

호철, 손에 붕대 감고(이미 수술을 한 듯한), 링거 꽂고 자는,
민호, 미리 한쪽에 앉아 물 마시며 얘기하는,

민 호　어제 오늘 보니까 진짜 대단하다, 너.
미 리　(보면) ?
민 호　(웃음 띤) 형이 저렇게 다쳐서 수술하고 누워 있는데도, 징징대지 않고, 꿋꿋하게… 멋져.
미 리　(민호 보다, 호철을 보며, 편안하게) 언젠가 조직 나오면, 저 정도는 당할 거다, 늘 마음의 준비하고 또 준비하고 그랬어. 나도 아저씨 만난 지 꽤 됐는데, 그쪽 생리 전혀 모르는 맹추는 아니잖어. 그래서 그때가 오면 나는 멋지게, 잘했다, 강호철! 그래야지, 안 울어야지, 했는데…. (어색한 웃음 지으며) 어젯밤 나 너무 울었지?
민 호　(미리가 이쁜, 서글픈 웃음 지으며 보고, 미리의 머리를 헝클어뜨리는)
미 리　(보며, 웃으며) 니가 있어줘서 고마웠어. 친구야.
민 호　(물 마시고, 편하게) 미리야, 나 이번 주에 떠날 거다.
미 리　(서운하지만, 짐짓 담담하게) 할머니 일 땜에 여기 있기 정떨어졌어, 왜 그렇게 서둘러?
민 호　….
미 리　할머니 일은 안됐지만, 할머니가 선택한 거야. 자기만 입 닫으면 딸이 무사할 건데, 삼십 년 동안 닫은 입을 열겠니? 나 같아도 안 연다.
민 호　할머닐 누가 이해 못 해. 그것 때문이 아니야.
미 리　(이해 안 가는) 그럼 왜 그런 건데?

민 호 (미리 안 보고, 물 마시는)

씬5 영숙의 오피스텔 안.

영숙, 수희 차 마시는,

수 희 …. (착잡한)
영 숙 (차 마시며, 안 보고, 가볍게) 암튼 나는 진짜진짜 재수가 옴 붙는 스타일이야. 쓰레기차 피하려다 똥차에 친다드니, 심심해서 전화했다가 아주 된통 당하네.
수 희 …. (찻잔만 보며) 미안해, 언니.
영 숙 (수희 보며) 지안이랑 꼭 그래야겠니?
수 희 (찻잔만 보며, 눈가 붉어, 맘 아픈, 짐짓 담담히) 지안이한테 냉정해질 수가 없어.
영 숙 하긴‥ 옛 남자지만, 우정이 있는데, 평생을 살아달라는 것도 아니고, 단 한 번 쇼만 쳐달라는 건데, 쌩까기 힘들지.
수 희 (눈가 그렁해, 외면하는)
영 숙 난 이해 가. 내 일이 아니니까. 근데 당사자, 민호는 안 쉬울 거다. 그건 또 니가 이해할 몫이다 싶네. (하고, 차 마시고)
수 희 (맘 아픈)

씬6 호철의 병실 화장실 안.

미리, 링거병 들고,
호철, 소변보는,

미 리 (조금 굳은) 양도 많아요.
호 철 (소변보며) 민호랑 무슨 일 있었어? 표정이 왜 그래?
미 리 수희 기집애가 끝내 지안이한테, 됐어. 말하기 싫어. 근데, 누워서 소변통 쓰지. 뭐한다고 화장실까지 오냐?
호 철 내가 그렇잖아도 너한테 이 꼴 저 꼴 못 보일 꼴 다 보여, 쪽팔려 죽겠는데, 소변통까지 써야겠냐?

미 리 (눈 흘기고, 웃으며) 그래도 끝까지 폼은 잡고 싶어가지고….

호 철 (웃는)

씬7 병원 밖.

호철, 미리(링거병 들고) 산책하는,

호 철 (웃음 띤) 꽃이 너무 이쁘네.

미 리 (웃음 띤) 아이고 꽃 볼 줄도 알아요?

호 철 (멈춰 서며, 미리 보며) 나 이제 돈도 없고 집도 없고 가게도 없다. 니가 사는 오피스텔, 카페 모두 토해내야 돼.

미 리 (작게 웃음 띠고, 안 보고) 그래야 되면 그래야지, 뭐.

호 철 한 달포 시간 준대.

미 리 정리할게. 좀 앉을래?

두 사람 벤치에 앉는,

호 철 (어색하게 웃으며) 돈도 없고 나이도 많고 손도 다치고, 대충 이 정도 되면 다른 놈들은 애인한테 잘 가라, 나 같은 놈 잊고 잘 살아, 그러든데, 나는 못 그러겠다. 치사해도 니가 옆에 있어줬음 좋겠다. (멋쩍은 웃음 짓고) 진짜 쪽팔리네, 강호철 인생.

미 리 (웃으며, 호철 뒤통수를 치며) 쪽팔려할 걸 쪽팔려해라.

호 철 (보면)

미 리 그리고 사랑하는 여자한테 매달리는 게 뭐가 치사한 거냐? 괜히 개폼 잡고 잘 가, 해놓고 밤마다 술 처먹고 내가 왜 그랬을까 내가 왜 그랬을까 하는 놈들… 난 진짜 재수 없어.

호 철 (웃고, 편안하게) 첨에 너 봤을 때, 진짜 길어야 한 삼 개월 사귀고 말라 그랬는데.

미 리 (눈 흘기며) 날 삼 개월짜리로밖에 안 봤다?

호 철 삼 개월도 후하게 준 거야. 한 주먹도 안 되게 생긴 기집애가 내 꽁무닐 졸졸 따라다니는데, 첨엔 난 너 돌은 앤 줄 알았잖아. 아님 애기 꽃뱀이거나.

미 리 (웃으며) 근데 만나보니, 끝내주지?

호 철 (웃고) 이제 뭐 먹고 사냐?

미 리 (호철 어깨에 기대며) 산 입에 거미줄 치겠냐. 울 아버지 말씀.

호 철 아, 봄바람 너무 좋다. (하고, 웃고)

그렇게 있는 두 사람 보이는.

씬8 민호의 옥밥방, 전경, 밤.

씬9 민호의 옥탑방.

수희, 민호 양쪽 벽에 기대 마주 앉아 있는,

민 호 (맘 아프지만, 짐짓 담담하게, 물끄러미 보는)

수 희 (눈가 그렁해, 민호 미안하게 보는)

민 호 (보는)

수 희 (차분히) 무슨 말이든 아무 말이나… 좀 해, 그렇게 말 안 하니까, 무서워.

민 호 (맘 아픈, 짐짓 담담하게) 그래서 지안이랑… 언제 하는데?

수 희 (맘 아픈) 담주 월요일.

민 호 난 이번 주말에 가.

수 희 (왈칵하는, 눈가 그렁해 보는, 맘 아픈, 사이, 미안한) 민호야. 이번 한 번만 더, 한 번만 더 날 이해해줘. (눈물 흐르는)

민 호 (물끄러미 수희를 보기만 하는) ….

수 희 니가 많이 참은 거 알아. (눈물 나는, 참으려 애쓰며) 언제나 니가 먼저 나를 지안일, 주변 모든 사람을… 이해해주고 참아주고, 그런 거 알아. 근데 한 번만, 한 번만 더,

민 호 (눈가 그렁해, 맘 아픈) 수희야, 내가 지금 너한테 생떼 쓰지?

수 희 (맘 아프게, 보는)

민 호 어거지 피지? 해줄 수 있으면서 안 해주지, 그지?

수 희 ….

민 호 맞아, 내가 지금 그러는 거 나도 알아. 근데, 나도 모르겠다. 지금 내가 왜 이러는지, 생각 같아선 그냥 수희한테 져줘, 김민호. 그까짓 게 뭐가 어려워. 그러기도 해. 근데 마음은… 싫어. 우기고 싶어. 내 뜻대로 하고 싶어. (눈물 흐르는, 맘 아픈) 내가 왜 정수희한테 유지안 다음이 돼야 되는데? 다른 사람도 아니고, 정수희한테조차, 내가 왜 두 번째가 돼야 되는데, 나 도저히 이해가 안 가.

수 희 (눈물 흐르는) 그렇지 않아, 민호야. 상황이 그래서 그래. 널 사랑해.

민 호 같이 떠나기로 하면서 내가 얼마나 기뻐했는지 너는 알지? 그런데 니가 어떻게 나한테 이래. 지금 넌 그 누구보다 나한테 잔인해.

수 희 (벽에 기대, 머리 짚고 있는, 눈물만 흐르는) 알아.

민 호 이해심 없다고 속 좁다고 욕해도 좋아. 지금 나한텐 무조건이 필요해.

수 희 (눈 감은 채, 눈물 나는, 울음 참으며) 민호야, 제발… 끝이라고만 하지 마.

민 호 (눈물 나는, 맘 아픈) 휴… 끝까지, 끝까지, 나한테 안 진다, 너는. 그래, 너답다.

수 희 (울며, 민호 못 보고) 미안해, 그리고 부탁해. 만약 같이 갈 수 없다면, 제발 약속한 데로 가. 그럼 내가 찾아갈게. 내가 찾아갈게. 약속한 데로만 가줘.

민 호 그 섬은 커. 우연히 만나기엔. 너랑 정하려고 어디로 갈지 나도 안 정했어.

수 희 (손으로 머리 짚은 채, 민호 보고) 남쪽이야, 북쪽이야, 그것만 말해, 그럼.

민 호 (눈물 흐르는, 수희 맘 아프게 보며) 서로 미워서가 아니라, 이렇게 생각이 달라서도 헤어질 수가 있구나. 많이 배운다.

수 희 (벽에 기대, 눈 감고, 맘 아픈, 애원하듯) 민호야, 그렇게 말하지 마. 끝이라고 하지 마.

민 호 (맘 아픈) 참 밉다. 너. (울음 참고, 나가는)

수 희 (벽에 기대, 그냥 그대로, 울며) 민호야, 이러지 마라…. (맘 아프게, 우는)

씬 10 거리.

민호, 엠피스리를 들으며, 눈가 그렁해 이 앙다물고 자전거를 타고 가는.

씬 11 달리는 버스 안.

수희, 자리에 앉아 창가 보며, 울며 가는.

씬 12 몽타주.

1, 8부, 페인트칠하며 장난치던,
2, 2부, 입 맞추던,
3, 9부, 민호가 찍은 수희의 동영상.

씬 13 도로.

민호, 자전거를 타고 서글프게 가는,

민 호 (E) 할머니, 이상해. 몸하고 마음이 따로따로야. 마음은 수희한테 져주고도 싶은데, 몸이 말을 안 들어. 멈출 수가 없어. 고장난 브레이크처럼.

F. O.

씬 14 구치소 전경, 낮.

영 숙 (E) 뭐든 넉넉하게 넣어주세요. 사람들이 여럿이잖아요.

씬 15 구치소 안, 사식 신청받는 곳.

영숙, 직원과 얘기하고 있는,

영 숙 (메뉴판 보며) 참 잡지나 신문도 널 수 있어요?
직 원 여기선 며칠 안 계신다며요, 그런 건 나중에,

그때, 변호사 오며,

변호사 할머니가 말씀을 통 안 하세요. 힘들겠어요.
영 숙 (변호사 보고, 메뉴판 보며) 말씀드렸잖아요, 고집 세시다고. 단단히 맘먹으세요. 쉽지 않아요. (하고, 메뉴판 보며) 잡지는 그럼 나중에 하고, 간식거리

가 뭐가 좋을까….

씬 16 구치소 밖.

변호사와 영숙, 나와, 서로 인사하고 변호사는 변호사 차로 가고,
영숙, 자기 차로 가서 문 열다가 느낌 이상해 한쪽을 보면,
미자, 한쪽에 넋 나간 사람처럼 멍하니 앉아 있는,
영숙, 그런 미자 보고 잠시 말을 걸까 말까 생각하다가, 차에 타서 운전해 가는,
미자, 가만 그 자리에 있는,

민호 (E) 형 벌써 퇴원했어요?

씬 17 미리의 오피스텔 안.

호철, (손에 붕대 하고) 빨래를 개고 있는,
민호, 들어오는,

호철 (보고, 일하며) 사나흘 누워 있었드니, 온몸이 쑤셔. 마이싱만 먹음 되는데, 뭐하러 돈 쓰며 병원에 있어.
민호 마이싱이 뭐냐, 마이싱이? 항생제지.
호철 내가 마이싱이라고 한 게 그렇게 잘못한 거냐, 자식아, 어디서 눈을 똥그랗게 뜨고, 자식이…콱, 그냥.
민호 (웃고) 떠나는 데 필요한 물건 사러, 미리가 같이 가자, 그랬는데, 걘 어디 가고 형 혼자예요.
호철 니 필요한 물건은 나보고 같이 가서 사주라 그러고, 걘 출정 나갔다.
민호 ?
호철 영숙이란 옆집 여자랑, 수희랑 너 찢어진 얘기 한참 하드니, 유관순 누나가 만세삼창 부를 때처럼 비장하게 지안이 만나러 간다며 가드라.
민호 (화나는, 답답한, 핸드폰 켜고, 전화하는)
호철 (옆에 있는 미리 핸드폰 받으며) 여기 두고 갔다.

민 호　(보면)

호 철　(핸드폰 접고, 빨래 개며) 코딱지 애는 꼭 팬티를 겉옷이랑 같이, 빨드라, 드런·· 기집애, 에우···.

민 호　(답답한)

씬 18　카페 안(미리의 카페 아닌).

지안, 담담하게 앉아 있고,
미리, 그런 지안을 맘에 안 들게 물끄러미 꼬나보고 앉아 있는,
그때, 종업원 차를 가져다주는,

지 안　마셔. (하고, 차 마시는)

미 리　(지안만 보며, 화나는 것 참으며) 넌 애가 왜 이렇게 끈적해?

지 안　(서글픈, 짐짓 담담히 보는)

미 리　수희랑 끝내기로 맘먹었음 뒤처리도 말끔하게·· 그렇게 못 해? 구질구질, 뭐 하는 짓이야, 너?

지 안　미리 넌 날 단 한 번도 이해하지 않는구나.

미 리　(화난, 어이없이, 비웃는) 왜 내가 널 이해해야 돼?

지 안　(보면)

미 리　(화나고, 속상한) 왜 세상 사람 모두가 널 이해해야 되는데? 나도 울 엄마 아버지한테 다 이해 못 받고 살어. 누구한텐 이해 받고 누구한텐 이해 못 받으면서, 대충 인생 그런 거 아냐?

지 안　(눈가 붉어, 담담히 보는)

미 리　(화나는, 짐짓 담백하게) 사람 그만 이용해 먹고, 수희한테 한 부탁 취소해.

지 안　(맘 아프지만, 담담한) 니 말 듣고 관둘 거면 여기까지 오지도 않았,

미리, 지안의 얼굴에 물을 끼얹는,
지안, 가만있는,

미 리　(속상하지만 짐짓 담담히, 지안 보며) 패주고 싶은 거 참은 거야. 한때지만, 널 진짜 좋아했거든. 그래서 니가 안 들을 거 뻔히 알면서 입 아파도 말한다.

정신 차려. 세상 너만 힘든 거 아냐, 너는 왜 언제나 너만 아퍼, 자식아?!

지 안 …. (눈가 붉어, 그대로 있는)

미 리 (한숨 쉬고, 가방 들고, 일어나, 지안 보며) 혼자 외로운 척하지마. 내가 보기엔 니 무덤은 언제나 니가 파. (하고, 가는)

지 안 (그대로 가만있는)

씬 19 영숙의 오피스텔, 전경, 밤.

미 리 (E, 화난, 큰 소리) 언닌 왜 시키도 않는 짓을 해?!

씬 20 영숙의 오피스텔 안.

영숙, 와인과 안주를 들고 소파로 오며,

미 리 누가 언니보고 수희 부르랬어!? 내가 지금 걔 볼 정신인 줄 알어?

영 숙 (아무렇지 않게 술 따라 마시며) 잘못했다, 잘못했어.

미 리 잘못했다 그럼 다야!

영 숙 (황당하게 보면)

미 리 지가 말이야, 민호를 생각한다면 이럴 순 없어, 지안이 자식 말이 뭐가 그렇게 대단하고 그 자식 말을 듣느라 민호를 생까. 수희가 내 친구래도 나는, 이번 일 정말정말 이해 안 가. 지가 지금 지안이 걱정할 때야, 민호를 생각해야,

영 숙 (말꼬리 자르며) 내가 너보다 호철일 더 생각해.

미 리 (보며) 뭐라구?

영 숙 내가 너보다 니 애인 호철일 더 생각한다고?

미 리 뭐라는 거야, 지금?

영 숙 야, 기집애야, 아무렴 수희가 민호를 더 생각하지, 니가 민호를 더 생각하겠냐?

미 리 (답답한, 인정하는, 한숨 쉬는)

영 숙 술 마셔.

그때, 인터폰 소리 나는,

미리　휴…. (하고, 화를 참으며 한숨 쉬는)
영숙　한 번 더 쉬어.
미리　(크게) 휴……….
영숙　문 연다. (하고, 나가는)
미리　휴…….

그때, 영숙, 수희 들어오는,

영숙　(자리로 오며, 편하게) 가짜 결혼식은 준비 잘 되냐?
수희　(미리 옆에 앉는, 답답한) 네.
미리　(앞만 보며, 화난)
영숙　(미리 보며) 너 숨 한 번 크게 더 쉬어라.
미리　휴…….
수희　(답답한, 미리 안 보고, 앞만 보며)

씬 21　커다란 마트의 등산용품점.

민호, 이것저것 물건들을 보고 있는, 랜턴이나 코펠 같은,
호철, 그 옆에서 민호 보며,

호철　거긴 도시가스 없어? 이딴 걸 일일이 여기서 다 사야 돼?
민호　(웃으며, 물건만 보며) 거긴 아무것도 없어요. 다 사야 돼요.
호철　암것도 없는데 뭐 하러 거길 가.
민호　바람이 좋아요, 햇볕도 좋고, 사람들도 순박하고 이쁘고, 대학 때 한 번 간 곳인데, 늘 머릿속에 남아 있던 곳이에요. (호철 보며) 참 거긴 야자수도 많아요. 야자수 열매 되게 맛있는데, 형 그거 못 먹어봤죠?
호철　기껏 그딴 거 먹으러 거기까지 가냐?
민호　(웃고)
호철　들어보니 별로 볼 것도 없구만, 가지 말지.
민호　(웃고, 물건만 보며) 가보고 별거 없음 올게요. 근데 지금은 가야겠어요. 진짜 거기에 별게 없는지, 내 눈으로 봐야겠어요.

호 철　좋아하는 기집애 여기 놔두고, 뭘 보면 그게 눈에 들어오겠냐?

민 호　(보면)

호 철　(물건을 보며) 누가 옆에서 뜯어말릴 때 져주는 척, 그냥 말 들어. 빤히 후회할 걸 뭐 하러 오기 부려.

민 호　(보면)

호 철　(물건 보며) 하긴 뻔히 불구덩인 줄 알면서도 기어이 기어 들어가는 게 청춘이지. (민호 보며, 웃음 띤) 꼬마야, 나는 늙어서 얼마나 좋은지 모른다. 오기 부릴 기운도 없고 싸울 기운도 없고, 그냥 이래도 흥, 저래도 흥, 얼렁뚱땅 대충대충…. 사랑스런 우리 코딱지 하란 대로 빨래하고 설거지하고… 알콩달콩…. (웃고, 민호 툭 치며) 가자.

민 호　(생각하는, 그러다 맘 다잡고, 물건들 들고 가는) ……….

씬 22　영숙의 오피스텔 안.

영숙(아무렇지 않게 술만 맛나게 마시고, 안주 먹는), 수희, 미리 기대앉아 술잔 들고, 담담한,

미 리　(속상한, 짐짓 담담히) 수희, 니가 착한 척하는 게 화나.

수 희　(서글픈, 미리 안 보고) 나도 나 이런 게 화나.

미 리　니가 사랑하는 남자 앞에서조차 끝까지 기 안 죽고, 니 생각대로, 니 고집대로 밀고 나가는 것도 맘에 안 들어.

수 희　(서글픈, 담담한) 그래, 나도 내가 맘 안 들어.

미 리　고만 인정해. 지금은 니가 모든 걸 그래그래… 하는 것도 짱나.

수 희　(가만 앞만 보는)

미 리　내가 아무리 널 들볶아도 너는 지안이 부탁 들어줄 거지? 민호 혼자 보내고?

수 희　….

영 숙　(술잔만 보며) 찾아간다잖아.

미 리　민호한테 있는 대로 상처 주고…. 민호가 안 받아주면?

영 숙　안 받아주면 마는 거지, 어떡해. 해보는 데까지 해보고, 안 되면… 백기 들어야지, 별수 있어. 스토커처럼 따라붙을 수도 없고.

미 리　(수희 보며) 너 꼭 그래야겠어?

수 희 (미리 안 보는, 서글픈, 눈가 붉어, 담담히) 미안해.

미 리 정말 맘에 안 든다. 정말정말 맘에 안 들어. 근데… (사이, 작게 한숨 쉬고) 그렇다고 해도 니가 내 친구가 아니란 건 아니니까. 오해 마.

수 희 (눈물 흐르는, 미리 못 보는)

미 리 (보며, 수희가 안쓰런, 눈가 붉은, 손 잡아주는)

수 희 (못 보고) 고맙다.

미 리 민호 자식, 못돼 처먹은 데 있어. 아닌 건 죽어도 아닌 거. 나중에 만나면 그땐 걔한테 무릎이라도 꿇어, 잘난 척 말고?

수 희 (안 울려 애쓰며, 짐짓 담백하게, 안 보고) 백 번, 천 번‥ 할게.

미 리 됐다, 그럼.

수 희 (담담히 있는)

영 숙 (와인 먹고, 두 사람 보며) 야, 난 오늘에야 인생에서 아주 중요한 걸 한 가지 알겠다.

미 리 또 무슨 소릴 할라고? (하고, 술 마시고)

영 숙 (와인 보고, 미리 보며) 와인은, (와인 병 들고) 이 상표가 죽인다, 야.

미 리 (술 마시다, 뿜고, 어이없이 한 번 웃고, 어이없는 웃음 띤 채, 영숙 보며) 진짜, 왜 저래, 술 먹을 때마다, 사람 웃겨갖고 술도 못 마시게 하고, 어으, 진짜 이상해, 이상해.

영 숙 누가 나 안 이상하대, 난 이상해. 이 동네 사람 다 알어, 나 이상한 거. (하고, 웃고, 술 마시는)

수 희 (제 생각에만 빠져 있는, 술 마시는, 스톱모션)

영 숙 (N) 한 남자에게 끝까지 우정을 지켜주고 싶은 여자가 있다.

미 리 내가 진짜 언니 땜에 못 산다, 못 살어. (웃는 모습에서 스톱모션)

영 숙 (N) 한 남자에게 마냥 올인하는 여자도 있다.

씬23 거리.

호철(한 손에 짐 들고)과 민호(커다란 배낭을 메고, 한 손에 과자 들고, 호철 입에 넣어주며) 즐겁게 걷는,

민 호 (과자 주고, 먹으며) 형 하나 먹고, 나 두 개 먹고.

호철　야, 자식아, 왜 넌 두 개야? 하나하나 사이좋게 먹어야지. 너 혼자 두 개 먹음 되냐, 자식아.

민호　(과자 먹으며, 웃으며) 그게 그렇게 화나요, 얼굴이 뻘게지게?

호철　(민호 팰 듯) 아우, 이걸 그냥. (하고 가는, 스톱모션)

영숙　(N) 한 번쯤은 모든 자존심을 내던지고 살아보려는 남자가 있다

민호　(호철 보고, 웃고, 따라가며) 같이 가요. (하는데, 스톱모션)

영숙　(N) 언젠간 후회할 줄 알면서도 지금 이 순간 멈추지 못하는 남자가 있다.

씬 24　지안의 아파트 거실, 밤.

지안(자는 소영을 안고), 창가를 보며 민호와 수희를 생각하는, 스톱모션.

영숙　(N) 모두에게 상처 주고, 모두에게 상처받는 남자가 있다.

씬 25　구치소 안, 낮.

사람들, 각자 머리를 만지거나 신문을 보거나, 하는데,
미영, 그 사람들 사이를 앉은걸음으로 걸레질하는,

영숙　(N) 그리고 그녀가 있다.

씬 26　서점.

영숙, 책을 보며 전화하는, 스톱모션 된 그림 위로,

영숙　(N) 그리고 또 아직은 너무도 불완전한 내가 있다. 그렇게 세상엔 다른 사람들이 있다.

스톱모션 풀리며,

영숙　(편안하고, 당당하게) 말해, 너 피곤하면 엄마 전화 안 해도 돼. (사이, 웃고)

좋아, 그럼 짧게 할게. 엄마가 아무리 해도 영어가 안 늘어. 나중에 너한테 갈 때, 발음 천박하단 소리 듣기 싫은데‥ 알켜줘. 영어공부 어떻게 하는 게 좋아?

은 석　(편안한, E) 엄마 수준이면 공부 안 해도 돼.

영 숙　(책 보다, 멈추는)

은 석　(E) 가끔 놀러 와서 여기서 사람들하고 부딪히면서 배워.

영 숙　(웃으며, 편하며) 놀러 오란 얘기? 알았어. 그래, 잘 자. 오케이 전화할게요. (전화 끊고, 편안하게) 질퍽대지 않게 애한테 잘한 거 같은데…. 일단 1단계 넘어가시고‥ 그래도 공부는 해야지‥. (하고, 책을 펼쳐 보는)

씬 27　도로 전경, 밤.

민호, 미리의 차를 몰고, 가는,
그 앞에 경혜의 차가 가고 있는,
스피커폰으로 전화하고 있는,

경 혜　(E, 서운한 웃음 짓고) 니가 섬에 가서 산다 그럴 때 엄마는 장난인 줄 알았어, 그냥 한때 그런 거겠지, 했는데 진짜였네.

씬 28　미리의 차 안.

민 호　(앞에 보며, 서글프고, 따뜻하게 웃음 띤) 엄만 날 몰라.

씬 29　경혜의 차 안.

경 혜　그래.

씬 30　미리의 차 안.

민 호　연락 자주 못 할 거야. 무소식이 희소식라고 생각해줘. 나 조심성 많은 거 알지?

씬31 경혜의 차 안.

경 혜 (눈가 그렁해, 따뜻하게) 얼굴 보여주고 가.

씬32 미리의 차 안.

민 호 (눈가 그렁해, 따뜻하게 웃으며) 그냥 갈게요. 보면 맘이 좀 그래.

씬33 경혜의 차 안.

경 혜 (눈물 흐르는, 짐짓 담백하게) 민호야, 너 엄마가 많이 사랑하는 거 알지? 그건 알고 가는 거지?

씬34 미리의 차 안.

민 호 (눈가 그렁해, 따뜻하게) 그럼. 엄마도 내가 많이 사랑해. 잊지 마요.

씬35 경혜의 차 안.

경 혜 (눈물 손으로 닦고, 담백하게) 니가… 먼저 가.

씬36 미리의 차 안.

민 호 그래. 내가 먼저 갈게. (하고, 차 앞으로 몰아서 경혜 차 스쳐가는데, 맘 아픈, 애써 웃으며 참고)

씬37 도로, 전경.

민호, 깜빡이등을 두어 번 켜주고 가는.

씬 38 미리의 차 안.

백미러로 엄마를 안쓰럽고 서글프게 보고 맘 짠하게 웃으며, 가는.

씬 39 경혜의 차 안.

경혜, 민호의 가는 차 안쓰럽고 따뜻하게 보는.

씬 40 미영의 가게 앞.

민호, 걸어오다가, 미영의 불 꺼진 가게를 보는,
민호, 미영 생각에 웃음 짓는.

씬 41 인서트 - 상상.

미영, 가게 안에서 나물 다듬다가, 고개 돌려 민호를 발견한 듯 환하게 웃으며 들어오라 손짓하는.

씬 42 민호의 집 건물 앞.

민호, 걸어오다가 문득 멈춰 서는,
수희, 계단 앞에 앉아 있는,
민호, 수희를 보는,
수희, 고개 들어 민호를 보는데 눈가 그렁한,

민 호 (수희를 담담히 가만 보는)
수 희 (일어나 민호를 보는)
민 호 (가만 고개 숙이고 있다가, 그냥 계단을 오르는)
수 희 (눈가 그렁해) 찾아갈게.
민 호 (멈춰 서서, 수희 보면)
수 희 기다려줘.

민 호　(그냥 가는)
수 희　(가는 민호를 맘 아프게 보다가, 돌아서서 가는)

씬 43　민호의 방 안.

민호, 박스에 짐을 챙기고 있는,
그때, 한쪽에 놓아둔 핸드폰 오는,
민호, 핸드폰 보는,
〈유지안〉이라고 쓰여 있는,
민호, 핸드폰을 그냥 놔두고, 담담히 짐을 챙기는,
핸드폰 여전히 울리고.

씬 44　지안의 집 안.

지안, 방에서 전화를 하는 모습에서 F. O.

씬 45　구치소 전경, 낮.

민 호　(E) 뭘 봐, 이 바보야.

씬 46　구치소, 안.

민호와 미영, 마주 앉아 있는,

미 영　(환하게 웃으며, 민호를 보고)
민 호　(미영 보고, 작게 웃으며) 바보, 맨날 웃기만 하고, 말할 줄 알면서 말도 안 하고, 답답하지도 않냐?
미 영　(웃기만 하는)
민 호　(작게 편하게 웃으며, 미영 보고) … 할머니, 오늘 밤비행기로 떠나요.
미 영　(고개 끄덕이는)
민 호　언제 올지 모르겠어. 생각 같아선 한 삼 년 정도… 있을라고 해. 서른엔 또 다르게 살아봐야지.

미 영 (종이에 글 써 보여주는)

인서트 – 종이.

〈밥 마니 먹어〉

민 호 (웃고, 수화하며) 마니가 아니고 많이야. 이 바보야.

미 영 (웃고)

민 호 (그런 미영 짠하게 보며, 애써 웃으며) 우리 이렇게 웃고 헤어지자.

미 영 (웃고)

민 호 그리고 또 보자. 할머니는 지금보다 머리가 더 하애지고, 나는 또 많이 커가지고. 그때도 지금처럼 아래윗집에 살면서, 같이 자전거 타고 시장도 가자.

미 영 (눈가 붉어도 환하게 웃고)

민 호 (맘 짠해 웃다가, 입술 내미는)

미 영 (입 맞춰주는)

두 사람 가로막힌 칸막이를 사이에 두고 짧게 입맞춤하고,

민 호 (미영 보고) 몸조심.

미 영 (손짓하며, 가라고 하는)

민 호 (거수경례하듯 하고, 웃으며) 잘 다녀오겠음. 건강하셈. (하고, 웃어주고 눈물 참고 나가는)

미 영 (편안하게 민호 보다가, 일어나 나가는)

씬 47 민호의 옥탑.

준이, 호철(손에 붕대 감은) 고기 굽고, 미리, 영숙, 민호 술을 마시며 즐거운, 민호, 미리, 영숙 '가는 곳의 기온이 어떠냐, 뭐 해 먹고 살 거냐' 등등 묻고 대답하며 즐거운,

호 철 (준이가 고기 굽는데, 훈수 두는) 야 자식아, 넌 고기를 왜 그렇게 집었다 놨

다 그래, 너는 고기 구울 줄도 모르냐? 고기는 한 번만 딱 뒤집는 게 예의야 자식아. 두 번 세 번 그렇게 뒤집으면 고기 맛 떨어진다고, 자식이 말이야, 뭘 하나 제대로 하는 게 없,

준 이　(말꼬리 자르며) 아우, 형님은 왜 그렇게 말이 많아요! 내가 형님 잔소리에 정신이 하나도 없어.

영 숙　고만!

준이, 호철　(보면) ?

영 숙　(호철 보며) 너는 왜 그렇게 요즘에 사방에 안 끼는 데 없이 끼며 욕을 먹니, 우리 사이에서 요즘 너 뭐라 부르는지 알어?

호 철　(꼬나보며) 뭐라 부르는데?

미리, 민호　(웃으며) 호철이 아줌마! (하고, 깔깔대며 웃고, 술 마시고)

호 철　(화나, 영숙 옆에 앉으며, 보며) 그 별명 니가 졌지?

영 숙　(웃고, 술 마시고) 당근이지.

민 호　(웃으며) 형 우리 술 마시자. 나 한국 술 많이 마시고 가고 싶다. 어서 술 마시자.

미 리　(민호 어깨동무하며, 밝게) 친구야, 나랑 원샷하자.

민 호　좋지. (하고, 부딪치고, 술 마시고)

호 철　(두 사람 빤히 보면)

영 숙　쟤들 어깨동무하는 거 질투 나는구나. 넌 내가 있잖니? (하며, 어깨동무하는)

호 철　(빼려 하며) 이거 안 놔.

영 숙　(목을 감싸고) 자식이, 앙탈 부리는 게 앙징스럽네. 왜, 설레냐?

호 철　나 눈 높다.

영 숙　낮추지.

호 철　이거, 안 놔!

미 리　(웃으며) 야, 둘이 잘 어울린다, 그냥 살아라, 야.

민 호　(웃으며) 그래, (미리 보고) 너는 나랑 살고?!

영 숙　(호철에게) 그럴래?

깔깔대고 웃는 네 사람 모습 보이고.

씬 48 수희의 작업실.

수희, 지안 소파에 앉아 차를 마시는,

지 안 (한쪽에 그려진 민호의 그림 보며) 민호한테 전화했었어.

수 희 (찻잔만 보는)

지 안 (그림 보다, 찻잔 보며) 너 기다려달라고, 그래서 같이 가라고 말하려고 했는데, 전화를 안 받드라. 수희야.

수 희 (안 보고, 담담하게) 아무 말도 하지 마.

지 안 (미안하고, 맘 아프게, 보면)

수 희 (보며, 눈가 붉어, 따뜻하게) 그냥 차 마시고 가. 니 마음 알아.

지 안 (눈가 그렁해, 수희 보다, 찻잔을 보는)

수 희 (차분히, 차 마시는)

씬 49 공항 앞.

영숙의 차 오는,
그때, 전화 오는,
창가로 보면, 영숙 전화 받는,

영 숙 (E) 네, 오영숙입니… (사이) 야, 질기다, 어떻게 이제 전활 하냐.

씬 50 영숙의 차 안 + 공항 앞.

영숙, 운전석에, 미리(울고 있는), 민호, 뒷자리에 있는, 옆에 배낭 있는,

영 숙 잠깐만요. (하고, 민호에게 주며) 니 형.

민 호 (이상한)

영 숙 (어서 받으라 손짓하고)

민 호 (받으며, 편안한) 나야.

씬 51 민재의 진찰실.

민 재 (어색한 웃음 지으며) 가서·· 전화해.

씬 52 영숙의 차 안.

민 호 (웃고, 편하게) 그 말은 내가 전화하면 형도 한단 뜻?

민 재 (E) 그래.

민 호 (뿌듯한, 웃으며) 좋았어, 그러지. (사이) 오케이, 바이. (하고, 전화 끊고, 마음이 푸근해지는)

영 숙 (백미러로 보고, 작게 웃음 띤) 김민호, 밥 잘 먹고 똥 잘 싸라.

민 호 어. (하고, 미리 보고) 에고, 자식, 왜 우냐? 안 운다며?

미 리 (눈물 닦으며, 민호 안 보고) 니가 부탁한 짐은 낼 정리해서 보낼게, 가.

민 호 웃고 보내지.

미 리 연락도 안 한다며, 꼴 보기 싫어, 가, 자식아.

민 호 (머리 헝클어뜨리며, 짐짓 밝게) 자, 그럼 나는 잼나는 비행기 타러 갑니다. (하고, 내려서 배낭 메고, 공항으로 들어가는데, 눈가 붉은, 이 앙다물고 가는)

차 안에서 영숙, 가는 민호 흐뭇하고 짠하게 보고,
미리, 울고,
영숙, 차 돌려 가는.

씬 53 출국장.

민호, 표를 내고 가고.

씬 54 비행기 안.

민호, 자리에 앉아 있는,
그때, 이륙하니 안전벨트 매라는 안내메시지 나오고.

씬55 비행기 이륙하는.

씬56 달리는 영숙의 차 안.

미리, 눈가 붉지만 담담한, 영숙, 편안하게 가는.

씬57 비행기 안.

민호, 편안하게 밖을 보는.

씬58 호텔, 신부대기실, 다른 날, 낮.

수희, 간소한 웨딩드레스 입고, 미리, 맘에 안 들게 보고,
영숙, 수희 화장을 손수건으로 지워주며 '쇼를 쳐도 제대로 쳐야지, 화장이 별로네' 하고, 수희 담담하게, 있는.

씬59 호텔 이벤트 룸.

지안, 상윤, 서 있고, 지안과 가족들 친척들과 악수하는,
상윤, 친척들 자리 안내하고 있는.

씬60 도착지의 입국장, 다른 날, 낮(서로 시차가 다르다는 설정).

민호, 배낭 메고 나오고.

씬61 호텔 이벤트홀.

지안, 수희 편안하게 케이크를 자르고, 팡파르 터지는,
즐거운 지안 부모, 선이, 영숙, 박수 치고 웃고, 미리, 지안을 눈 흘기고 보면,
영숙, 미리 툭 치며 박수 치고, 미리, 기분 나쁘게 박수를 치는.

씬62 도착지, 다른 날, 거리, 낮.

민호(반바지에 반소매를 입은, 수희가 사준 사진기를 멘), 자전거 타고, 하이킹을 하는,
민호, 그러다 허름한 동네 아이들 보고, 손 흔들고,
애들, 뛰어오며, 현지말로 '사진, 사진, 사진' 하고,
민호, 자전거 멈춰 서서, 현지말로 '조용히 해, 안 그럼 사진 안 찍어준다, 한 줄로 서서 웃어' 하면,
아이들 웃으며 한 줄로 서고,

민 호 김치! (하며, 애들 사진 찍어주고 환한)

씬63 공항 커피숍, 다른 날, 밤.

수희(청바지에 티 정도를 입은, 배낭을 멘), 전화하는, 편안한,
지안, 앞에 앉아 편안하게 차를 마시는,

수 희 엄마 먼저 끊어. (사이, 웃고) 그래, 내가 먼저 끊을게, 건강 조심해요, 네. (하고, 끊고, 차 마시는)
지 안 (수희 이쁘게 보다가, 차 마시는데, 메시지 오는 소리 들리고, 핸드폰 보는)
수 희 (지안 보는)
지 안 (메시지 보는, 편안한)

인서트 – 메시지.

주 민 (E, 따뜻하게) 리비아는 만만하지 않다. 단단히 맘 먹어라.
수 희 누구야?
지 안 (편하게) 아버님.
수 희 니네 아버님?
지 안 또 다른 아버님. (시계 보고) 나 먼저 들어가야겠다. 비행기 시간 됐어.
수 희 (고개 끄덕이는)

지 안　(편안하게) 내가 부탁한 거 잊지 마.

수 희　(편하게) 알았어, 니가 나 찼다고 소문내줄게.

지 안　(편하게) 내가 차였다고 소문내면 안 된다?

수 희　(따뜻하게, 웃으며) 너도 내가 한 부탁 잊지 마.

지 안　(고개 끄덕이며, 서글프게 웃고) 그래, 다음에 만나는 사람한텐 첨부터 다 말할게. 그래서 내가 싫다면 그런 여자 나도 필요 없다, 그렇게 당당해질게.

수 희　(눈가 붉어, 웃으며) 많이 컸다.

지 안　(맘 짠해, 웃고, 담백하게) 간다. (하고, 가는)

수 희　(가는 지안 맘 짠하게 보다가, 차 마시는)

씬 64　공항, 에스컬레이터.

지안, 당당하게 가는.

씬 65　도착지 공항, 낮.

수희, 배낭을 지고 나오는, 손에 지도를 든, 보고 걸어가는.

씬 66　도착지의 번화가, 다른 날.

수희, 배낭을 지고, 사람들에게 영어로 '동양 사람들이 많이 사는 곳이 이곳에 있느냐? 코리안 타운은 혹시 있느냐' 묻고, 사람들 고개 저으면, 수희, 답답한.

씬 67　섬 달리는 버스 안 + 거리, 다른 날.

수희, 피곤하게 졸며 가는,
카메라, 창밖으로 보면,
민호, 외국인의 사진을 찍어주고, 외국인에게서 돈을 받고 사진 보낼 주소를 받는.

씬 68 싸구려, 외국인 모텔 안, 다른 날 밤.

수희, 빵을 먹으며 지도를 펴 들고, 자기가 간 곳을 볼펜으로 표시하고 답답한, 창가로 가서 바깥을 보는.

씬 69 민호의 작은 집 안.

민호, 물을 마시며 컴퓨터로 사진들을 인쇄하고 있는, 편안한 모습이다, 민호 앞의 달력을 보면, 9월이다,
화면 둘로 갈라지고, 수희와 민호의 모습 한 화면에 보이면서 F. O.

씬 70 달리는 트럭 안, 낮.

호철, 노래를 흥얼거리며 운전해 가는,
트럭에는 이불 가득한, 그러다 일하는 미리 부 보고, 차 멈추고, 찬합 들고 나가는, 그리고 찬합을 한쪽에 놔두고, 인사하고, 가는,

미리 부 (호철 보며, 맘에 안 드는) 너 이거 안 가져가냐?

호철, 가다 멈춰 서서, 미리 부 보며,

호 철 그만… 화 푸세요.
미리 부 명령하냐, 이 놈아.
호 철 (눈치 보며) 또 올게요. (하고, 가는)
미리 부 (가는 차 보며) 저 자식이….
호 철 (차에 타며, 웃으며) 끝까지 날 안 보겠다, 독하네, 노친네. 하긴 그러니 저 나이에도 일을 하지. (하고, 노래 흥얼거리며, 운전해 가며 우회전이든 좌회전이든을 빠르게 하는데)

씬71 골목 혹은 사거리.

호철의 차와 자가용 부딪히는,
호철, 차 안에서 나오며, 다짜고짜,

호 철 야, 새끼야! 여기서 왜 튀어나와, 여기 일방인 거 안 보여, 새끼야!

그때, 차에서 모르는 건달들 3명, 검은색 옷 입고 험악하게 나오는,

호 철 (같잖게, 웃으며) 애들 또 검은 유니폼 입고 줄 서네, 참 내.
건달1 (웃으며 침을 퉤 뱉으며) 늙다리가 폼 잡을라 용쓴다.

그때, 뒷좌석에서 신식 나오며,

신 식 머리 숙여.

건달들, 신식 보고, 고개 숙여 인사하고,
호철, 무심히 소리 난 쪽 보고,
신식, 호철에게 구십 도로 인사하는,

호 철 (맘 짠하게 웃고, 편안하게) 차 수리비 오만 원이다.
신 식 네. (하고, 지갑에서 돈 꺼내 주는)
호 철 (돈 받아 넣고, 신식 보며, 윙크하고, 차 타고 가는)
신 식 (눈가 붉어, 편안하게, 차가 안 보일 때까지 인사하는)
호 철 (그냥 가며, 동반자 노래를 편히 부르고)
미 리 (E) 할머니 얼굴 너무 밝지.

씬72 도로, 달리는 영숙의 차 안.

영 숙 (운전석에서, 웃으며) 회춘하시는 거 같드라. 맨날 남의 밥만 해 바치시다가, 거기서 남이 해주는 밥 드시니, 편하신 거 같애.

미 리　(조수석에서, 웃음 띤) 암튼 별나, 할머니도. 참 또 항소할 거야?

영 숙　항소할 때마다 6개월씩 줄었는데, 해야지.

미 리　(웃고) 딸도 언니처럼은 못한다.

영 숙　참 수희한테 연락 왔다며, 뭐라디, 걔? 민호 만났대?

미 리　(착잡해지는) 아직.

영 숙　이런… 민호는 아직 연락 없지?

미 리　그 못된 놈, 얘긴 꺼내지도 마.

외국인　(E) 땡큐 베리마치.

씬 73　야외 카페.

수희, 그림을 돌돌 말아서 외국인에게 주며,

수 희　웰컴. (하고, 돈 받고)

외국인, 바이바이 하고 가면,
수희, 한쪽에 놓인 차를 마시고, 바깥을 보는데,
민호(음악 듣는), 수희가 사준 카메라 멘, 거리의 상인에게 과일을 사고 있는,
수희, 조금 놀라 눈가 붉어져 민호를 보고,
민호, 과일을 사서, 자전거에 오르는,
수희, 놀라, '민호, 민호야!' 뛰어나가는,
민호, 자전거 타고 가고,
수희, 민호 보고, 옆에 놓아둔 자전거를 타고, 따라가는,
민호, 아무것도 모르고 음악을 들으며 편히 가고,
수희, '민호야!' 하고 따라가지만, 민호 그냥 가는,
수희, 따라가지만, 못 따라잡는,
민호, 웃으며 가는, 동네 애들 보고 손 흔들고,
수희, 죽을힘을 다해 자전거를 달려가, '민호야!' , 불러도 못 듣는, 민호와 부딪치는,
두 사람 넘어지고,
민호, 넘어져 흙 털며 '뭐야?' 하며 수희를 보는,

수희, 어느새 무릎 세우고, 고개 파묻고 우는,
민호, 이상한,

민 호 (얼결에 한국말로) 이봐요, 그쪽이 넘어지고, (영어로) 많이 다쳤어요? (하고, 가서 수희의 어깨를 만지며, 조심스레, 영어로) 저기요? 많이 다쳤어요? 괜찮아요, 이봐요?

수 희 (머리 쓸어 올리며, 울며, 민호 보는)

민 호 (멍한, 눈가 붉어져오는)

수 희 (그간의 일들이 서럽기도 한, 엉엉 울기만 하는, 무릎에 얼굴 묻고)

민 호 (눈가 그렁해, 수희 보는)

시간 경과. 한적한 거리.
민호, 수희 자전거를 한쪽에 놓고 앉아 있는,

수 희 (눈가 붉어, 맘 아프게, 그리운 듯, 민호 보는)

민 호 (눈가 붉어, 담담히, 수희 안 보고) 미쳤군. 진짜로 날 찾아, 이곳엘 오고. 황당하군.

수 희 (보기만 하는)

민 호 (보며, 담담히) 만약 날 못 만나면 어쩌려고 그랬냐?

수 희 (눈가 붉어, 보기만 하는) ….

민 호 우리가 안 만난 지 5개월도 더 지났는데, 내가 그 안에 여자 있음 어쩔려 그랬어? 말해봐, 어쩌려고 그랬냐고?

수 희 (보기만 하는) ….

민 호 말 좀 해, 이 왕고집쟁이야.

수 희 (눈가 그렁해, 맘 아픈) 안 믿겨, 우리가 만난 게.

민 호 (눈가 그렁해 보며, 짐짓 담담한 척) 꼬시네, 애가.

수 희 (민호만 보며, 차분히) 후회했어, 니 말 안 들은 거.

민 호 (맘 아픈, 눈가 그렁해, 딴 데 보다, 심호흡하고, 수희 보며) 넌 바보야.

수 희 (민호만 보며) 맞아, 난 바보야.

민 호 대체 날 어떻게 그렇게 못 찾냐? 사진 찍는 코리안 남자, 그러면 이 동네 나 모르는 사람 없어.

수 희　(보며) 사진 찍을 줄 몰랐어.

민 호　그러니까, 넌 바보지! 멍충이고! 내가 사진 찍는 거 좋아하는 줄 알면서, 내가 뭘 해서 먹고 살지도 모르고, 똑똑한 척은 혼자 다 하는, 멍충(이).

수 희　(울먹이는, 말꼬리 자르며, 민호만 보며) 못 찾는 줄 알았어.

민 호　(눈가 그렁해, 입 맞추는)

두 사람 입 맞추는 모습 보이고.

씬74 민호의 집 전경, 밤.

수 희　(E, 편안한) 정말 나 두고 온 거 후회했어?

씬75 민호의 집 안.

민호, 수희 옷 입고 침대에 편히 앉아 커피 마시며 얘기하는,

수 희　(민호 보고, 작게 웃음 띤) 언제 후회했어?

민 호　(수줍게 웃으며, 수희 안 보고) 공항에 도착하자마자 바로.

수 희　(편히 웃고, 보는)

민 호　그리고 살면서 내내.

수 희　나 찾았어? 난 너 찾으러 온 섬을 다 뒤졌는데.

민 호　나 찾으라고 한 곳에만 있었어. 같이 찾아다니면 못 찾을까봐.

수 희　내가 올 건 알았네. 그런데 그때 왜 기다려준단 말 안 했어.

민 호　그땐… 마음이 그랬어.

수 희　(민호의 머리를 헝클어뜨리고) 꼴통.

민 호　(웃고)

수 희　근데 너 이제 어떡하냐, 서울 못 가게 돼서?

민 호　(보면)

수 희　할머니, 영숙이 언니, 미리, 다, 너한테 왕창 삐쳐 있어. 너 와도 안 본대.

민 호　걱정 마, 내가 약을 쓸 거니까.

수 희　무슨 약?

민 호 (웃고, 수희의 머리를 제 어깨에 기대게 하고, 수희 이마에 입 맞춰주며) 그런 게 있어.

수 희 (편하게 웃는)

두 사람 한 화면에 보이고.

씬 76 몽타주.

1, 수희의 집 밖(현재는 호철, 미리가 사는), 낮.

호 철 (E) 야, 이 사진 멋있게 나왔지.

2, 수희의 집 안.
미리, 호철(텔레비전 보는) 앉아 민호가 보낸 각자의 사진을 보는, 한쪽에 결혼사진 걸려 있는,

미 리 (사진 보며, 호철 보며, 건성으로) 그래.

호 철 야, 너는 왜 그렇게 내 일에 건성이야. 나는 너 이쁘다고 계속 말하는데,

미 리 (사진만 보고, 웃으며) 지난날을 생각해봐. 니가 나한테 한 짓을.

호 철 복수의 여신이다, 진짜. (하고, 자기 사진 보다, 미리 사진 건너다보며) 야, 그거 진짜 이쁘다. 좀 보자. (하고, 뺏으려 하는)

미 리 (안 뺏기려 하며) 나두 좀 보자.

호 철 너는 너를 뭐 한다고 그렇게 봐, 내가 봐야지. (하고, 뺏다가, 사진이 찢기는)

미 리 (화난, 보고)

호 철 (놀라, 끌어안으며, 볼에 입 맞추는)

미 리 (호철 때리며) 지가 잘못하면 꼭 입을 맞추고 난리드라, 보기 싫어, 떨어져!

호 철 (계속 안으며) 우리 자자.

미 리 사진 볼 거야.

두 사람, '자자', '나 좀 놔둬, 민호가 찍어준 사진 좀 보게' 하며 장난치는, 두 사람 서로 장난치면, 카메라, 헝클어져 있는 호철과 미리의 사진을 보여주는.

씬77 교도소 면회실.

영숙, 미영에게 자신의 사진을 한 장씩 보여주며 편안하게 미영을 보고,
미영, 그 사진을 보며 좋은,
영숙, 사진을 몇 장 보여주다, 내려놓으면,
미영, 사진이 더 없나 하는 눈빛으로 영숙을 보면,

영 숙 자, 다음은… 할머니. (하며, 미영의 사진 보여주는)
미 영 (맘 짠해져 웃고)
영 숙 (한 장, 한 장씩 미영의 사진을 보여주는)
미 영 (눈가 붉어서, 민호가 그리운 듯 사진을 물끄러미 보는)
영 숙 (그런 미영을 따뜻하게 보는, 손은 사진을 내리고, 시선은 미영에게만 있는)
미 영 (그때, 멈추라고, 손짓하는)
영 숙 (내리던 손 멈춘 채, 미영만 보는)
미 영 (맘 짠하게 웃으며, 사진을 보는데)

인서트 – 사진.
섬에서, 수희와 민호가 어깨동무하고 환하게 웃고 찍은,

미 영 (눈가 그렁해, 이쁘게 두 사람을 보는)
민 호 (N) 할머니 나, 매일매일 기도해, 이 세상 모든 상처받고 힘든 사람들에게,

씬78 거리.

민호, 자전거 몰고 가고, 그 뒤에 수희가 민호를 안고 즐겁게 가는,

민 호 (N) 등 뒤에서 안아줄 사람, 단 한 사람이라도 있기를. 할머니, 나는 행복해. 할머니도, 행복해?
미 영 (E) 이쁘다.

씬 79 교도소 면회실.

미 영 (사진 가리키고, 영숙 보며, 따뜻하게 웃으며) 이뻐.

영 숙 (눈가 붉어져, 감격스럽고, 작게 웃음 띤, 미영 보며) ·· 민호 수희만··· 나는?

미 영 (웃으며) 이뻐.

그때, 교도관 목소리 들리는,

교도관 면회 끝났습니다.

미 영 (웃으며, 일어나 가고)

영 숙 (눈가 붉어져, 편안히 웃으며, 가는 미영 보는)

씬 80 몽타주.

1, 갤러리.
주민, 지안의 편지를 뜯고, 읽는, 그때, 경혜, 일회용 커피를 두 잔 가져오며,

경 혜 지안이에요? 뭐래요?

주 민 (커피 받고, 편지 주머니에 넣으며) 잘 있대. (하고, 차 마시고, 그림만 보며) 이제 그만 집에 들어오지.

경 혜 (웃으며, 그림만 보는) ··.

주 민 (경혜 보고 웃으며) 빽시긴··. (하고, 그림 보고)

2, 영숙과 미리 첨 부딪히던 모습.
3, 수희와 민호, 지안 제주도에서 놀던 모습.
4, 영숙을 안아주던 미영.
5, 지안과 레슬링하던 민호.
6, 호철과 미리의 즐거운, 1부 차 씬.
7, 미영과 민호 1부 자전거 타던.
8, 섬의 바닷가.
수희, 그림 그리고, 민호 사진 찍는,

9. 시장을 보고 서로 자전거를 끌고 가며 군것질하는 환한 수희와 민호.

엔딩.

서로 다름을 인정하고 이해함으로써
서로 다름이 차별과 갈등의 원인이 되지 않고
서로 다름이 다양성의 풍요로움이 되어
이 땅에 평화의 꽃을 피우고자 합니다.

평화재단은 아름다운 통일코리아를 꿈꾸며 활동하는
NGO 단체입니다.

통일코리아는 미래 세대들이 더 큰 꿈과 희망을 품고
활동할 수 있는 신나는 발판이 될 것입니다.

통일코리아는 다양한 사람들이 공존하며 서로 상생하는
평화의 땅, 희망의 땅이 될 것입니다.

평화재단은 [전문가포럼]을
통해 한반도 평화, 통일을 위한
정책을 연구, 개발합니다.

평화재단은 [평화아카데미]를
통해 평화, 통일을 이끌어갈
미래 인재를 발굴하고 양성합니다.